하버드 천재들

1

The Class
by Erich Segal

Copyright ⓒ1985 by Ploys, Inc.

This Korean language edition is published by arrangement with
Erich Segal c/o Ploys, Inc. through Shin Won Agency in Seoul
Translation copyright ⓒ2001 by Literature&Consciousness Co., Publishers
Printed in Korea.

이 책의 한국어판 저작권은 신원 에이전시를 통해 저작권자와의 독점계약으로
문학과의식사에 있습니다. 저작권법에 의해 한국 내에서 보호를 받는
저작물이므로 무단전재와 무단복제를 금합니다.

하버드 천재들

1

THE CLASS

문학과의식

하버드 동창생
카렌과 프란체스카,
내 인생의 동창생이었던 그들에게 이 책을 바친다.

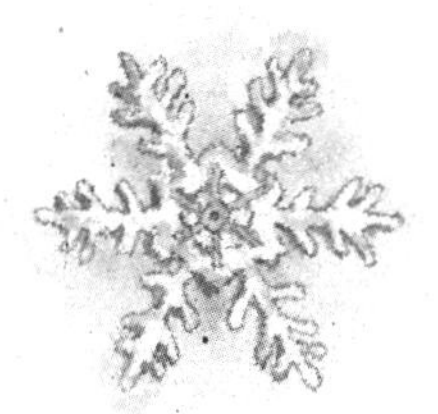

그렇다. 이루 말할 수 없을 정도로 놀라운 탄생,
그 우연한 사건에 의해 예일이나 코넬대학을
졸업할 운명을 타고나지 않았다는 것에 대해
그리고 하버드대학을 졸업할 수 있었다는 사실에 대해
커다란 환희를 느끼는 것은 분명히 정당한 근거가 있다.

— 의학박사 윌리엄 제임스, 하버드 졸업생

1

일기. 나는 지금 일기를 쓰고 있다. 얼마 후면 졸업 25주년을 기념하는 동창회가 열린다. 명문 하버드대학. 나는 동창회에 참석하는 것이 몹시 두렵다. 사회적으로 성공을 거둔 많은 동창생들을 만나겠지만, 나는 희끗하게 변한 머리카락 이외에는 아무것도 내세울 만한 것이 없기 때문이다.

얼마 전에 붉은 색 표지의 육중한 책 한 권이 배달되었다. 그 책에는 하버드를 졸업한 나의 동창생들이 이룩한 업적들이 모두 기록되어 있었다. 그것은 내 인생이 실패한 것이라는 생각을 더욱 확실하게 만들었다.

늦은 밤까지 나는 책장을 넘기며 하버드에서 학창시절을 함께 보냈던 친구들의 얼굴을 바라보았다. 그들은 지금 상원의원이거나 주지사, 세계적인 명성을 얻고 있는 과학자 혹은 지도적인 위치에 있는 의사들이다.

어쩌면 나의 동창생 중에서 노벨상을 수상하거나 백악관의 주인

"]

이 나올 수도 있을 것이다. 게다가 정말 놀랄 만한 사실은 그들 가운데 몇 명은 여전히 한 번도 이혼하지 않고 처음 결혼한 아내와 살아가고 있다는 점이다.

가장 빛나는 성공을 거둔 몇 사람은 나의 가까운 친구들이었다. 학창시절에 다정하게 지냈던 한 친구는 가장 유력한 국무장관 후보이다. 내가 이따금씩 옷을 빌려주곤 했던 친구는 미래의 하버드대학 총장감이다. 내가 별로 주목하지 않았던 또 다른 친구는 음악계에 커다란 영향력을 행사하고 있다. 그리고 가장 용감했던 친구는 자신의 믿음을 위해 인생을 바쳤다. 그의 영웅적인 행동이 나를 더욱 초라하게 만든다. 그리고 나……, 나는 인생에 대해 더욱 실망하고 있을 뿐이다.

나는 하버드에 들어간 위대한 엘리어트 가문의 자손이다. 나의 조상들은 모두 뛰어난 위인들이었다. 전쟁이 벌어졌을 때나 평화를 누리고 있을 때, 교회에서 혹은 과학 분야나 교육 분야에서 두드러진 활약을 보여 주었던 것이다. 게다가 나의 사촌 톰은 노벨 문학상을 수상했다.

그러나 빛나는 가문의 전통이 나로 인해 흐려지기 시작했다. 나는 1700년대의 미국을 이끌었던 제랄드 엘리어트와는 비교조차 할 수 없다. 하지만 나도 미약하나마 고귀한 선조들과 연결되는 하나의 전통을 가지고 있다. 나의 선조들처럼 나도 열심히 일기를 써온 것이다.

나와 이름이 같았던 1737년 하버드 졸업생, 앤드류 엘리어트 목사는 교회의 신도들에게 헌신했을 뿐만 아니라, 1776년 독립전쟁 당시 보스턴이 포위되었을 때, 그때의 분위기가 어떠했는지를 상세하게 묘사한 일기를 남겼다. 그 일기는 귀중한 자료로 지금까지도 잘 보관되고 있다.

보스턴이 해방되자 엘리어트 목사는 하버드대학 특별위원회를 방문해서 조지 워싱턴 장군에게 명예박사 학위를 수여할 것을 제안했다. 그의 아들은 목사직과 글재주를 물려받아서 공화국 초기의 미국에 대한 생생한 기록을 남겼다.

물론 그들의 업적과는 감히 비교조차 할 수 없지만, 나도 내 인생을 소중한 일기장에 기록하고 있다. 아마 이것이 내가 선조로부터 물려받은 유일한 유산인지도 모른다. 나는 비록 역사의 한 조각도 만들어 내지 못했지만, 일상 속에서 벌어지는 모든 사건들을 관찰하고 있다. 나중에 그 사건들은 역사라고 불릴 것이다.

지금 내 마음은 몹시 불안하고 두렵다.

— 앤드류 엘리어트

학창시절

우리는 이 세상을 있는 그대로 받아들였다.
담배는 한 갑에 20센트였으며
3리터의 휘발유도 같은 값이었다.
주머니 속에 콘돔을 잔뜩 쑤셔 넣은 채,
우리는 섹스에 열중했다.
그것은 참으로 신비한 경험이었다.
우리는 그것을 '기사도'라고 불렀다.
정신의 영역을 다루는 심리학처럼
우리가 살고 있는 세계를 지배하는 것은
관념적인 사물들이었다.
그 중에서 오직 가치가 있는 삶은 개인적인 삶이었으며,
이런 삶의 특징 중에서 가장 불명예스러운 것은
우리가 하나의 세대라는 사실을 모르고 있었다는 점이다.

— 존 업다이크, 하버드 졸업생

2

그들은 사나운 눈빛으로 먹이를 노려보는 호랑이처럼 위협적인 태도로 새로운 경쟁자들을 쳐다보았다. 그러나 이런 종류의 밀림 속에서는 진정한 위험이 어느 곳에 도사리고 있는지 아무도 알 수가 없다.

메모리얼 홀. 빅토리아 왕조 양식의 이 건물은 하버드대학의 상징이었다. 그리고 지금 세계에서 가장 뛰어나고 명석한 1,162명의 수재들이 등록을 하기 위해 메모리얼 홀 입구에 줄지어 서 있었다. 그들은 미래의 하버드대학 동창생들이었다.

최신 유행의 단정한 양복에서부터 싸구려 기성복에 이르기까지 다양하게 차려 입은 그들은 제각기 초조하고 겁먹고 지친 듯한 표정으로 주위를 둘러보았다.

그들은 좀처럼 긴장감을 늦출 수가 없었다. 어떤 신입생은 바다를 건너왔으며, 또 어떤 신입생은 약간 떨어진 곳에서 도보로 걸어왔다. 그들은 지금 이 순간이 자신의 인생에 있어서 가장 위대한 여행을 시작하는 출발점이라는 사실을 잘 알고 있었다.

리베리아 대통령의 아들 샤드라크 터브만은 몬로비아에서 파리를 거쳐 뉴욕 공항에 도착한 다음, 그곳에서 대사관 리무진을 타고 보스턴

15

으로 왔다. 존 록펠러 4세는 맨해튼에서 떠나는 기차를 타고 사우스 역에 도착했다. 이슬람 지배자의 아들이었던 아가 칸은 갑자기 하버드대학 교정에 나타났다. 들리는 소문에 따르면 그는 요술 양탄자를 타고 왔거나 아니면 자가용 제트기를 타고 왔을 거란다.

어쨌든 그들도 다른 신입생들처럼 등록을 위해 줄을 섰다. 그들은 하버드에 도착하기 전부터 이미 유명 인사가 되어 있었다. 그들은 세상의 각광을 받으면서 태어났던 것이다.

그러나 무더운 여름의 마지막 날, 아직 이 세상에 드러나지 않았던 수많은 혜성들이 무명의 암흑으로부터 하늘을 밝히는 존재가 되기 위해 순서를 기다리고 있었다. 그 혜성들은 스스로 빛나면서 미래를 열어갈 것이다. 대니 로시, 제이슨 길버트, 테드 램브로스, 앤드류 엘리어트도 메모리얼 홀에서 대기하고 있는 작은 혜성들이었다. 그들이 바로 이 소설의 주인공들이다.

3

대니 로시

나는 하늘에서 지저귀는 참새의 소리를 기억하고 있다. 아침이 밝아오면 참새는 오리나무 가지에 앉아서 아름다운 노래를 불렀다. 노을이 지고 날이 저물면 나는 참새를 데리고 집으로 돌아갔다. 참새는 여전히 노래했지만 그다지 즐거운 것처럼 보이지는 않았다. 내가 시냇물과 하늘을 집으로 옮길 수 없었기 때문에……

— 랠프 왈도 에머슨, 하버드 졸업생

대니 로시는 아주 어릴 때부터 단 하나의 꿈을 가지고 있었다. 그것은 아버지에게 인정받는 것이다. 대니 로시는 아버지에게 인정받을 수 없다는 강박관념으로 인해 날마다 악몽에 시달리고 있었다. 닥터 로시는 대니의 존재를 좀처럼 인정하지 않았다.

처음에 대니 로시는 아버지의 냉담한 태도가 어떤 뚜렷한 이유에서 비롯된 것이라고 믿었다. 그러나 아버지에게 대니는 캘리포니아 주의 역사상 가장 뛰어난 성적을 남긴 미식축구 선수의 가장 허약하고 운동

신경이 둔한 동생에 불과했던 것이다. 단지 그 이유 때문에 프랭크 로시가 터치다운으로 득점을 올리면서 아이비리그의 명문대학 감독들의 관심을 끌고 있는 동안 아버지는 작은아들에게 관심을 기울이지 않았던 것이다.

대니의 학점이 좋다는 사실도 아버지에게 별다른 인상을 심어 줄 수가 없었다. 그 반면에 대니의 형이었던 프랭크는 비록 성적은 그다지 좋지 않았지만 185cm의 키에 우람한 체격을 가지고 있어서 운동장에 나타나기만 해도 관중들이 모두 일어나 환호성을 질렀다. 작은 키에 안경을 쓰고 있었던 대니는 아무리 노력해도 그런 갈채를 받을 수가 없었던 것이다.

대니의 어머니는 입이 아플 정도로 작은아들의 피아노 솜씨에 대해 자랑을 늘어놓았다. 대니는 대단한 재능을 가지고 있는 피아니스트였다. 그것은 대부분의 부모들이 매우 자랑스럽게 여길 만한 점이었다.

하지만 닥터 로시는 지금까지 단 한 번도 대니의 피아노 연주를 듣기 위해 찾아온 적이 없었다. 대니가 커다란 질투심에 사로잡히게 되었다는 것은 충분히 이해할 수 있을 것이다. 그리고 그 원망하는 마음은 점차 증오심으로 변하고 있었다.

"아버지, 프랭크는 신이 아닙니다. 나와 같은 인간입니다. 머지않아 아버지도 나를 인정하게 될 겁니다."

그런데 공군에 입대해서 전투기 조종사가 되었던 프랭크가 추락사고로 목숨을 잃게 되었다. 대니의 마음 속 깊이 숨어 있던 질투심은 슬픔으로 변했으며, 나중에는 죄의식으로 바뀌었다. 대니는 그 일에 대해 책임을 느끼고 있었다. 마치 대니가 형의 죽음을 원했기라도 한 것처럼……

프랭크가 다녔던 고등학교는 그를 기리기 위해 학교 운동장의 이름을 〈프랭크 경기장〉이라고 부르기로 결정했다. 행사가 진행되는 동안 아버지는 걷잡을 수 없이 눈물을 흘렸다.

대니는 아버지의 그런 모습을 지켜보면서 무거운 고뇌를 느꼈다. 그리고 어떤 방법을 통해서라도 반드시 아버지에게 보상을 하겠다고 맹세했다. 하지만 어떻게 아버지를 기쁘게 만들 수 있단 말인가?

닥터 로시의 입장에서 보면 대니의 피아노 소리 자체가 고통스러운 일이었다. 치과 의사의 하루는 치과용 드릴이 이를 가는 소음으로 일관된 것이기 때문이다. 그래서 닥터 로시는 하나밖에 남지 않은 아들을 위해 지하실에 방음 시설이 되어 있는 스튜디오를 만들었다.

대니 로시는 지하실을 스튜디오로 꾸민 것이 아들을 사랑하는 아버지의 자상한 마음에서 우러나온 것이 아니라는 사실을 잘 알고 있었다. 대니의 스튜디오에는 아들은 물론 아들이 내는 소음으로부터 해방되고 싶다는 아버지의 소망이 담겨 있었기 때문이다.

그러나 대니는 아버지의 애정을 얻기 위한 투쟁을 계속하기로 결심했다. 그리고 아버지의 불만을 상징하는 지하실로부터 빠져 나오기 위한 방법으로 스포츠를 생각했다.

대니의 체격에 걸맞으면서도 유일하게 성공할 가능성이 있는 운동은 오직 육상밖에 없었다. 대니는 서둘러 육상 코치를 찾아가 머뭇거리면서 조언을 구했다.

그 뒤로 대니는 아침 6시면 달리기 연습을 위해 조심스럽게 집을 나섰다. 처음 몇 주일 동안은 과도한 운동으로 다리가 쑤시고 근육이 더욱 무겁게 느껴졌다.

그러나 대니는 그런 고통을 견딜 수밖에 없었다. 그리고 아버지에게 운동을 시작했다는 사실을 알릴 만한 성과를 거둘 수 있을 때까지 이런 사실은 모두 비밀이었다.

따사로운 햇살과 함께 봄이 시작되었다. 코치는 적성검사를 하기 위해 운동선수 전원을 모아 놓고 2km 경주를 시작했다. 육상 트랙을 절반 정도 돌았을 때, 대니는 자신이 다른 선수들과 함께 달릴 수 있다는 사실을 알고 놀랐다.

그러나 잠시 후에 대니는 갑자기 입술이 타면서 가슴이 달아오르는 것을 느꼈다. 대니는 점차 속도를 늦추기 시작했다. 시계를 보면서 기록을 측정하던 코치가 대니를 향해 고함을 질렀다.

"달려! 대니, 절대로 포기하면 안 돼!"

대니는 코치의 말을 들으면서 아버지의 모습을 떠올렸다. 대니는 아버지를 실망시키기 않기 위해 젖먹던 힘을 짜내면서 마지막 한 바퀴를 돌았다.

마침내 완전히 지쳐 버린 대니는 풀밭 위에 몸을 던졌다. 대니가 숨을 고르기도 전에 코치가 시계를 들고 다가왔다.

"나쁘지 않아, 대니. 자네는 정말로 나를 놀라게 했어. 5분 48초가 기록이야. 이대로 계속 연습한다면 더 빨리 달릴 수 있을 거야. 5분대 정도의 실력이라면 학교 대항전에서 3등까지도 할 수 있어. 육상부에 들어가서 스파이크와 유니폼을 받도록 하게."

어느 정도 목표에 접근하고 있다는 사실을 깨달은 대니는 오후의 피아노 연습을 잠시 중단하고 육상에 전념했다. 피아노를 연습하는 시간이라면 400m의 거리를 열두 번이나 더 달릴 수 있었던 것이다.

그리고 몇 주일이라는 시간이 지나갔다. 얼마 후면 밸리 고등학교와 육상 경기가 벌어질 예정이었다. 코치는 대니가 보여 주었던 열의에 보상이라도 하듯이 2km에 출전하는 세 명의 중거리 육상선수 가운데 대니를 포함시킨다는 결정을 발표했다.

그날 밤에 대니는 아버지에게 모든 사실을 고백했다. 경기에서 질 수도 있다는 아들의 경고에도 불구하고 닥터 로시는 한사코 대니의 경기를 직접 관람하겠다고 주장했다.

육상 경기가 벌어지는 토요일 오후, 대니 로시는 소년 시절에서 가장 행복한 순간을 맛보았다. 잔뜩 긴장한 선수들이 운동장에 한 줄로 늘어섰을 때, 대니는 부모님이 관람석 앞줄에 앉아 있는 모습을 보았다. 아버지가 다정한 목소리로 대니를 격려하고 있었다.

"잘 해라, 대니! 반드시 이겨야 한다. 로시 가문의 실력을 마음껏 보여 주거라!"

대니는 그 말에 너무나 흥분한 나머지 침착하게 페이스를 지키라는 코치의 지시를 까맣게 잊어버리고 말았다. 경기의 시작을 알리는 총성이 울리자 대니는 즉시 선두로 뛰어나갔다. 처음 한 바퀴를 도는 동안, 대니는 선두를 유지하고 있었다.

"오! 하느님! 대니는 우승할 거야! 신기록을 세우면서……."

닥터 로시는 열심히 아들의 경기를 응원했다. 하지만 코치의 생각은 전혀 달랐다.

"미쳤군. 저렇게 달리면 당장 페이스를 잃어버리고 말 거야."

한 바퀴를 달리고 나서 대니는 아버지의 모습을 힐끗 쳐다보았다. 대니는 아들을 자랑스럽게 생각하는 아버지의 미소를 목격할 수 있었다. 그것은 언제나 불가능하다고 믿었던 일이었다.

"이런! 71초야. 너무 빨라, 대니! 너무 빠르다니까! 속도와 호흡을 조절하면서 달려!"

코치가 시계를 확인하면서 대니에게 소리치고 있었다. 대니는 페이스 조절에 실패하고 있었다.

"잘 하고 있어, 대니!"

닥터 로시도 역시 대니를 향해 소리치고 있었다. 대니는 아버지의 격려를 받으면서 두 바퀴를 마치 날개라도 단 듯이 달렸다. 대니는 여전히 선두를 유지하고 있었다.

그러나 이제부터 대니의 폐가 타오르기 시작했다. 마지막 한 바퀴를 남겨 놓았을 때, 대니는 산소 부족 때문에 숨을 헐떡거리고 있었다. 그리고 육상선수들이 '고통의 순간'이라고 부르는 상태를 경험하고 있었다. 대니는 서서히 죽어가고 있었던 것이다.

밸리 고등학교의 선수가 대니를 따라잡더니 훨씬 앞에서 달리기 시작했다. 대니는 운동장 건너편에서 소리치는 아버지의 고함 소리를 들을 수 있었다.

"달려라, 대니! 실력을 보여 주는 거야!"

마침내 결승점에 도착했을 때, 관중들은 대니에게 박수를 보내 주었다. 그것은 뚜렷한 실력 차이로 패배한 선수에게 보내는 동정의 박수였다.

탈진 상태에서 대니 로시는 관중석을 바라보았다. 어머니가 격려의 미소를 짓고 있었다. 하지만 아버지는 이미 운동장을 떠나 버리고 없었다. 그런데 이상하게도 육상 코치는 매우 즐거운 표정으로 대니를 맞이했다.

"대니, 나는 지금까지 너처럼 고집스러운 녀석을 본 적이 없어. 마지막 순간까지 그런 속도를 유지할 수 있다면 4분대로 진입하는 신기록도 세울 수 있겠어. 조금만 더 노력하면 될 거야. 우리는 기록을 서서히 단축시키는 거야. 너는 대단한 가능성을 가지고 있어.”

“그렇지만 전 더 이상 운동을 할 수 없어요. 그만두겠어요.”

대니는 고개를 숙이면서 대답했다. 코치는 도저히 대니의 결심을 말릴 수 없다는 사실을 알고 있었다. 대니는 절룩거리며 트랙을 떠났다.

매우 유감스러운 일이었지만 대니는 자신의 노력이 사태를 더욱 악화시켰다는 사실을 잘 알고 있었다. 대니의 당혹스러운 좌절은 프랭크 로시 경기장의 트랙에서 발생했던 것이다.

육상선수로서 망신을 당했던 대니는 다시 과거의 생활로 되돌아갔다. 대니는 시간이 날 때마다 피아노 건반을 두드렸다. 피아노 연주는 경기장에서 겪었던 좌절감에서 벗어날 수 있는 유일한 탈출구였다. 대니는 다른 모든 일들을 뒤로 미루고 밤낮으로 연습에 몰두했다.

대니는 여섯 살 때부터 이 지방에서 가장 유명한 선생님의 피아노 교습을 받았다. 그러나 이제 머리가 희끗희끗하게 변한 피아노 선생님은 더 이상 소년에게 가르칠 것이 없다고 대니의 어머니 지셀라 로시에게 솔직히 털어놓았다.

이 존경할 만한 선생님은 비엔나에서 독주자로 활약했으며 최근에는 안젤로 전문대학의 지휘자로 만년을 보내고 있는 구스타프 랜도우에게 대니의 오디션을 신청하라고 권했다. 지셀라는 즉시 안젤로 전문대학을 찾아가서 오디션 일정을 잡았다.

구스타프 랜도우는 대니의 연주를 듣고 매우 깊은 감명을 받았다. 랜도우는 즉시 대니를 제자로 받아들였다. 지셀라 로시는 저녁식사를 하면서 남편에게 이 사실을 알렸다.

“랜도우 박사님은 대니가 나이에 비해 굉장한 실력을 갖추고 있다고 말했어요. 박사님은 대니가 훌륭한 피아니스트가 될 수 있다고 생각한 대요.”

하지만 닥터 로시는 그 일에 대해 단 한마디로 대답했다.

“그래?”

그것은 모든 판단을 유보한다는 의미를 담고 있었다. 닥터 로시는 대니가 피아노를 연주하는 것이 별로 달갑지 않았던 것이다.

랜도우 박사는 많은 것을 요구하는 교사였지만 대단히 친절한 사람이었다. 그리고 대니는 아주 뛰어난 재능을 가지고 있는 제자였다.

대니는 재능을 타고났을 뿐만 아니라 엄격한 훈련을 받고 싶은 열정도 품고 있었다. 랜도우 박사가 날마다 체르니를 1시간씩 치라고 요구했을 때, 대니는 무려 4시간 동안이나 연습을 했던 것이다.

“저의 피아노 연주 실력이 좋아지고 있나요?”

대니는 걱정스러운 목소리로 물어 보았다. 랜도우 박사는 고개를 끄덕이면서 대답했다.

“그래, 대니. 너는 오히려 연습 시간을 조금 줄일 필요가 있단다. 너는 아직 젊단다. 저녁에는 밖으로 나가서 재미도 봐야 할 게 아니겠니?”

그러나 대니에게는 별로 시간이 없었다. 그리고 ‘재미있는’ 일이 무엇인지도 전혀 모르고 있었다. 대니는 학교에 가지 않는 시간에는 항상 피아노 앞에 앉아 연습하면서 시간을 보냈다.

닥터 로시는 대니의 성격을 어느 정도 알고 있었다. 그는 아들의 소극적인 생활에 대해 염려하고 있었다.

“지셀라, 그건 건전한 일이 아니야. 대니는 너무 지나칠 정도로 혼자

살아가고 있어. 아마 키가 작은 것을 그런 식으로 보상받고 싶은 것 같아. 그 나이 또래의 남자아이들은 여자아이들과 어울리면서 노는 것을 더 좋아하는 것이 당연해. 만약 프랭크가 살아 있었다면 아마도 대단한 카사노바가 되었을 거야."

닥터 로시는 하나밖에 남지 않은 아들이 소녀처럼 변할지도 모른다는 걱정을 하고 있었다. 하지만 로시 부인은 닥터 로시와 대니가 좀더 친밀한 사이가 된다면 남편의 의혹이 모두 사라질 거라고 믿었다.

그래서 다음날 저녁식사가 끝난 후에, 그녀는 두 사람을 남겨 두고 방에서 나갔다. 그녀는 두 사람이 마음을 열고 서로 진지한 대화를 나누게 되기를 원했다.

단 둘이 있게 되자, 닥터 로시는 몹시 곤혹스러운 표정을 지었다. 그는 항상 대니에게 싫은 소리만 잔뜩 늘어놓았던 것이다.

"학교 생활은 잘 되어 가니?"

닥터 로시가 차를 마시면서 물어 보았다.

"그렇기도 하고 그렇지 않기도 해요."

대니도 아버지만큼이나 곤혹스러운 듯한 표정이었다. 닥터 로시는 아무런 경험도 없는 신병처럼 자신이 지뢰밭을 향해 걸어가고 있는 것이 아닌지 걱정스러웠다.

"무슨 문제라도 있니?"

"학교에서 친구들이 모두 저를 이상하게 생각해요. 하지만 많은 음악가들이 저와 비슷한걸요."

닥터 로시는 아들과 대화를 나누면서 진땀을 흘리고 있었다. 이런 자리는 너무 낯설었던 것이다.

"그게 무슨 말이지?"

"훌륭한 음악가들은 모두 음악에 대해 너무나 정열적이었어요. 그건 저 역시 마찬가지에요. 저는 일생을 음악에 바치고 싶어요."

닥터 로시가 적당한 대답을 찾는 동안 잠시 침묵이 흘렀다.

"너는 내 아들이야."

닥터 로시는 결국 이해할 수 없는 말을 하면서 아들에 대한 애정을 얼버무리게 되었다.

"고마워요, 아버지. 저는 스튜디오로 내려가서 다시 연습을 하겠어요."

대니가 방에서 나간 후에 닥터 로시는 술을 한 잔 따라 마시고 생각에 잠겼다.

"이건 내가 기뻐해야만 할 일이다."

대니 로시의 음악에 대한 정열은, 닥터 로시가 머릿속에서 상상할 수 있는 다른 일보다 훨씬 나은 것이었다.

열여섯 번째 생일이 지난 직후에 대니는 주니어 칼리지 교향악단과 함께 첫 번째 연주회를 가졌다. 대니의 스승이 교향악단을 지휘하고 있었다. 수많은 청중이 자리를 채운 연주회장에는 대니의 부모도 있었다. 대니는 브람스의 난해한 피아노 협주곡 제2번을 연주했다.

대니는 겁에 질려서 창백한 얼굴로 무대에 올라섰다. 강렬한 스포트라이트가 대니의 안경을 비추고 있었다. 대니는 눈이 부실 지경이어서 거의 아무것도 알아볼 수가 없었다.

대니는 더듬거리면서 피아노가 있는 곳으로 걸어갔다. 대니는 당장이라도 온몸이 마비될 것 같았다. 랜도우 박사가 가까이 다가오더니 친절한 목소리로 속삭였다.

"너무 걱정하지 말아라, 대니. 너는 훌륭하게 연주할 수 있어. 난 너를 믿는다."

그 말을 듣는 순간 대니의 공포는 기적처럼 사라졌다. 대니의 손가락이 피아노 건반을 두드리기 시작했다.

그리고 박수가 쏟아졌다. 수많은 청중의 박수는 영원히 계속될 것만 같았다. 대니가 인사를 하고 스승의 손을 잡기 위해 뒤로 돌아섰을 때, 그는 노인의 눈에 눈물이 고여 있는 것을 보고 깜짝 놀랐다. 랜도우는 손을 내밀어서 그의 수제자를 껴안았다.

"대니, 알고 있니? 오늘 밤에 너는 나를 너무나 자랑스럽게 만들었단다."

아버지가 대니를 바라보면서 말했다. 평상시였더라면 아버지의 애정에 너무나 오랫동안 굶주렸던 아들에게 그런 찬사는 하늘에 올라갈 것처럼 행복한 일이었을 것이다.

하지만 그날 밤, 대니는 청중의 예찬과 박수라는 전혀 새로운 감정에 도취되어 있었다.

대니는 고등학교에 진학한 이후에 반드시 하버드대학에 가기로 마음을 정하고 있었다. 대니는 하버드에서 합창단 지휘자로 널리 알려진 랜달 톰슨과 교향악계의 거장 월터 피스톤에게 작곡을 배울 수 있을 거라고 생각했다. 오직 이 목표만이 대니에게 하기 싫은 과학과 수학, 윤리 따위를 참고 공부하는 인내심을 심어 줄 수 있었다.

약간의 감상적인 이유 때문에 닥터 로시는 대니가 스코트 피츠제랄드에 의해 축복을 받았던 프린스턴대학에 입학하기를 원하고 있었다.

그곳은 프랭크의 모교가 될 뻔했던 학교였다. 프린스턴대학의 미식축구 감독이 프랭크를 지명했던 것이다.

대니는 하버드를 원했지만, 닥터 로시는 끈질기게 반대 의견을 주장했다. 그러나 대니는 모든 설득에 대해 완강히 거부하면서 무거운 침묵을 지키고 있었다. 대니의 어머니는 필사적으로 중립을 지키기 위해 노력했다. 그런 상황에서 랜도우 박사는 대니가 심각한 고민을 털어놓고 조언을 구할 수 있는 유일한 사람이었다.

랜도우 박사는 그 일에 대해 언제나 신중한 태도를 유지했다. 그러면서도 그는 대니에게 본심을 드러내었다.

"대니야, 하버드는 지성의 상징이란다. 나는 네가 그 학교에 진학했으면 좋겠구나."

랜도우 박사는 명석한 수제자의 어깨에 손을 올려 놓으면서 대답했다. 닥터 로시는 어쩔 수 없이 포기할 수밖에 없었다. 그는 더 이상 대니에게 자신의 의견을 주장하지 않기로 결정했다.

"대니가 어느 대학으로 가든지 난 상관하지 않겠어. 아무곳이나 원하는 대학으로 가라고 해."

5월. 어떤 대학으로 진학할 것인지 결정해야 하는 시기가 다가오고 있었다. 여러 장의 입학 원서가 대니에게 도착했다.

전통과 역사를 가지고 있는 아이비리그의 명문 대학들이 대니를 원하고 있었다. 프린스턴, 하버드, 예일, 그리고 스탠포드 모두가 대니에게 입학을 허가했던 것이다.

닥터 로시도 그 일을 통해 아들의 능력에 깊은 감명을 받게 되었다. 비록 대니가 파멸적인 선택을 하지 않을 것인가에 대해 두려운 마음을 품고 있었긴 했지만…….

　주말이 되자 닥터 로시는 서재로 대니를 불렀다. 대니는 드디어 결전의 순간이 다가왔다는 사실을 알고 있었다. 아버지가 결정적인 문제에 대해 질문했을 때, 대니는 냉담하게 대답했다.
　"아버지, 저는 하버드로 가겠어요."
　잠시 동안 죽음처럼 조용한 침묵이 흘렀다. 그때만 해도 대니는 희망을 버리지 않고 있었다. 하버드대학으로 진학하겠다는 결의가 굳은 것을 보면, 아버지도 결국 양보할 거라고 생각했던 것이다. 그러나 대니의 희망과 달리 닥터 로시는 화강암처럼 완고했다.
　"이곳은 자유로운 나라다, 대니. 그리고 너는 네가 원하는 대학에 갈 권리가 있다. 그러나 나 역시 반대의 뜻을 표명할 자유가 있다. 그래서 나는 네가 하버드를 고집한다면 학비를 한푼도 대어 주지 않기로 결정했다. 축하한다, 대니. 지금 이 순간부터 너는 네 자신만을 의지하고 살아야 한다. 너는 조금 전에 독립을 선언한 거야."
　순간적으로 대니는 커다란 혼란과 함께 정신이 아득하게 멀어지는 것을 느꼈다. 마침내 대니는 아버지의 애정을 구하는 어린아이처럼 연약한 태도를 버려야 할 때가 왔다는 사실을 깨달았다. 이번 기회가 아니라면 영원히 그 굴레를 벗어날 수 없을 것이다.
　"알겠어요, 아버지. 아버지가 원하신다면 그렇게 하겠어요."
　대니는 가늘게 떨리는 목소리로 겨우 대답했다. 그런 다음, 뒤를 돌아서 한마디 말도 없이 서재에서 나가 버렸다. 대니는 육중한 문을 통해 아버지가 주먹으로 책상을 내리치는 소리를 들었다.
　하지만 대니는 이상하게도 후련한 해방감을 느끼고 있었다.

4

제이슨 길버트 2세

환희, 그의 노래는 절정의 환희였다. 너무나 순수해서 별의 마음처럼 그를 환희에 들뜨게 만들었다. 그리고 때로는 너무나 순수해서 석양의 나래조차 환희를 안겨 주었다.

그의 살은 살, 그의 피는 피였다. 배고픈 자조차 아무도 그가 먹는 것을 원하지 않았다. 그리고 단지 그의 미소를 보기 위해 가파른 오르막길을 기어 오르는 불구자 역시 아무도 없을 것이다.

— 엘리어트 커밍즈, 하버드 졸업생

황금의 소년 제이슨 길버트. 커다란 키에 금발 머리를 길게 늘어뜨린 제이슨은 마치 태양의 신 아폴로처럼 모든 여성의 사랑과 모든 남성의 존경심을 불러일으킬 만한 매력을 가지고 있었다.

제이슨은 만능 스포츠맨으로 온갖 종류의 운동을 할 수 있었다. 학교의 선생님들도 모두 그를 사랑했다. 그는 모든 사람들에게 인기가 있으면서도 겸손했고 다른 사람에 대한 존경심도 갖고 있었다. 제이슨은 이 세상의 모든 부모들이 그런 아들을 낳았으면 하고 꿈꾸는 학생이었다. 그리고 모든 소녀들이 연인이 되기를 꿈꾸는 그런 청년이었다.

누구든 조금도 망설이지 않고 제이슨 길버트 2세를 미국의 꿈이라고 말할 수 있을 것이다. 확실히 많은 사람들이 그렇게 생각하고 있었다. 그러나 그의 찬란한 모습 이면에는 단 하나의 내면적인 결함이 있었다. 그것은 몇 대의 선조들에 걸쳐서 상속받은 비극적인 결함이었다.

제이슨 길버트는 유대인으로 태어났던 것이다. 제이슨의 아버지는 그 사실을 감추기 위해 많은 노력을 기울였다. 제이슨 길버트 1세는 브룩클린에서 소년 시절을 보내는 동안 깊은 상처를 받았다. 그는 유대인이라는 사실이 미국 사회에서 치명적인 결함이 된다는 사실을 잘 알고 있었다. 만약 그가 평등을 누리는 미국인이 될 수 있었다면, 그의 인생은 훨씬 더 좋았을 것이다.

제이슨 길버트 1세는 자신의 성이 주는 부담감을 덜기 위해 오랫동안 고민했다. 마침내 1933년의 어느 가을날 오후에 순회재판소의 판사가 야곱 그룬왈트에게 제이슨 길버트라는 새로운 이름을 허락함으로써 새로운 인생을 갖게 되었다.

그리고 2년이 지난 후에 컨트리클럽의 봄철 무도회에서 제이슨 길버트는 금발 머리에 얼굴에 주근깨가 있는 아름다운 처녀 베시 뉴맨을 만났다.

제이슨과 베시는 많은 공통점을 갖고 있었다. 두 사람은 영화를 좋아했고 춤과 스포츠를 즐겼다. 그 중에서도 특히 선조의 신앙에 대해 냉담하다는 공통점을 공유하고 있었다.

그들은 종교적인 친척들로부터 유대인 방식의 결혼식을 강요당하는 것이 싫었다. 그래서 두 사람은 유대인 사회로부터 도망치기로 결심했다. 두 사람의 결혼 생활은 매우 행복했다. 나중에 베시가 아들을 낳았을 때, 그들의 행복은 절정에 달했다. 그들은 아들에게 제이슨 2세라는 이름을 붙여 주었다.

담배 연기가 자욱한 대기실에서 아내가 아들을 낳았다는 멋진 소식을 전해 들었던 그 순간에 제이슨 1세는 아무도 모르게 맹세를 했다.

"내 자식이 유대인 부모를 가졌다는 이유만으로 이 사회에서 어떤 박해도 받게 해서는 결코 안 된다. 나의 아들은 자라서 미국 사회의 당당한 시민이 되어야 한다. 어느 누구도 무시할 수 없는……."

그 당시 제이슨 길버트 1세는 회사의 사업이 빠른 속도로 성장하고 있는 내셔널 커뮤니케이션 코퍼레이션의 수석 부사장이었다. 제이슨 길버트 1세와 베시는 롱아일랜드의 시오세트에 위치한 농장에서 살고 있었다.

다시 3년이 지난 후에 아름다운 딸 줄리가 태어났다. 오빠처럼 줄리도 어머니의 푸른 눈동자와 금발 머리를 물려받았다. 그러나 주근깨는 유일하게 줄리만이 물려받았다.

남매의 어린 시절은 낭만적이고 목가적인 것이었다. 제이슨과 줄리는 아버지가 제공하는 건강요법을 충실하게 지키면서 성장했다. 아버지의 건강요법은 수영으로 시작해서 승마, 테니스 교습으로 이어지는 것이었다. 그리고 겨울철 휴가기간에는 스키 교습이 추가되었다.

어린 나이의 제이슨은 미래에 테니스 코트의 왕자로 군림하기 위한 여러 가지 엄격한 훈련을 이겨낼 수 있는 마음의 준비를 하고 있었다. 처음에 제이슨은 집 주위에 있는 테니스 클럽에서 교습을 받았다.

그러나 제이슨이 아버지의 기대에 부합할 만큼 뛰어난 소질을 발휘하자, 아버지는 매주 일요일에 제이슨을 태우고 포레스 힐로 자동차를 몰았다. 그곳에는 윔블던 세계 챔피언을 지낸 리카르도 로페즈가 코치로 와 있었다. 아버지는 제이슨이 연습하는 모습을 처음부터 마지막까지 지켜보면서 격려와 채찍질로 아들의 실력을 진전시켰다.

길버트 가문은 자식들에게 어떤 종류의 종교적인 교육도 시키지 않을 생각이었다. 그러나 그들은 롱아일랜드 같은 자유분방한 도시에서도 종교 없이는 살기 힘들다는 사실을 곧 깨닫게 되었다. 종교가 없다는 것은 유대인이라는 사실보다 더욱 곤란한 문제였다.

하지만 행운은 결코 그들을 떠나지 않았다. 새로운 교회가 그들 농장 근처에 터를 잡은 것이다. 제이슨의 가족은 가끔씩 예배에 참석했지만, 교회의 신도들은 항상 따스하게 맞아 주었다.

길버트 가문은 일요일에도 교회에 거의 나가지 않았다. 크리스마스에는 스키를 즐겼고 부활절에는 해변가로 나가서 수영을 즐겼다. 그러나 그들은 적어도 하나의 교회에 속해 있었던 것이다.

제이슨 1세와 베시는 충분한 교양을 쌓은 지성인이었기 때문에 아이들을 메이플라워 호를 타고 온 전형적인 미국인으로 키우려는 시도가 궁극적으로 아이들에게 심리적인 혼란을 일으키는 원인이 될 수도 있다는 사실을 잘 알고 있었다. 그래서 제이슨 1세와 베시는 아이들에게 그들의 유대인적 배경에 대해 미국 사회의 강력한 주류에 합류하기 위해 구대륙으로부터 흘러온 하나의 작은 시냇물 같은 거라고 설명했다.

줄리는 기숙사가 있는 학교에 다니기 위해 집을 떠났다. 그러나 제이슨은 집에 남기를 원했기 때문에 호킨스 아트윌 아카데미에 다녔다.

제이슨은 롱아일랜드를 무척 좋아했으며, 특히 소녀들과 데이트를 즐길 수 있는 기회를 포기하려고 하지 않았다. 사랑은 제이슨이 테니스 다음으로 즐기는 스포츠였다. 물론 그는 이 종목에서도 성공을 거두고 있었다.

제이슨의 학교 성적은 주목할 만한 것이 아니었다. 어쩌면 그것은 당연한 일이었다. 하지만 제이슨의 성적은 그와 아버지가 꿈꾸었던 예일대학에는 충분히 들어갈 수 있을 만큼 우수했다.

그들이 예일대학을 선택한 이유에는 다분히 감상적인 이유가 있었다. 예일대학생은 신사와 학자, 그리고 운동 선수라는 삼박자를 모두 겸비한 귀족처럼 보였던 것이다. 그런 이유로 인해 제이슨은 자신을 오직 예일대학에 들어가기 위해 태어난 것처럼 생각했다. 제이슨은 서슴없이 예일대학으로 입학원서를 보냈다.

하지만 5월 12일 아침에 도착한 편지봉투는 이상하게도 가벼운 것이었다. 편지봉투가 가볍다는 사실은 그 내용이 짧다는 사실을 암시하고 있었다. 그리고 그 결과는 몹시 고통스러운 것이었다. 예일대학이 제이슨의 입학을 거부한 것이다.

길버트 가문의 놀라움은 곧 분노로 변했다. 왜냐하면 얼마 후에 제이슨보다 분명히 성적이 떨어지고 가정적인 배경도 좋지 못한 토니 로우슨이 예일대학에 입학했다는 사실을 알게 된 것이다. 제이슨 1세는 즉시 예일대학 출신인 제이슨의 고등학교 교감 선생님에게 면담을 요청했다.

"교감 선생님, 예일대학이 우리 아들을 거부하고 로우슨을 받아들인 것을 당신은 어떻게 설명할 수 있습니까?"

머리가 희끗희끗한 늙은 교육자는 파이프 담배를 뻐끔거리면서 대답했다.

"길버트 씨, 로우슨 가문은 예일대학과 전통적인 관계를 맺고 있습니다. 토니의 부친과 조부는 모두 예일대학 출신입니다. 그것은 상당히 중요한 요소입니다. 전통에 대한 감정이 밀접하게 연결되어 있는 겁니다.”

“좋아요. 네, 알겠습니다. 하지만 어째서 예일대학이 제이슨처럼 훌륭한 운동선수의 입학을 거부했는지 납득할 만한 설명을 해주실 수는 없겠습니까?”

제이슨 1세는 단호한 태도로 대답을 재촉했다.

“아버지, 제발 그만하세요.”

제이슨이 약간 당황해 하면서 아버지를 가로막았다. 그러나 부친의 태도는 매우 완강했다.

“왜 당신의 모교가 제이슨 같은 뛰어난 학생을 원하지 않았는지 말해 주시오.”

“나는 예일대학 입학위원회의 심의 내용을 알 만한 위치에 있는 사람이 아닙니다. 하지만 내가 알고 있는 바로는 그 사람들이 신입생들의 적절한 배합을 원하고 있다는 겁니다.”

늙은 교육자가 의자에 등을 기대면서 대답했다.

“적절한 배합?”

“그렇습니다. 지리학적인 차원이라고 할 수 있는 배열의 문제가 있는 겁니다. 동창생의 자제라든가, 토니의 경우가 바로 그렇습니다. 그리고 각 지역의 고등학교와 예비학교, 음악특기생, 체육특기생…….”

제이슨 1세는 비로소 그가 말하는 의도를 알아차릴 수 있었다. 제이슨 1세는 울화통이 치미는 것을 가까스로 참고 있었다.

“교감 선생님, 그 적절한 배합이라는 것이 종교적인 배경도 포함하고 있습니까?”

“사실을 말하자면 그렇습니다. 예일대학은 별다른 규제 사항을 두고 있지는 않습니다. 하지만 유대인 학생을 받아들이는 점에는 어느 정도 제한을 두고 있습니다.”

“하지만 그건 법에 어긋나는 일입니다!”

“그래요? 나는 전혀 그렇게 생각하지 않습니다. 유대인은 전체 인구의 2.5%에 불과합니다. 하지만 나는 예일대학이 적어도 그 숫자의 다섯 배 이상의 유대인을 받아들이고 있다는 것을 장담할 수 있습니다.”

그가 능청을 떨면서 말했다. 그는 예일대학이 해마다 받아들이고 있는 유대인의 정확한 비율까지도 알고 있었다. 그것은 예일대학이 동창생들에게 해마다 자료를 보내기 때문이었다.

“아버지, 저는 저를 원하지 않는 학교에 가고 싶은 생각이 전혀 없어요. 이제는 두 번 다시 예일대학에 원서를 보내지 않을 겁니다.”

그런 후에 제이슨은 교감 선생님께 사과하듯이 말했다. 어쨌든 교감은 제이슨을 길러 주신 선생님이었다.

“죄송합니다.”

“괜찮네. 나도 자네의 심정을 이해할 수 있네. 자, 보다 적극적으로 생각해 보게. 결국 자네가 두 번째로 선택할 학교는 매우 훌륭한 곳일세. 어떤 사람들은 하버드대학이 미국에서 가장 뛰어난 대학이라고 생각하니까 말일세.”

5

테드 램브로스

모든 현명한 인간은 이기적이다.

— 랠프 왈도 에머슨, 하버드 졸업생

테드 램브로스의 집은 매우 가난했다. 테드 램브로스의 가족은 거의 눈에 띄지 않는 소수 민족의 일원이었다. 하버드대학에서 테드 램브로스는 다른 학생들처럼 호화로운 생활을 누릴 수가 없었다. 테드 램브로스는 너무나 가난했기 때문에 낮에는 하버드대학생이었더라도 저녁이 되면 버스나 지하철을 타고 비참한 자신의 현실로 돌아갈 수밖에 없었다.

테드 램브로스는 고개를 돌리면 하버드대학의 건물들이 바라보이는 곳에서 태어났다. 테드의 아버지 소크라테스는 30년대 초반에 그리스에서 미국으로 이주했다.

소크라테스는 와이드너 도서관에서 북쪽으로 약간 떨어진 매사추세츠 거리에 정착했다. 그리고 가능한 모든 자금을 끌어 모아 마라톤이라는 레스토랑을 마련했다.

소크라테스가 항상 레스토랑에서 일하는 종업원들에게(모두 그의 가족들이다) 자랑하는 것이 있었다. 그것은 마라톤 레스토랑에 밤마다 위대한 정신의 소유자들이 모여든다는 점이었다.

그들은 플라톤 학파가 베풀었던 향연에 참석했던 위대한 철학자들과 얼마든지 견줄 수 있었다. 더욱이 마라톤 레스토랑에 모이는 학자들은 단지 철학자들만이 아니었다. 그들은 물리학, 화학, 의학, 경제학 분야에서 노벨상을 수상한 사람들이었다.

그리고 테드는 케임브리지 고등학교와 라틴 스쿨을 다녔다. 그것은 하버드대학이 커다란 영향력을 발휘하는 초급 교육기관이라고 해도 과언이 아니었다.

소크라테스 램브로스는 하버드대학의 교수들을 거의 우상숭배에 가까운 절대적인 존경심으로 대하고 있었다. 그런 환경에서 성장한 테드가 하버드대학에 진학하려는 강렬한 욕망을 품고 있다는 것은 지극히 자연스러운 일이었다.

열여섯 살의 테드 램브로스는 키가 크고 피부가 검었으며 매우 잘생긴 청년이었다. 테드 램브로스는 레스토랑에서 종업원으로 일하는 동안, 자연스럽게 학계의 거장들과 매우 밀접한 관계를 유지할 수 있었다.

테드 램브로스는 유명한 학자들로부터 '잘 있었나?' 라는 말만 들어도 온몸에서 전율이 일어나는 것을 느꼈다. 그런데 무엇 때문에 하버드대학 교수들의 아무런 의미도 없는 말 한마디 몸짓 하나에도 이렇게 온몸이 떨리는 걸까?

테드 램브로스는 그 이유가 무척 궁금했다. 그러던 어느 날 저녁에 테드는 분명한 결론을 내릴 수 있었다. 그들은 어떤 초인적인 자신감을 가지고 있었다. 그런 자신감이 위대한 학자들의 행동 속에서 후광처럼 발산되는 것이다. 그들이 논하고 있는 것이 형이상학이든 새로 부임한 조교수 부인의 행실에 관한 것이든 그들은 항상 자신감을 갖고 대화를 나누었다.

테드 램브로스는 불안정한 이민 가정의 아들로 태어났기 때문에 특히 자기 자신을 사랑할 줄 아는 그들의 능력과 자기 자신의 지성을 소중하게 여길 줄 아는 그들의 재능을 동경했던 것이다.

이것은 테드에게 인생의 목표를 부여했다. 테드는 이 위대한 학자들처럼 성장하고 싶었다. 한 사람의 단순한 하버드 졸업생이 아니라 유명한 교수가 되어서 강단에 서고 싶었다. 그리고 그건 그의 아버지의 소망과도 맞아떨어지는 것이었다.

소크라테스는 저녁식사를 하는 자리에서 테드의 영광스러운 미래에 관해 열광적으로 이야기하곤 했다. 램브로스 가문의 다른 자식들인 다프네와 알렉산드라에게 그것은 몹시 서운한 일이었다.

"나는 테드 오빠가 뭐가 그렇게 훌륭하다고 떠들어대는지 모르겠어요."

나이 어린 알렉산드라가 서운한 듯이 투덜거리면서 말했다.

"왜냐하면 테드니까 그런 거야. 자랑스러운 테드는 우리 램브로스 가문의 희망이야."

그럴 때마다 소크라테스는 열을 올리면서 대답했다. 테드의 작은 방은 프레스코트 거리에 위치하고 있었다. 그곳에서는 약 2km 가량 떨어진 곳에 있는 하버드대학의 불빛을 항상 바라볼 수 있었다.

테드는 공부를 하다가 집중력이 흐려지거나 하면 이렇게 생각하면서 마음을 가다듬었다.

"참아라, 램브로스. 목표가 바로 저기에 있어."

지중해의 험한 파도에 휩쓸리던 오디세우스처럼, 테드는 자신의 길고 고된 투쟁의 목표를 현실적으로 감지할 수 있었던 것이다. 그런 서사시적인 환상으로 마음을 굳게 가다듬으면서 테드는 마법의 섬에서 자신을 기다리고 있을 아름다운 처녀에 대한 꿈을 꾸었다. 그 처녀는 나우시카처럼 금발 머리의 아름다운 공주였다. 하버드에 대한 테드의 꿈은 래드클리프 소녀들에 대한 동경도 자연스럽게 키웠다.

테드는 영어 시간에 『오디세우스』를 읽었다. 오디세우스가 마지막으로 모험을 떠나는 대목에 이르렀을 때, 테드는 나우시카에 대한 환상을 꿈꾸었다. 그리고 그것은 성공을 거둔 후에 얻게 될 하나의 보상일 거라고 생각했다.

테드는 그 과목에서 A학점을 받았다. 그것은 지난 한 해 동안 거의 드물게 받았던 A학점이었다. 테드는 대부분의 시간을 돈을 버는 데 투자했기 때문에 B플러스의 성적도 빛나는 것이었다. 하지만 테드는 언제나 게으름뱅이가 아니라 공부벌레였다. 그래서 테드는 친애하는 하버드대학에 입학하는 것을 감히 희망할 수 있었던 것이다.

테드의 성적은 반에서 일곱 번째였고 전체적으로는 평균보다 조금 넘는 정도였다. 하버드대학은 모든 일에 적극적인 만능적인 인물을 구하는 경향이 있었다.

그러나 테드는 스스로에 대해 융통성이 없는 사람이라고 판단하고 있었다. 하지만 사실 그의 일과에서 공부하는 시간과 레스토랑 종업원으로 일하는 시간을 빼고 나면 어떻게 사회적인 활동의 영역을 넓힐 만한 시간이 남았겠는가?

테드는 객관적인 태도를 유지하기 위해 노력하면서 아버지에게 불가능한 것을 기대하지 말라고 계속 설득하고 있었다. 그러나 테드의 아버지는 좀처럼 흔들리지 않는 낙관주의자였다. 그는 마라톤 레스토랑에서 식사하는 거물급 인사들이 적어 준 추천장이 기적 같은 효과를 나타낼 거라고 믿었다.

그리고 어떤 면에서 보면 그 추천장들은 효과가 있었다. 테드는 하버드대학에 입학 허가를 받은 것이다. 하지만 재정적 원조를 받는 장학생은 아니었다. 이것은 테드가 프레스코트 거리의 감옥처럼 작은 방에 계속 남아 있어야 한다는 사실을 의미했으며 하버드의 기숙사 생활을 즐길 수 없다는 사실을 의미했다. 테드는 학비를 벌기 위해 마라톤 레스토랑에서 저녁 시간을 보내야만 했다.

그렇지만 테드는 결코 실망하지 않았다. 비록 올림포스의 산기슭에 발을 들여놓은 것뿐이었지만 적어도 그곳에서 그는 산을 오르기 위한 준비를 하고 있었다.

테드는 미국의 꿈을 믿고 있었다. 만약 무엇인가를 간절히 원하고 그것을 이루기 위해 온 마음과 영혼을 바쳐 노력한다면 끝내 달성할 거라는 믿음 말이다.

아킬레스로 하여금 트로이를 정복할 때까지 달리게 했던 '꺼지지 않는 불'처럼 테드 램브로스는 하버드를 간절히 원하고 있었다. 그러나 아킬레스는 매일 밤마다 레스토랑 종업원으로 일할 필요가 전혀 없었다.

6

앤드류 엘리어트

아니다!

나는 햄릿 왕자가 아니다. 나는 이 땅에 태어날 때부터 왕자의 신분과는 아무런 관계가 없었다. 나는 단지 시종에 불과한 존재, 막이 오르면 일을 진행하고 왕자에게 충고를 할 뿐이다. 의심할 여지도 없이 다루기 쉬운 도구, 충성심이 깊고 즐거운 마음으로 명령에 따른다. 정치적으로 민감한 사안이나 혹은 하찮은 일에도 항상 신경을 쓰지만 다소 우둔한 면도 있으니……

— T.S 엘리어트, 하버드 졸업생

엘리어트의 하버드 입학은 1649년부터 시작된 가문의 전통을 이어가는 것이었다. 앤드류는 특별한 어린 시절을 보냈다. 부모는 앤드류가 원하는 것은 무엇이든지 해주었다. 심지어 이혼을 한 후에도 그들은 앤드류를 위해 모든 것을 제공했다.

앤드류는 영국인 유모와 함께 지냈으며, 많은 곰인형을 갖고 놀면서

행복한 어린 시절을 보냈다. 그의 부모는 학비가 가장 비싼 기숙사 학교와 여름 캠프에 앤드류를 보냈다. 그리고 그들은 앤드류의 장래를 보장할 수 있는 신탁 기금도 마련하고 있었다. 한마디로 그들은 앤드류에게 부모로서의 관심과 주의를 제외하고는 모든 것을 제공했던 것이다.

앤드류의 부모가 그를 사랑한 것은 물론이었다. 그러나 그들은 사랑한다는 말을 하지 않았다. 아마도 일부러 그런 말을 꺼내지 않았는지도 모른다. 앤드류의 부모는 앤드류가 얼마나 착하고 독립심이 강한지를 알고 있었다. 그리고 그 사실을 앤드류도 잘 알고 있을 거라고 생각했다.

하지만 정작 앤드류는 자신에 대해 하버드대학에 들어갈 가치가 별로 없는 사람이라고 생각하고 있었다. 앤드류는 가끔씩 자조적인 말투로 농담을 하곤 했다.

"하버드는 내가 엘리어트 가문 출신이기 때문에 나의 입학을 허락한 거야."

확실히 앤드류의 조상들은 그의 자신감에 커다란 그림자를 드리우고 있었다. 그래서 앤드류는 일종의 선천적인 콤플렉스에 사로잡혀 있었다. 앤드류는 창의력이 부족하다는 사실에 대해 지나치게 집착하고 있었던 것이다.

사실상 앤드류는 똑똑한 청년이었다. 예비학교 시절의 일기에서 볼 수 있는 것처럼 앤드류는 신중하게 언어를 구사할 수 있는 능력을 가지고 있었다. 앤드류는 축구도 잘하는 편이었다. 앤드류는 주로 레프트 윙을 맡았다. 앤드류가 길게 찬 코너 킥은 공격수가 골로 연결시키는 일에 많은 도움을 주었다.

이것은 바로 앤드류의 성격을 보여 주는 하나의 지표였다. 그는 항상 친구를 도울 수 있을 때, 행복을 느꼈다. 뿐만 아니라 운동장 밖에서도 앤드류는 여전히 친절하고 생각이 깊은 청년이었다. 비록 앤드류 자신은 자신의 그런 능력을 인정하지는 않았지만, 그는 많은 친구들에게 '아주 좋은 녀석' 이라고 간주되고 있었던 것이다.

하버드대학은 앤드류를 입학시킨 것에 대해 자부심을 갖고 있었다. 하지만 앤드류 엘리어트에게는 모든 하버드대학생들이 거리감을 느낄 수밖에 없는 어떤 기질이 있었다.

앤드류는 어떠한 야심도 갖지 않았던 것이다.

7

9월 20일 오전 5시가 막 지나자 그레이하운드 버스 한 대가 보스턴 시내의 터미널에 도착했다. 서둘러 버스에서 내리는 승객들 중에는 땀에 젖고 피로에 지친 대니 로시도 포함되어 있었다.

출구를 향해 걸어가는 대니의 옷은 온통 구겨져 있었으며 머리도 헝클어져 있었다. 심지어 대니의 안경조차 먼지가 잔뜩 묻어 있었다. 대니는 사흘 전에 65달러를 들고 웨스트 코스트를 떠났다. 대니의 주머니에는 아직도 52달러가 남아 있었다.

대니는 악보와 몇 벌의 옷이 들어 있는 가방 한 개를 들고 있었다. 긴 여행에 완전히 지쳐 버린 대니는 하버드대학으로 가는 지하철에 간신히 올라탈 수 있었다. 하버드대학에 도착한 대니는 가장 먼저 1학년들이 사용하는 기숙사 '홀워디 6'을 향해 터벅터벅 걸어갔다.

대니는 서둘러 등록을 마쳤다. 대니는 입학수속을 밟은 후에 다시 보스턴 시내로 돌아가서 음악가 협회를 방문했다. 아르바이트를 할 수 있는 일자리가 필요했던 것이다. 대니는 음악가 협회에서 근무하는 사무직원에게 적당한 보수의 일자리가 필요하다고 말했다.

"너무 큰 기대는 하지 말아요, 학생. 아무 일도 못하는 피아니스트들만 해도 수백만 명 정도가 있으니까요. 사실 교회에서 건반 악기를 다루는 일이 있긴 하지만 보수는 형편없어요."

음악가 협회의 사무직원이 대니에게 주의를 주었다. 일을 할 수 있는 가능성에 대해 깊이 생각한 다음, 대니는 두 장의 서류를 가지고 돌아왔다.

"이 정도라면 나에게는 충분합니다. 금요일 밤과 토요일 아침에는 말덴의 사원에서 오르간을 치고 일요일 아침에는 퀸시에 있는 이 교회에서 일하겠습니다. 이 자리들은 아직 남아 있겠죠?"

대니는 초조한 표정으로 물어 보았다.

"물론입니다. 이봐요, 학생도 알겠지만 그들이 주는 음식은 리츠 크래커나 우유 한 잔 같은 것이 고작이에요. 보수가 얼마 되지 않아요."

"알겠어요. 하지만 저는 얼마를 받든지 그 돈이 필요한 입장입니다. 그리고 토요일 밤의 무도회 자리도 좀 알아봐 주세요."

"학생은 정말로 무척 힘들어 보이는군요. 학생이 부양해야 할 가족이라도 있나요?"

"아닙니다. 저는 하버드대학의 신입생입니다. 지금부터 수업료를 벌어야 하거든요."

"아니? 어떻게 된 거예요? 케임브리지의 그 부자 녀석들이 당신에게 장학금을 주지 않던가요?"

"사연을 말하자면 길어요. 하지만 일자리가 있을 때마다 저를 기억해 주셨으면 고맙겠어요. 어쨌든 저는 언제든지 일할 수 있으니까요."

대니는 약간 지친 듯한 목소리로 말했다.

"좋아요. 학생을 기억하고 있겠어요."

롱아일랜드의 시오세트. 아침 8시가 되기 전에 제이슨 길버트는 단잠에서 깨어났다. 제이슨 길버트의 침실에서는 태양이 항상 더욱 밝게 빛나는 것처럼 보였다. 아마도 길버트의 방에 진열되어 있는 수많은 트로피에 빛이 반사되어서 그럴 것이다.

서둘러 면도를 한 다음 깨끗한 옷으로 갈아입은 길버트는 테니스 라켓을 챙겨 넣은 가방을 들고 머큐리를 향해 걸어갔다. 길버트가 타고 다니는 머큐리는 지붕이 없는 스포츠카였다. 그래서 달릴 때마다 시원한 바람을 느낄 수 있었다.

길버트는 자신이 직접 수리하고 세차한 스포츠카를 타고 포스트거리를 따라 질주하기를 원했다. 부모님과 줄리를 비롯해 가정부로 일하는 제니와 그녀의 남편이면서 정원사인 맥스웰까지 모든 식구들이 길버트를 배웅하기 위해 기다리고 있었다.

제이슨이 먼저 고개를 숙이면서 작별 인사를 했다. 아버지는 제이슨의 손을 잡으면서 간곡하게 말했다.

"너에게 행운을 빈다는 말은 조금도 필요가 없을 것 같구나. 너에게는 그런 말 따위가 필요하지 않을 테니까 말이다. 넌 언제나 최고였어. 테니스 코트에서뿐만 아니라 모든 일에서 최고였다."

아버지의 말은 커다란 부담을 주는 것이었지만, 제이슨 길버트는 결코 내색하지 않았다. 벌써부터 길버트는 집을 떠나서 자기 세대의 엘리트들과 학문을 겨뤄야 한다는 생각만으로도 충분히 불안했기 때문이다. 하지만 마지막 순간에 아버지가 배웅을 하면서 던진 기대의 말은 제이슨의 신경을 더욱 날카롭게 만들었다.

하지만 제이슨의 아버지가 한 말이, 바로 그날 아침에 하버드대학으로 자식을 떠나보내는 수백 명의 다른 부모들의 말과 똑같은 것이었다는 사실을 알았다면, 아마도 제이슨도 약간의 위안을 얻었을지도 모른다.

제이슨은 무사히 하버드대학의 기숙사에 도착했다. 제이슨에게 배당된 기숙사는 스트라우스 A32호실이었다. 방문에는 노란색 쪽지가 붙어 있었다.

룸메이트에게
나는 항상 오후에 낮잠을 잔다네.
제발 조용히 해주게. 고맙네.

그 쪽지에는 단지 'D.D'라고만 서명이 되어 있었다. 조용히 문을 연 제이슨은 발꿈치를 들고 비어 있는 침대로 걸어갔다. 제이슨은 가방을 침대 위에 가만히 올려 놓은 다음 창 밖을 내다보았다.

제이슨은 떠들썩한 분위기의 하버드 광장을 바라보았다. 하지만 제이슨은 그 일에 별로 마음을 두지 않았다. 아직까지도 광장을 산책하고 테니스 시합을 할 수 있는 시간은 충분히 남아 있었기 때문이었다. 제이슨의 기분은 조금 들떠 있었다. 제이슨은 흰색 운동복으로 갈아입고 테니스 라켓과 공을 집어들었다.

제이슨은 테니스 경기장에서 몸을 풀다가, 운 좋게 몇 년 전에 하계 선수권 대회에서 같이 시합을 했던 대표 선수를 알아보았다. 그 친구도 제이슨을 다시 만나게 된 것을 몹시 기뻐했다. 두 사람은 당장 테니스를 쳤다. 얼마 후에 두 사람은 서로의 실력이 얼마나 향상되었는가를 금방 알 수 있었다.

제이슨이 기숙사로 돌아왔을 때, 그의 방문에는 또 다른 쪽지가 붙어 있었다. 그것도 역시 D.D가 적은 글이었다. 저녁식사를 한 후에 도서관에 갔다가 오후 10시경에 돌아올 예정이라는 것과 만약 룸메이트가 그 이후에 돌아올 계획이라면 가능한 조용히 해달라는 내용이었다. 그런데 도서관에 가다니? 그들은 아직까지 등록도 하지 않았던 상태였다.

제이슨은 샤워를 하고 나서 깨끗한 옷으로 갈아입은 다음, 광장의 식당에서 간단하게 식사를 마쳤다. 제이슨은 1학년 여학생을 찾아볼 생각으로 래드클리프를 향해 걸어갔다. 그리고 10시 30분에 기숙사로 돌아온 제이슨은 보이지 않는 룸메이트가 휴식을 취할 수 있도록 조용히 잠자리에 들었다.

다음날 아침에 잠에서 깨어난 제이슨은 또 다른 쪽지를 발견했다.

등록을 하기 위해 먼저 떠나네. 만약 나의 어머니가 전화를 하면 어제 저녁은 잘 먹었다고 전해 주게. 고맙네.

제이슨은 쪽지를 구겨 버린 후에 이미 메모리얼 홀 입구까지 길게 줄지어 늘어선 행렬에 들어서기 위해 밖으로 나갔다.

아무리 D.D가 이른 아침부터 서둘렀다고 하더라도 그가 이번 학기의 신입생 중에서 첫 번째 등록자는 아니었다. 9시 정각에 메모리얼 홀의 커다란 문이 열렸을 때, 테드 램브로스가 가장 먼저 등록했다.

테드는 3분 전에 집을 떠나 미국에서 가장 전통이 깊은 대학에 작지만 지울 수 없는 자신의 자리를 차지했던 것이다. 테드는 등록을 하면서, 지금 낙원으로 들어가는 거라고 생각했다.

그 낙원의 이름은 바로 하버드였다.

8

앤드류 엘리어트는 커다란 왜건에 짐을 잔뜩 실은 채 하버드대학의 정문에 도착했다. 앤드류의 아버지가 손수 운전을 하고 있었다. 평소와 마찬가지로 그들은 별로 이야기를 나누지 않았다. 엘리어트 가문의 사람들은 서로 공통의 대화 내용을 갖기 위해 지난 수세기 동안이나 그들과 똑같은 길을 지나왔다.

왜건은 매사추세츠 강당과 인접한 곳에 주차했다. 그 강당은 대단히 유서가 깊은 곳이었다. 조지 워싱턴 장군의 부하들도 이곳에서 생활했던 적이 있었다.

앤드류는 짐을 나르는 일에 도움을 청하기 위해 예비학교 시절의 선배들을 찾아, 위그 G-21호실로 달려갔다. 잠시 후에 앤드류의 선배들이 몰려나오더니 서둘러 짐을 나르기 시작했다. 얼마 후에 앤드류는 자신이 아버지와 단 둘이 서 있다는 사실을 깨달았다. 아버지는 다정한 목소리로 몇 마디 충고의 말을 던졌다.

"난 네가 하버드에서 탈락하지 않도록 최선을 다해 주길 바란다. 이 넓은 나라에는 다른 대학들도 많이 있단다. 하지만 하버드대학은 이 세상에서 오직 하나뿐이란다. 알겠니?"

앤드류는 아버지의 날카로운 조언을 감사하는 마음으로 받아들였다. 앤드류는 아버지와 굳게 악수를 하면서 작별인사를 나누고 난 다음 곧바로 기숙사로 들어갔다.

두 명의 룸메이트들이 앤드류의 짐 푸는 일을 도와 주고 있었다. 그들은 짐을 정리하다가 가방 속에서 술병을 발견했다. 그들은 무슨 대단한 보물이라도 찾아낸 것처럼 탄성을 질렀다. 그들은 즉시 술병을 따서 마시기 시작했다. 그들은 유럽에서 방탕하게 보냈던 여름휴가 이후에 다시 만나게 된 것을 축하하면서 축배를 들었다.

"이 녀석들아. 최소한 나에게 먼저 말을 했어야 하잖아? 게다가 우리는 등록하러 가야 한단 말이야."

엘리어트가 투덜거리면서 따지고 들었다.

"그런 소리는 그만둬."

디키 뉴엘이 술잔을 기울이면서 대답했다.

"우린 이미 조금 전에 돌아보고 왔어. 메모리얼 홀에는 줄이 길게 늘어서 있단 말이야."

"그래, 맞아. 정신나간 녀석들이나 먼저 등록하라고 하지. 성적은 반드시 등록 순서와 일치하는 게 아니야."

마이클 위글스워드가 웃으면서 디키 뉴엘의 말에 맞장구를 치고 나섰다.

"하지만 내가 보기엔 적어도 하버드에서는 그렇다고 생각하는데? 물론 술 취한 녀석들에겐 그렇게 보이지 않겠지만 말이야. 어쨌든 난 등록하러 메모리얼 홀로 가겠어."

앤드류가 조심스럽게 말했다.

"알았어. 그런데 엘리어트, 너는 대단한 가문 출신이라면서?"

디키 뉴엘은 재미있다는 듯이 낄낄거리면서 앤드류를 쳐다보았다. 앤드류는 그의 야유가 무척 거북했지만 계속 참고 있었다.

"난 가겠어."

"그렇게 해. 빨리 돌아오면 네가 마실 술은 남겨 두겠어. 그런데 나머지 술은 어디에 있지?"

디키 뉴엘이 거만한 몸짓으로 앤드류를 밀치면서 말했다.

앤드류 엘리어트는 하버드 광장을 가로질러 길게 줄지어 늘어선 신입생들의 행렬 속으로 들어갔다. 결국 이렇게 하버드대학의 졸업생이 되기 위한 복잡하고 다양한 조직에 처음으로 들어간 것이다.

모든 학생들이 등록을 마치려면 아직 몇 시간이 더 걸려야 했지만, 하버드대학에 입학한 수많은 신입생들은 이미 케임브리지에 모여 있었다. 동굴 모양의 스테인드 글래스로 장식된 커다란 기둥 주위에는 미래에 세계의 지도자가 될 사람들이 서 있었다.

그들은 얼마든지 미래의 노벨상 수상자, 경제계의 거물급 인사, 대기업의 최고 경영자, 의사, 변호사, 그리고 보험회사 운영자가 될 수 있었던 것이다. 그들은 가장 먼저 커다란 봉투를 받았다. 그 봉투 속에는 등록에 필요한 각종 서류가 들어 있었다.

그들은 길게 늘어서 있는 좁은 탁자에 나란히 앉아서 서류를 작성했다. 그 서류에는 종교에 관한 설문용지도 들어 있었다. 앤드류 엘리어트와 대니 로시, 그리고 테드 램브로스는 각각 성공회, 가톨릭, 그리스 정교에 표시했다. 하지만 그들 중에서 특별히 신앙심이 깊었던 사람은 아무도 없었다. 제이슨 길버트는 아무런 종교도 갖고 있지 않다고 표시했다.

공식적인 등록 절차가 끝난 후에 그들은 종이를 흔들고 있는 각종 선전물 사이를 지나가게 되었다. 선전을 하는 사람들은 방금 하버드대학의 신입생이 된 학생들에게 민주당이나 공화당 청년회, 산악회, 스쿠버 다이빙, 시사토론, 행글라이딩과 같은 서클에 가입할 것을 권유하고 있었다.

테드 램브로스의 일과는 조금도 여유가 없었다. 낮에는 학교에서 공부를 하고 밤에는 다시 레스토랑에서 일을 해야 하는 것이다. 그래서 어떠한 서클에도 가입할 수가 없었다.

대니 로시는 가톨릭 서클에 가입했다. 그는 종교를 가진 여학생들이 조금 더 얌전하고 대하기도 쉬울 거라고 생각했던 것이다.

앤드류 엘리어트는 마치 노련한 탐험가처럼 낙엽이 깔린 길을 헤치면서 지나갔다. 앤드류 엘리어트가 들어가고 싶었던 서클은 보다 진지한 방식으로 신입생을 모집하고 있었다.

제이슨 길버트는 《크림슨》이라는 교내 신문을 구독하기로 결정한 후에, 마치 홍해를 건너간 조상들처럼 조용히 사람들 사이를 빠져 나와서 기숙사로 향했다. 길버트는 신문을 통해 고향의 부모에게 자신의 대학생활을 알릴 수 있을 거라고 생각했다.

제이슨 길버트가 기숙사로 돌아왔을 때, 기적 같은 일이 벌어지고 있었다. 그것은 바로 그 이상한 D.D가 깨어 있었다는 사실이었다. 침실 문이 열려 있었고 어떤 학생이 책으로 얼굴을 가린 채 침대에 드러누워 있었다. 제이슨은 궁금한 듯이 말을 걸었다.

"이봐, 네가 바로 D.D라는 친구야?"

잠시 후에 얼굴을 가리고 있던 책이 움직이더니 두꺼운 안경이 보이기 시작했다.

"나의 룸메이트인가?"

그가 신경질적인 목소리로 반문했다.

"그래, 난 스트라우스 A32호실을 배정 받았어."

제이슨이 고개를 끄덕이면서 대답했다.

"그렇다면 나의 룸메이트가 맞군."

논리적인 결론을 내린 학생은 자기가 읽던 책에 조심스럽게 클립을 끼워 표시했다. 그는 침대에서 벌떡 일어나더니 어쩐지 차갑고 끈적끈적한 것처럼 보이는 손을 내밀었다.

"나는 데이비드 데이비드슨이야."

"제이슨 길버트라고 해."

인사가 끝나자 D.D는 자신의 룸메이트를 의심스러운 눈초리로 쳐다보면서 말을 꺼냈다.

"혹시 담배를 피우지 않니?"

"그런 건 피우지 않아. 담배는 호흡에 지장을 주거든⋯⋯. 그런데 어째서 그런 걸 묻는 거야?"

"난 일부러 담배를 피우지 않는 룸메이트를 요청했어. 사실 난 독방을 쓰고 싶었어. 그런데 1학년에게는 독방을 허락할 수 없다는 거야."

데이비드는 퉁명스러운 표정으로 대답했다.

"집은 어디지?"

제이슨이 차분한 목소리로 물었다.

"뉴욕이야. 브롱크스 과학고등학교를 졸업했어. 그리고 난 웨스팅하우스 대회에서 결승전에 나갔던 적이 있어. 그런데 너는 어디에서 왔지?"

"롱아일랜드 지방의 시오세트 출신이야. 난 테니스 시합의 결승전에 나간 적이 있어. 혹시 잘하는 운동이 있니, 데이비드?"

"전혀 없어. 그런 건 모두 시간 낭비야. 게다가 난 의과대학을 지원했어. 화학이나 생물학 같은 과목을 수강해야 한다고. 그런데 네 전공은 뭐지?"

데이비드가 의아한 듯이 물어 보았다. 제이슨은 너무나 한심하다는 생각이 들었다.

맙소사! 내가 운동도 할 줄 모르는 이런 녀석과 한 방을 써야 하다니!

"난 아직까지도 결정하지 않았어. 전공에 대해선 나중에 생각해 보겠어. 그런데 나와 함께 거실에 필요한 가구를 사러 가는 건 어때?"

"도대체 뭘 하려고? 우린 각자의 침대와 책상, 그리고 의자가 있어. 어떤 가구가 더 필요하다는 거지?"

데이비드가 조심스러운 목소리로 물어 보았다.

"소파가 있으면 휴식을 취하거나 공부하는 일에 도움이 될 수 있을 거야. 그리고 음식을 보관하려면 아이스박스도 필요할 거야. 그래야 친구들에게 차가운 음료를 대접할 수 있을 테니까."

"친구들? 넌 여기에서 파티를 열 작정이야?"

데이비드는 조금 흥분한 것 같았다. 제이슨도 점차 인내심을 잃어가고 있었다.

"이봐, 데이비드. 너는 룸메이트를 벙어리 수도자로 만들 생각이니?"

"그런 건 아니야."

"넌 분명히 잘못 생각하고 있어. 팔걸이 소파를 사기 위해 돈을 낼 거야, 안 낼 거야?"

"난 소파가 필요하지 않아."

데이비드가 머리를 흔들면서 대답했다.

"좋아. 그렇다면 나 혼자 사겠어. 하지만 만약 네가 그 소파에 앉아 있는 모습을 보게 된다면 임대료를 받겠어."

앤드류 엘리어트와 마이클 위글스워드, 그리고 디키 뉴엘은 그날 오후에 가구를 구입하기 위해 광장으로 나갔다. 광장 주위에는 다양한 물건들을 취급하는 상점들이 위치하고 있었다. 그들은 3시간 동안이나 돌아다닌 끝에 195달러를 지불하고 인조가죽으로 된 가장 좋은 가구들을 구입했다.

얼마 후에 그들은 구입한 물건들을 들고 기숙사에 도착했다.

"맙소사!"

디키 뉴엘이 탄성을 질렀다.

"나는 얼마나 많은 미인들이 이 긴 의자에 굴복할 건지 생각만 해도 가슴이 떨려. 그러니까 아름다운 여자들이 이 의자를 한 번 보기만 해도 옷을 벗어 던지고 곧장 뛰어오를 거라는 말씀이지."

"디키, 그럴 경우에 대비하기 위해서라도 빨리 이걸 들고 올라가는 게 좋지 않을까? 만약 우리가 여기에 서 있는 동안 어떤 여자가 지나가게 된다면, 너는 사람들이 보는 앞에서 해치울 수밖에 없잖아."

앤드류가 디키의 어깨를 가볍게 치면서 말했다.

"내가 그 일을 하지 못할 거라고 생각하는 거야?"

"그런 건 아니야. 넌 용기가 있는 녀석이니까……."

"어쨌든 빨리 올라가자. 앤드류와 내가 긴 의자를 맡겠어. 그런데 마이클, 혼자 저 가구를 맡을 수 있겠어?"

디키 뉴엘이 마이클을 향해 고개를 돌리면서 소리쳤다.

“식은 죽 먹기야.”

당당한 체격의 마이클은 대수롭지 않다는 듯이 대답했다. 그는 커다란 팔걸이 의자를 번쩍 들어올리더니 힘차게 계단을 올라갔다. 그 모습을 보면서 디키 뉴엘이 한마디 거들었다.

“우리의 친구 마이클. 하버드의 미래에 불후의 이름을 남길 인물이지. 게다가 힘도 무척 세고……. 장래에 대단한 명성을 떨치는 졸업생이 될 거야.”

“조금만 더 가면 됩니다.”

대니 로시가 피아노를 운반하는 인부들에게 간청하고 있었다.

“이봐요, 학생. 우리에게 계단이 있다는 말은 하지 않았잖아요. 우리는 항상 엘리베이터로 피아노를 옮겼어요.”

“하버드의 기숙사에는 엘리베이터가 없다는 걸 알잖아요. 그렇다면 이 피아노를 내 방까지 옮기는 데 얼마를 더 드려야 합니까?”

대니가 답답하다는 표정을 지으면서 물어 보았다.

“따로 20달러를 더 내시오.”

인부 가운데 한 명이 무례한 태도로 대답했다.

“그렇다면 기숙사까지 피아노 한 대를 운반하는 일에 35달러나 내라는 말입니까?”

“그렇게 할거요, 안 할거요? 여기에서 밤을 보낼 생각이오?”

“나는 절대 20달러를 더 지불할 수 없어요.”

대니가 화를 내면서 대답했다. 인부들의 요구는 너무 지나친 것이었다.

“도대체 말이 통하지 않는 학생이군.”

그들은 피아노를 내버려둔 채, 뒤도 돌아보지 않고 그대로 나가 버렸다. 대니는 어쩔 줄 몰라 몇 분 동안 계단에 가만히 앉아 있었다. 그러다가 갑자기 기발한 생각이 한 가지 떠올랐다.

대니는 삐걱거리는 의자를 피아노 앞에 갖다 놓은 다음, 피아노 뚜껑을 열었다. 처음에는 조금 망설여졌지만 점차 자신감을 갖고 피아노 건반을 두드리기 시작했다.

여름철의 무더운 날씨 때문에 기숙사의 창문들은 대부분 열려 있었다. 흥겨운 피아노 연주가 시작되자, 얼마 있지 않아서 많은 학생들이 대니를 에워싸기 시작했다. 복도에서 춤을 추는 신입생들도 있었다.

대니의 연주는 대단한 인기를 끌었다. 기숙사에서 살고 있는 그의 동기생들은 대니가 훌륭한 재능을 갖고 있다는 사실을 알고 몹시 흥분했다.

대니의 연주에 커다란 감동을 받은 어떤 학생은 대니를 제2의 '스비야토슬라브 리히터'라고 말했다. 리히터는 현대의 피아니스트 중에서 가장 뛰어난 연주자라는 평가를 받고 있었다.

마침내 대니의 연주가 끝났을 때, 모든 학생들은 박수를 치면서 계속하라고 소리를 질러댔다. 그래서 대니는 신청곡을 받아 〈세이버 댄스〉와 〈연못 속의 동전 세 개〉를 더 연주했다.

얼마 후에 하버드대학의 경비원이 나타났다. 그것은 오히려 대니가 원하던 일이었다.

"이봐요, 학생! 이곳에서는 피아노를 칠 수 없어요. 어서 피아노를 기숙사로 옮기도록 해요."

경비원이 대니에게 소리를 질렀다. 신입생들은 그 경비원을 향해 야유를 보냈다.

"내 말 좀 들어 보세요."

대니 로시는 열광하는 학생들을 향해 소리쳤다.

"이 피아노를 계단 위에 있는 내 방까지 옮겨 주세요. 우리가 힘을 모으면 충분히 할 수 있어요. 난 그 보답으로 밤새 피아노를 연주하겠어요."

대니의 연주에 감탄한 학생들은 일제히 박수를 보냈다. 잠시 후에 열두 명 가량의 힘센 학생들이 몰려오더니 즐거운 마음으로 대니의 피아노를 들었다.

"잠시만 기다려요. 밤 10시 이후에는 연주할 수 없어요. 그건 기숙사의 규칙입니다."

경비원이 다시 대니를 향해 소리쳤다. 그러자 더 많은 야유가 쏟아졌다. 하지만 대니는 경비를 향해 예의바르게 대답했다.

"좋습니다. 저녁식사 시간까지만 치도록 하겠어요."

테드 램브로스가 고등학교 시절에 사용하던 방을 학교로 옮겨놓을 수 없다는 것은 당연한 사실이었지만, 그는 구내 매점에서 기본적인 물품을 구입하는 일로 그날 오후를 보냈다.

가장 먼저 테드 램브로스는 초록색 가방을 구입했다. 그 가방은 모든 하버드 신입생들이 중요하게 여기는 것이었다. 그리고 하얀 글씨로 자랑스럽게 '하버드-58'이라고 적힌 사각형의 진홍색 깃발도 구입했다.

다른 신입생들은 그 깃발을 운동장 방향의 기숙사 벽에 걸어 놓았지만, 테드는 그것을 자신의 작은 침실 책상 위에 걸어 두었다. 그리고 앞으로 담배를 피우게 되면 사용하기 위해 멋지게 생긴 파이프도 마련했다.

오후가 거의 지나갈 때까지 테드는 몇 번씩이나 구입한 옷을 정리했다. 그리고 마음 속으로 내일부터 시작되는 하버드의 도전에 대처할 준비가 모두 끝났다고 다짐했다.

날이 저물기 시작하자 테드는 마라톤 식당으로 가기 위해 매사추세츠 거리로 향했다. 그곳에서 테드는 케임브리지의 사자들에게 양고기를 제공하기 위해 손님들의 식욕을 돋우는 옷으로 갈아입어야 하는 것이다.

하루 종일 줄을 서는 날이었다. 처음에는 등록을 하기 위해 메모리얼 홀에서 줄을 섰다. 그리고 오후 6시가 지나서 저녁식사 시간이 되었을 때, 구불구불하고 길게 늘어선 줄은 마침내 퀸시 거리까지 뻗어나갔다.

신입생들이 입고 있는 옷은 색깔이나 옷감의 종류가 제각기 달랐지만, 대부분 양복에 넥타이를 착용하고 있었다. 하버드에선 식사를 할 때 정장을 입어야 한다는 것이 공공연한 규칙이었다.

그러나 식사 시간에 맞추어 일부러 정장을 차려입고 나온 신사들은 식당에 들어서자 깜짝 놀라고 말았다. 그곳에는 애초에 접시 따위는 없었다. 몇 칸으로 나누어진 지저분한 황갈색 플라스틱 배식판에 국자로 음식물을 떠서 담았다. 그 배식판에서 유일하게 합리적인 것이라고는 우유 컵을 담을 수 있도록 고안된 구멍뿐이었다.

하지만 그 구멍이 아무리 기발한 아이디어라고 하더라도 신입생들의 식사가 매우 형편없는 것이라는 사실을 숨길 수는 없었다. 학생들은 배식구에서 가장 먼저 얇은 덩어리를 받게 되었다. 배식을 담당하는 직원은 그것이 스테이크라고 말했다. 그렇지만 학생들의 눈에는 지저

분한 신발의 밑창처럼 보였다. 도대체 어느 누가 이 씹기 어렵고 정체
도 알 수 없는 스테이크를 먹으려고 하겠는가?

학생들에게 유일한 위안거리가 있었다면, 그것은 아이스크림을 먹을
수 있다는 사실이었다. 아이스크림은 충분히 먹을 수 있을 만큼 양이
많았고 맛도 좋았다.

이제 막 스무 살의 문턱으로 들어서는 대학생들에게 있어서 이것은
다른 모든 것을 보상할 만한 것이었다. 아이스크림의 양이 많다는 사
실만으로도 그들은 충분히 즐거웠던 것이다.

그러나 아무리 식사가 형편없다고 하더라도 실제로 그것을 비난하는
학생은 아무도 없었다. 비록 모든 학생들이 만족하고 있었던 것은 아
니었지만, 그들은 단지 그 시간에 그 장소에 있을 수 있다는 사실만으
로도 매우 흥분했기 때문이다. 그들이 있는 장소가 바로 하버드대학이
라는 사실이, 그러한 모든 불편을 초월할 수 있도록 만들어 주었다.

하버드 신입생들 중에는 고등학교 졸업식에서 고별사를 맡았던 우수
한 학생이 287명이나 있었지만, 그들 중에서 오직 1명만이 하버드대학
의 졸업식에서 그 일을 맡게 될 것이다.

최고는 언제나 한 명뿐이었다.

거의 본능적으로 학생들은 이미 서로에 대해 파악하기 시작했다. 어
떤 식탁에서는 클랜시 로버츠란 학생이 1학년 하키 팀의 주장이 되기
위해 일종의 선거운동을 벌이고 있었다. 또 다른 식탁에서는 1시간 전
에 딜론 필드 하우스에서 만났던 축구선수들이 일반 학생들과 함께 하
는 얼마 남지 않은 식사를 즐기고 있었다.

일단 시즌이 시작되면 축구선수들은 V클럽의 훈련장 식탁에서 식사
를 하도록 되어 있었다. 그곳에서 축구선수들은 지금보다 두 배나 더

두꺼운 스테이크를 먹을 수 있게 될 것이다.

커다란 식당은 잔뜩 긴장하고 있는 신입생들이 잡담을 나누는 소리로 가득 차 있었다. 그 학생들 중에서 누가 일반 고등학교를 졸업했고 누가 명문 사립학교를 졸업했는지 구분하는 것은 별로 어려운 일이 아니었다.

명문 사립학교 출신들은 거의 모두가 단정한 세틀랜드산 양모 상의에 넥타이를 매고 있었다. 그들은 하나의 집단을 이루어 식사를 했고 대화와 웃음 소리는 동질적이었다. 각지에서 모여들었던 미래의 오마하 출신의 물리학자, 미주리 출신의 시인, 애틀랜타 출신의 변호사, 텍사스 출신의 정치인은 혼자서 식사를 했다.

하버드대학은 기숙사에 들어갈 학생들에 대해 면밀한 자료분석과 고려를 통해 각각의 룸메이트를 선정했다. 서로 잘 어울릴 만한 환경의 학생들을 룸메이트로 배정했던 것이다. 기숙사의 이러한 배정을 위해서 하버드대학에서 일하는 어떤 뛰어난 직원은 수많은 시간을 방 배정하는 데 보냈을 것이다.

하버드 신입생들을 분석해서 방을 배정하는 일은 수백 가지의 각기 다른 요리를 포함하는 스칸디나비아 식의 전채요리를 선택하는 것과 같은 것이었다. 그 가운데 무엇을 먹을 것인가? 어떤 음식이 잘 소화되고 어떤 음식이 소화불량을 가져올 것인가? 학생처의 어떤 사람은 그런 사실들을 잘 알고 있을 것이다. 아니, 적어도 알고 있다고 생각하고 있을 것이다.

물론 대학측은 학생들에게 어떤 룸메이트를 원하는지에 대해 질문을 던졌다. 담배를 피우지 않는 학생, 운동을 즐기는 학생, 예술에 관심이 있는 학생 등에 대한 요구들도 있었다.

명문 사립학교 졸업생들은 자연스럽게 절친한 친구들과 함께 방을 같이 쓰기를 요구했다. 그리고 그들은 대부분의 경우에 룸메이트가 되었다. 하지만 몇 개의 예외적인 경우도 있었다.

가령 대니 로시는 음악당으로 쓰이는 페인 강당의 가장 가까운 곳에 위치한 기숙사에 방을 배정해 달라고 요청했다. 하지만 학교 당국은 대니 로시에게 무엇을 배려할 수 있었을까? 대니 로시를 다른 음악가와 함께 있도록 했을까?

하지만 그건 아니었다. 그렇지 않았다. 그것은 예민한 두 자아의 충돌이라는 위험성을 낳을지도 모르는 일이었다. 하버드대학 당국이 바라는 것은 생애에서 가장 괴로운 수업을 받는 과정에 있는 1학년 학생들이 서로 조화로운 평화를 유지하는 것이었다.

신입생들은 이 세상이 자기 마음대로 되는 것이 아니라는 사실을 배우게 되었다. 어렵고 힘들고 일이 잘 풀리지 않는 시기도 있는 것이다. 결국 대니 로시는 샌디에이고 출신의 장래 건축가 지망생이었던 중국계 우킹만과 수학의 천재이면서 시카고 교외에 있는 뉴 트라이어 고등학교를 졸업한 펜싱 우승자 버니 애커맨과 같은 방을 쓰게 되었다. 이러한 배정은 오직 하버드대학 당국만이 알고 있는, 다른 모든 사람에게는 공개할 수 없는 어떤 이유 때문이었다.

그날 저녁에 룸메이트가 된 이들 세 학생은 학생회관 식당에서 식사를 했다. 식사 도중에 갑자기 버니가 왜 그들 세 명이 한 방을 쓰게 되었는지를 알아맞히려고 시도했다.

버니는 하버드 기숙사의 룸메이트 선정 기준에 대해 논리적인 이유를 찾고 있었다.

"그건 바로 막대기야. 막대기가 우리 세 사람을 연결시키는 유일한 상징이거든……."

"그런 생각이 심오한 거라고 생각하니?"

우깅만이 버니를 쳐다보면서 물어 보았다.

"이것 보라고, 생각을 좀 해봐. 대니는 훌륭한 지휘자가 되기 위해 노력하고 있어. 지휘할 때 뭘 흔들지? 바로 지휘봉이야. 난 펜싱을 하니까 물론 가장 큰 막대기를 사용하고 있는 거지. 아직도 내가 무슨 말을 하는지 모르겠어?"

버니가 열을 올리면서 주장했다.

"그렇다면 나는?"

우깅만이 다시 질문을 던졌다.

"건축가는 무엇으로 도면을 그리지? 연필이나 펜, 뭐 그런 것들 아니겠어? 여기 세 개의 막대기가 있어. 바로 이것이 우리가 룸메이트가 되었던 신비를 푸는 열쇠라고……."

하지만 중국인은 별로 놀라지 않았다. 단지 이마를 약간 찌푸리면서 버니를 쳐다보았을 뿐이었다.

"내가 가장 작은 막대기를 가지고 있다니……."

"모든 의문은 풀렸어. 막대기라고 하는 공통점이 우리를 서로 연결시킨 거야."

버니 애커맨이 수수께끼를 푼 것을 자축하면서 말했다. 이렇게 해서 신입생들 사이의 영원한 우정이 또 하나 탄생한 것이다.

겉으로는 태연한 척했지만 식당으로 향하는 제이슨 길버트는 하버드에서의 첫 번째 식사를 하는 자리에 혼자 가야만 한다는 사실에 대해 무척 고민하고 있었다.

제이슨 길버트는 데이비드에게 함께 가자고 말하기 위해 고개를 돌렸다. 하지만 그는 너무나 실망할 수밖에 없었다.

빌어먹을! 데이비드는 제이슨이 옷을 채 갈아입기도 전에 벌써 식당에서 돌아왔던 것이다. 데이비드는 자랑스럽다는 듯이 큰 소리로 떠들고 있었다.

"난 식당에서 세 번째로 줄을 섰어. 아이스크림도 열한 개나 먹었지. 엄마가 아시면 아마 무척 기뻐하실 거야."

그래서 제이슨은 혼자 식사하러 가게 되었다. 다행스럽게도 그는 와이드너 도서관의 계단 옆에서 대도시 사립학교 대항 경기의 준결승전에서 맞붙었던 녀석과 우연히 만나게 되었다. 그 친구는 자기의 룸메이트에게 제이슨을 소개시켰다.

"이 친구는 정말 대단한 테니스 선수야. 코트에서는 당할 선수가 없을 정도지."

제이슨은 즐거운 마음으로 그들과 함께 식사를 했다. 그들이 나눈 대화의 내용은 주로 테니스 시합에 관한 것이었다. 그리고 형편없는 음식과 지저분한 그릇에 관해서도 이야기가 오고 갔다.

9

9월 21일

룸메이트와 나는 하버드대학에서 처음으로 하게 된 식사를, 학생 회관 식당에서 먹지 않는 것으로써 축하를 나누었다. 학생회관 식당 대신에 우리가 간 곳은 보스턴의 유니언 오이스터 하우스였다.

그곳에서 우리는 간단하게 식사를 마치고 청교도적인 분위기로 가득 찬 이 도시의 사막에서 유일한 오아시스라고 할 수 있는 스콜레이 광장으로 가기로 결정했다.

우리는 스콜레이 광장의 올드 하워드에서 멋있는 광경을 보게 되었다. 이 유서 깊은 스트립쇼 극장은 그 시대의 전설적인 스트립 댄서를 출연시켰다. 오늘 밤의 스타는 이르마였다.

공연이 끝난 후에 우리 세 사람은 차례대로 무대 뒤로 가서 그 여자에게 함께 샴페인을 들 것을 제안하기로 했다. 처음에 우리는 '친애하는 육체파 스타에게'라는 고상한 편지를 쓰는 것에 대해 생각해 보았다. 하지만 직접 얼굴을 대면하고 말하는 것이 더 나을 거라고 결정했다.

그러면서 우리 세 사람은 머리를 맞대고 마구 허풍을 떨었다. 우

리는 각자 이 일을 자신 있게 해결할 수 있는 척하면서 온갖 용기를
보여 주었다. 하지만 실제로 그 무대의 뒷문을 향해 단 두 발자국 이
상을 걸어간 사람은 아무도 없었다.

그런데 나에게 멋진 생각이 한 가지 떠올랐다. 나는 친구들에게
이렇게 제안했다.

"우리 세 사람이 함께 가는 건 어때?"

하지만 우리는 과연 누가 앞장서서 나설 것인가를 놓고 서로 눈치
만 보고 있었다. 그 누구도 먼저 일어설 엄두를 내지 못했다.

그리고 그때 갑자기 마음 속에서 양심의 소리가 들려왔다. 하버드
에서 교육을 받는 과정에 필요한 힘을 비축하기 위해서는 이제 그만
돌아가서 잠을 자야 한다는 생각이 우리 모두에게 들었던 것이다.
정신은 육체에 선행해야만 한다는 생각이었다. 어쩔 수 없이 우리는
발길을 돌리고 말았다.

가련한 이르마여! 당신은 조금 전에 무엇을 놓쳐 버렸는지 전혀
모를 것이다.

— 앤드류 엘리어트

열두 명의 신입생들이 옷을 모두 벗은 채 나란히 서 있었다. 뚱뚱한
학생에서부터 바짝 여윈 학생까지 체격이 아주 다양했다. 그들의 체격
은 미키 마우스와 아도니스처럼 각양각색이었던 것이다.

그 학생들 사이에 대니 로시가 포함되어 있었다. 제이슨 길버트도 역
시 그들 사이에 서 있었다. 학생들 앞에는 약 1m 높이의 나무의자가

놓여 있었다. 그리고 그 뒤에는 오만한 표정을 지으면서 '잭슨 대령'이라고 자신을 소개한 체육과 직원이 있었다. 잭슨 대령은 나란히 줄지어 서 있는 학생들을 향해 입을 열었다.

"좋아. 이제부터 신입생들은 그 유명한 하버드의 도보 시험을 받게 된다. 이 시험을 받는 이유는 쉽게 무너지는 하버드생이 되어서는 안 되기 때문이다. 여기에 의자가 있다. 지금부터 이 의자에 올라갔다 내려갔다 하는 시험을 시작하겠다. 알겠나? 이 시험은 사병들의 신체적 적합성 여부를 판별하기 위해 전쟁 도중에 고안된 것이다. 그리고 이 방법은 실제로 효과가 있었다. 우리 병사들이 히틀러를 무찔렀으니까……. 그렇지 않나?"

잭슨 대령은 잠시 동안 침묵하면서 자기의 말에 애국심으로부터 우러나온 열정이 표현되기를 기다렸다. 하지만 그는 금방 인내심을 잃어버리고 시험의 규칙을 설명하기 시작했다.

"지금부터 내가 호루라기를 불 때마다 의자에 올라갔다 내려가는 행동을 반복해야만 한다. 나는 시간을 재고 남아 있는 시간을 알려 주겠다. 이 시험은 앞으로 5분 동안 계속한다. 내가 모든 학생들을 바라보고 있으니까 회피하거나 동작을 느리게 하지 말도록……. 만약 내 말을 무시한다면 한 해 동안 이런 식의 다양한 시험을 계속 받게 될 것이다."

아무런 소용도 없는 시험을 치러야 한다는 말에 대니는 그만 오싹 소름이 끼치는 것을 느꼈다.

'아니, 이럴 수가? 다른 학생들은 나보다 훨씬 키도 크고 건강하게 보이잖아. 이 친구들에게는 이 시험이 그냥 길거리를 걷는 것 같을 거야. 나에게는 이 지저분한 의자가 마치 에베레스트 산처럼 보이는데

말이야. 이건 너무 불공평한 시험이야.’

잭슨 대령이 손가락 마디를 꺾으면서 딱하는 소리를 내었다.

“내가 시작이라고 말하면 시작하도록! 그리고 반드시 시간을 엄수하도록! 알겠나?”

“네!”

신입생들은 어쩔 수 없다는 듯이 고개를 끄덕이면서 대답했다. 잠시 후에 잭슨 대령이 만족스러운 미소를 지으면서 말했다.

“시작!”

잭슨 대령의 신호에 따라서 학생들은 의자를 향해 발을 내딛기 시작했다. 정확하게 돌아가는 CD플레이어처럼 그 괴물은 잠시도 쉬지 않고 호루라기를 불면서 막대기를 흔들었다.

하나, 둘, 셋.

열두 번을 오르내리고 나자 대니의 몸은 지치기 시작했다. 대니는 잭슨 대령이 흔드는 막대기가 조금이라도 느려지기를 간절하게 바라고 있었다.

하지만 잭슨 대령은 정말로 지독한 메트로놈과도 같았다. 한 치의 오차도 없이 규칙적으로 막대기를 흔들었던 것이다. 대니는 차라리 빨리 끝나기를 기도했다.

“이제 30초 남았다!”

잭슨 대령이 시계를 보면서 소리쳤다.

“하느님, 감사합니다. 조금만 더 하면 끝날 수 있을 거야.”

대니는 마음 속으로 중얼거리면서 위안을 얻었다. 대니는 잭슨 대령의 신호에 맞추어 발을 움직였다. 하지만 그 지옥 같은 5분이 모두 지났을 때, 잭슨 대령이 다시 소리쳤다.

"다시 4분 동안 더 한다. 실시!"

대니는 당장이라도 미칠 지경이었다.

'안 돼! 앞으로 4분을 더하라니……. 난 지금도 제대로 숨조차 쉴 수가 없어.'

하지만 대니는 만약 자신이 여기에서 포기한다면 이러한 고통스러운 시험과 함께 다른 과정도 이수해야 한다는 사실을 되새기고 있었다. 대니는 한때 육상선수로 운동장을 돌던 시절을 떠올리면서 모든 용기와 힘을 끌어 모아 고통의 한계와 싸웠다.

잭슨 대령은 학생들을 상대로 지독한 고문을 시행하고 있는 것 같았다. 잭슨 대령이 다시 소리를 질렀다.

"다들 너무나 허약하군. 자꾸 발을 느리게 움직이고 있어. 어서 계속하란 말이야. 그렇지 않으면 몇 분간 더 실시하도록 하겠다."

열두 명의 신입생들은 모두 온몸에 땀을 뻘뻘 흘리고 있었다. 등줄기로 흘러내린 땀이 바닥을 흥건하게 적실 정도였다.

"2분이 지났다. 절반만 더 하면 된다."

이제 대니는 지금까지 한 번도 느껴 보지 못했던 아득한 절망감을 느끼고 있었다. 대니는 결국 자신이 쓰러지면서 팔이 부러질 거라고 확신했다. 만약 그렇다면 대니의 모든 인생은 이 자리에서 끝장나는 것이다.

오케스트라 지휘자여, 안녕!

더 이상 피아노도 연주할 수 없을 것이다. 그건 다 우스꽝스럽고 아무런 소용도 없는 이 시험 때문이다. 대니가 자포자기의 심정으로 비틀거리고 있을 때, 누군가 작은 목소리로 말했다.

"마음을 편하게 가져. 숨을 규칙적으로 쉬도록 노력해 봐. 혹시 걸음을 놓치더라도 내가 가로막아서 잭슨 대령이 널 볼 수 없도록 하겠어.”

대니는 간신히 고개를 옆으로 돌렸다. 대니에게 말을 건 사람은 금발 머리에 근육이 발달한 동급생이었다. 게다가 이 친구는 규칙적으로 의자를 오르락내리락하면서도 숨을 헐떡거리는 대니에게 충고할 수 있을 만큼 숨을 고르게 쉬고 있는 멋진 몸집을 가진 운동선수였다. 이 친구에게 대니가 할 수 있는 일이라곤 고맙다고 고개를 끄덕거리는 것뿐이었다.

대니는 다시 몸을 꼿꼿하게 세우고 끝도 없을 것 같은 의자와의 싸움을 계속했다.

“3분! 이제 1분만 더 하면 된다. 그렇게 되면 하버드생으로서 모든 일을 아주 잘 해나갈 수 있을 것이다.”

잭슨 대령이 학생들을 둘러보면서 말했다. 대니 로시의 다리는 뻣뻣하게 굳어지면서 당장이라도 경련을 일으킬 것만 같았다. 대니는 단 한 걸음도 더 움직일 수 없었다.

“지금 멈추지 마.”

건장한 체격의 친구가 다시 대니의 귀에 속삭이고 있었다.

“자, 이제 60초 남았어.”

잠시 후에 대니는 그 친구의 손이 자신의 팔꿈치 아래로 들어와서 들어올리는 것을 느꼈다. 의자를 오르는 일이 한결 쉬워졌다. 대니는 다리를 멈추지 않았다. 대니는 그 고통스러운 시간을 보내면서 다시는 어떤 곳에도 올라가지 않을 거라고 맹세했다.

대니가 마지막으로 한 번 더 다리를 움직였을 때, 비로소 모든 악몽이 끝났다.

“좋았어. 모두 의자에 앉아서 오른쪽에 있는 사람의 목에 손을 얹어

라. 그리고 맥박이 뛰는 걸 짚어 보도록."

조금 전에 힘든 과정을 끝낸 신입생들은 의자에 털썩 주저앉아서 숨을 거칠게 몰아쉬었다. 잭슨 대령이 합격 여부를 기록하고 나자, 지쳐버린 열두 명의 신입생들은 벌거벗은 채로 수영장으로 향해 있는 계단을 두 개씩 뛰어서 내려갔다. 왜냐하면 고집스러운 잭슨 대령이 '50m를 헤엄칠 수 없는 사람은 하버드대학을 졸업할 수 없다'고 말했기 때문이었다.

수영장으로 들어온 신입생들은 샤워를 하면서 온통 땀에 젖은 몸을 씻었다. 대니는 자기가 건반 악기를 더 연주할 수 있도록 도와 준 친구에게 감사의 말을 던졌다.

"뭐라고 말해야 할지 모르겠어. 정말 고마워."

"괜찮아. 이건 어리석은 시험이야. 한 학기 동안이나 그 원숭이의 명령을 들어야 하는 사람에게 동정이 가는군. 그런데 네 이름은 뭐지?"

"대니 로시라고 해."

대니는 비누가 묻어 있는 손을 내밀면서 대답했다.

"난 제이슨 길버트야. 대니, 너 수영은 할 수 있니?"

당당한 체격의 운동선수가 대니를 향해 웃으면서 말했다.

"그래, 고마워."

대니도 가벼운 미소를 지었다. 잠시 동안 침묵이 흐르고 대니가 다시 입을 열었다.

"난 캘리포니아에서 왔어."

"캘리포니아라고? 그렇다면 일반 고등학교 출신이 아니구나."

"난 음악을 사랑해. 피아노를 연주하는 것이 나의 운동이지. 넌 클래식을 좋아하니?"

"조니 마티스의 음악 정도는 좋아하지. 하지만 네가 연주하는 걸 꼭 들어 보고 싶어. 저녁식사 후에 학생회관에 한 번 들러 주겠니?"

"물론이지. 하지만 그게 안 되면 내가 처음으로 열게 되는 공개 연주회의 입장권 두 장을 주겠어."

대니가 제이슨을 쳐다보면서 말했다.

"그래도 괜찮겠어?"

"그럼."

대니 로시는 조금도 망설이지 않고 고개를 끄덕였다. 그들은 샤워를 마친 다음 수영장으로 내려가서 물 속으로 뛰어들었다.

제이슨은 놀라운 속도로 물살을 헤쳐나갔다. 대니도 조심스럽게 물 속으로 들어가서 수영하기 시작했다. 하버드에서 학위를 받기 위한 최종 체력시험에서 규정한 50m의 거리를…….

10

어제 우리는 그 바보 같은 하버드의 진학시험을 치렀다. 나는 축구를 하기에는 알맞은 체격이었기 때문에 진땀을 흘리지 않으면서도 시험을 무사히 통과했다. 조금 더 정확하게 말한다면, 땀을 많이 흘리기는 했지만 그다지 힘든 일은 아니었다. 유일하게 어려웠던 것은 잭슨 대령이 옆에 있는 친구의 목에 손을 대고 동맥을 찾아보라고 했을 때였다. 내 옆에 있던 친구의 목은 온통 땀에 젖어서 미끄러웠기 때문에 나는 좀처럼 그의 맥박을 찾을 수가 없었다. 그래서 그 폭군처럼 지독한 대령이 맥박 수를 기록하기 위해 다가왔을 때, 나는 그냥 머리에 떠오르는 숫자를 대고 말았다.

숙소에 돌아온 다음, 우리 세 사람은 오늘 겪은 이 불명예스러운 경험에 대해 다시 한번 생각해 보았다. 가장 품위 없었고 불필요한 모습은 사진을 찍으면서 취했던 그 어처구니없는 자세였다.

우리 모두는 그 점에 대해 동의했다. 이제 하버드는 우리의 모든 신상 기록철을 갖게 되었다. 하버드는 보다 자세한 내용을 위해 카메라 앞에 벌거벗고 서 있는 우리의 사진을 소장하게 된 것이다. 우리의 동창생 중에서 누군가가 미국의 대통령이 되었을 때, 자료실의 서류를 뒤적거리면 세계에서 가장 위대한 국가의 지도자가 벌거벗은 자연 그대로의 모습으로 서 있는 것을 발견하게 될 것이다.

위글스워드는 어떤 도둑이 자료실에 침입해서 우리의 사진을 모두 훔친다면, 단단히 한밑천 잡을 수 있을 거라고 말했다. 나는 위글스워드를 쳐다보면서 이렇게 질문했다.

"누가? 도대체 누가 몇천 명이나 되는 벌거숭이 하버드 신입생의 사진을 사겠다고 돈을 지불하겠어?"

이런 질문을 받았던 위글스워드는 잠시 동안 생각에 잠겼다. 과연 누가 그런 사진을 전시해 놓은 화랑을 진지하게 여기겠는가? 아마도 몇 명의 아가씨들이나 소중하게 여길 것이다.

그런데 나에게 다른 생각이 한 가지 떠올랐다. 과연 여학생들도 이런 사진을 찍었을까?

디키 뉴엘은 아마도 그랬을 거라고 주장했다. 그래서 나는 여학생들의 사진을 훔쳐내기 위해 래드클리프 자료실로 몰래 숨어 들어간다는 멋진 생각을 하게 되었다. 그것이야말로 얼마나 멋진 쇼인가! 그렇게 할 수만 있다면 우리는 어떤 아가씨를 사랑하는 것이 좋을지 단번에 알 수 있을 것이다.

처음에 룸메이트들은 나의 계획을 정말로 좋아했다. 그러나 잠시 후에 그들의 용기는 점차 사라지게 되었다. 그래서 뉴엘은 '진정한 사나이' 는 경험을 바탕으로 성장한다고 주장했다. 우리에게 조금만 더 용기가 있었더라면, 그날 밤에 당장 기습했을 것이다.

— 앤드류 엘리어트

수강신청 카드는 목요일 오후 5시까지 제출하도록 되어 있었다. 그렇기 때문에 신입생들은 이곳저곳을 돌아다니면서 균형 있는 수강신청서를 작성하기 위해 야단법석을 떨었다. 전공과목과 교양과목, 그리고 문화적인 측면을 풍성하게 만들 수 있는 약간의 다른 과목이 필요했다.

그러나 가장 중요한 것은 그 과목의 내용이었다. 모든 과목이 힘들고 어려웠기 때문에, 가끔씩 정말 쉬운 한두 개의 과목이 대다수의 학생들에게 반드시 필요했던 것이다.

테드 램브로스가 수강과목을 선택하는 과정은 매우 간단했다. 테드는 고전문학을 전공할 것이 확실했기 때문이었다. 테드는 우선 호레미스와 카툴루스의 라틴어 두 과목을 선택했다. 그리고 한 해에 여러 번이나 정기적으로 그의 열정을 폭발시키는 자연과학을 선택했다.

테드는 또한 그가 이 세상에 태어났을 때부터 사용하고 있는 언어에 대한 고전적인 해석을 위해 그리스어를 선택했다. 2학기가 지나면 테드는 호머의 작품을 원서로 읽을 수 있게 될 것이다. 그리고 이럭저럭 시간이 지나가는 동안 테드는 존 핀리 교수와 더불어 유명한 서사시의 원본을 읽고 있을 것이다. 게다가 [인간학] 과목은 지적인 자극과 다양한 정보를 선물하게 될 것이다. 그 과목은 하버드 학생이라면 누구나 알고 있는 것처럼 손쉽게 학점을 딸 수 있는 강의였다.

대니 로시는 이미 대륙 횡단의 길고 고달픈 여행을 하면서 하버드에서 수강해야 할 계획표를 미리 작성해 놓았다. [음악 51]은 형식의 분석으로 전공에서 피할 수 없는 필수과목이었다. 그러나 나머지 과목들은 순수한 즐거움이 될 것이다.

하이든에서 힌데미트에 이르는 관현악의 사조를 듣고 그 다음에는 독일어를 시작할 예정이었다. 바그너의 오페라를 지휘하기 위한 준비도 철저히 할 것이다. 대니는 나중에 이탈리어와 프랑스어도 공부할 생각이었다. 그리고 물론 하버드대학에서 가장 인기 있고 가장 널리 알려진 선택과목이었던 [인간학 2]를 수강할 것이다.

대니는 월터 피스톤이 강의하는 작곡 세미나에 참가하기를 원하고 있었다. 비록 대니는 신입생이었고 그 과목의 수강생들은 대부분 대학원 학생들이었지만, 대니는 그 위대한 작곡가가 반드시 자신의 신청을 받아줄 거라고 믿었다.

그러나 피스톤은 단호한 태도로 대니의 수강을 거절했다.

"학생이 제출한 곡은 무척 훌륭한 것이었어요. 사실 나는 그 곡을 보지 말았어야 했어요. 구스타프 랜도우의 편지만으로도 내게는 충분했으니까……. 하지만 내가 지금 학생을 강의에 받아들인다면, 학생은 대단히 불합리한 입장에 처하게 될지도 몰라요. 다시 말하자면 빠르게 달릴 수는 있지만 걸어갈 수 없는 그런 위험한 상태에 놓이게 될지도 모른다는 겁니다. 나는 학생을 그런 상태에 빠지도록 할 수가 없어요. 레너드 번스타인이 하버드에 입학했을 때, 나는 그에게 음악의 기초적인 과정을 보다 열심히 배우도록 강요했어요. 그건 학생도 역시 마찬가지라고 할 수 있어요. 이 말이 조금 위로가 될 수 있을 겁니다."

그 작곡가는 거절의 이유를 자세하게 설명했다.

"알겠습니다."

대니는 작곡 세미나의 수강을 단념하면서 월터 피스톤에게 공손히 대답했다.

예비과정에 있는 1학년 학생들은 커다란 이점을 가지고 있었다. 케임브리지 상황에 익숙한 졸업생들의 조직망을 통해 신입생들은 어떤 과정을 이수하고 어떤 과정을 기피해야 하는가를 배우게 되는 것이다. 지하조직의 일원이었던 해리스 트위드는 신입생들에게 하버드대학에서 성공하는 비결을 알려 주었다.

신입생들은 논문식 문제를 다루는 일에 상당한 기술을 익힌 후에 하버드대학으로 진학했다. 그들은 어떤 주제의 이론적 견해에 대한 짧은 글을 쓸모 있고 유용한 문장으로 길게 늘어놓을 수도 있었다. 한 가지의 간단한 사실을 이론적으로 분석하면서 자신의 입장을 밝힐 수 있었던 것이다.

하지만 하버드에서 요구하는 것은 보다 전문적인 내용이었다. 그렇기 때문에 2학년이 되기 전에, 신입생들은 2 더하기 2가 어떤 견지에서는 5가 될 수도 있다고 주장할 수 있을 만큼 자신의 사고를 성숙시켜야만 하는 것이다.

앤드류 엘리어트가 선택한 수강표는 한낱 예과생의 꿈에 불과한 것이었다. 첫째로 [사회관계 1]은 그 자체가 황소를 집어던지기 위한 일종의 초대였다. [영어 10]은 영국의 시인 초서로부터 그의 사촌인 톰에 이르는 실제적인 답사였다. 이것은 무척 혹독한 것이었다. 하지만 이러한 과정을 통해 앤드류는 예과의 상급학년에서 그 자료의 대부분을 읽게 될 것이다.

앤드류가 [미술 13]을 선택한 것은 또한 그의 기민성을 보여 주는 일이었다. 그 과목은 많은 책을 읽을 필요가 없었고 필기를 하는 일도 드물었다. 이 시간의 대부분은 슬라이드를 보는 일로 지나가기 때문이었다. 게다가 그 수업시간은 정오였고 강의실이 어두웠기 때문에 만약 점심식사를 하기 전에 낮잠을 잘 필요가 있다면 잠을 청하기에 아주 적당했다. 그래서 디키 뉴엘은 그 수업에 대해 농담으로 이렇게 지적하기도 했다.

"클리프 강당에서 여자 친구를 발견한다면, 당장 서로 애무하기에 바쁠 거야. 사랑을 나누기에 이상적인 장소라고 할 수 있지."

앤드류는 별로 고민을 하지 않고 최종적으로 선택과목을 결정했다. 앤드류는 [인간학 2]를 신청했다. 다른 인기 있는 과목들이 많이 있었음에도 불구하고 그 과목을 수강하게 된 이유는 핀리 교수가 앤드류의 조상들이 기부한 의자를 가지고 있었기 때문이었다. 그래서 앤드류는 핀리 교수를 일종의 가신으로 간주했던 것이다.

수강신청 카드를 제출한 날 밤에 앤드류와 위글스워드, 그리고 뉴엘은 각자 자신의 발전을 이루기 위해 공식적인 코스에 전념할 것을 다짐하면서 스스로를 자축하는 파티를 열었다.

"그런데 앤드류, 너는 나중에 어떤 사람이 되기를 바라니?"

디키 뉴엘이 진토닉을 마시면서 앤드류의 장래에 대해 질문했다. 그러자 앤드류는 농담 반 진담 반으로 이렇게 대답했다.

"솔직히 말해서 나는 성장하고 싶은 마음 따위는 전혀 없어."

11

우리가 일생을 살아가는 동안 서로를 동기동창생으로 만나게 되는 경우는 지극히 드문 일이다. 하버드대학을 다니는 동안 우리는 세 번 만나게 될 것이다.

처음으로 우리가 신입생 소집일에 만났을 때, 그 만남은 진지하고 심각했으며 심지어 따분할 정도였다. 그 다음은 잘 알려진 신입생 흡연자 모임을 통해서였다. 그 당시의 분위기는 첫 번째와 정반대였다. 그리고 마지막으로 만난 것은 모든 장애물을 뛰어넘은 후, 4년 후에 우리가 졸업장을 받게 되는 어느 6월의 아침일 것이다.

그 밖의 시간들은 우리 각자가 나름대로의 방식에 따라 하버드대학에서의 생활을 체험하면서 보낸다. 우리의 가장 중요한 모임은 대학을 졸업한 후에 25년 만에 모이는 모임이라고들 말한다. 하지만 지금 우리가 그 먼 훗날을 생각하는 것은 거의 불가능한 일이다.

우리가 25년 후에 다시 만나게 될 동창회에 참여하기 위해 하버드에 돌아올 때는 막연하게나마 동창들 사이의 우애와 단결을 느끼게 될 거라고 사람들은 말한다. 그러나 지금 우리는 노아의 방주에 몸을 싣고 있는 동물들과 비슷한 처지에 놓여 있다.

사실 나는 사자들이 양들과 함께 잡담을 나누는 경우는 그다지 많지 않을 거라고 생각한다. 하물며 쥐들과 대화할 시간이란 더욱 없을 것이다. 그것이 바로 나와 나의 룸메이트들이 한 배를 타고 4년 동안 함께 항해해야 할 사람들에게 느끼는 감정의 전부라고 할 수 있다. 우리는 서로가 다른 선실에서 살고 있으며 다른 갑판 위에 앉아 있는 것이다.

어쨌든 하버드대학의 신입생으로서 오늘 밤 우리는 지금 샌더스 극장에 모여 있다. 그래서인지 실내의 분위기는 무척이나 엄숙했다. 하버드를 이끄는 퍼세이 총장이 학문의 자유를 수호하는 대학의 전통에 관해 연설했을 때, 나는 커다란 감동을 받았다.

— 앤드류 엘리어트

"길버트, 어디 가니?"
"반갑구나, 데이비드. 아침식사 하러 가는 거야."
"오늘?"
"물론이지. 왜? 가면 안 되는 이유라도 있어?"
"이봐, 길버트. 아무래도 넌 철이 좀 들어야겠어. 오늘이 바로 '욤 키퍼' 라는 걸 몰라?"
"그래서?"
"너는 오늘이 무슨 날인지 정말 모른단 말이야?"
"물론 알고 있어. 유대인들에게는 속죄의 날이지."

"길버트, 넌 오늘 단식을 해야 하잖아? 너는 마치 유대인이 아닌 것처럼 말하고 있어."

룸메이트인 데이비드가 길버트를 쳐다보면서 말했다.

"그런데 말이야, 데이비드. 사실 난 유대인이 아니야."

"웃기지 마. 넌 나와 똑같은 유대인이야."

"무슨 증거로 무조건 그렇다고 말하는 거지?"

제이슨 길버트가 약간 고개를 흔들면서 반문했다.

"하버드에서는 언제나 유대인을 같은 방에 배치한다는 것을 너는 모르고 있는 거야? 그렇지 않다면 무슨 이유로 너를 나하고 같은 방에 넣었다고 생각하니?"

"나도 그 이유를 알았으면 좋겠어."

제이슨 길버트가 계속 농담조로 말했다.

"길버트, 너는 정말로 이 자리에서 유대인의 믿음을 갖지 않았다고 부인할 생각이야?"

데이비드가 집요하게 물고 늘어졌다.

"이봐, 나는 우리 할아버지가 유대인이었다는 사실은 알고 있어. 그러나 종교에 있어서 우리는 지방의 연합교회파에 소속되어 있어."

"그건 말도 안 되는 소리야. 만약 히틀러가 살아 있다면, 그는 여전히 너를 유대인으로 간주할 거야."

데이비드가 즉시 반박하고 나섰다.

"내 말을 잘 들어 봐, 데이비드. 히틀러가 죽은 지 이미 수많은 세월이 흘렀어. 게다가 여기는 미국이야. 넌 조금쯤은 종교의 자유에 대한 권리를 상기해야 해. 그리고 유대인의 손자라도 단식일에 아침식사 정도는 할 수 있어."

하지만 데이비드는 결코 물러서려고 하지 않았다. 데이비드가 길버트를 가로막으면서 말했다.

"길버트, 유대인의 정체성에 관한 사르트르의 수필을 읽어 보는 것이 어떨까? 그걸 읽어 보면 너 자신의 딜레마를 깨닫게 될 거야."

"솔직하게 말해서 난 내가 지금 딜레마에 빠져 있다는 것조차 모르겠어."

"만약 세상 사람들이 누군가를 유대인이라고 부른다면, 그 사람은 유대인이라고 말할 수 있어. 제이슨, 너는 갈색 머리카락을 가진 사람이 될 수도 있고 단식일에 베이컨을 먹을 수도 있어. 그리고 예과 학생복을 입을 수도 있고 테니스를 칠 수도 있어. 하지만 그것이 어떤 명확한 사실을 바꾸어 놓을 수는 없어. 이 세상 사람들은 너를 변함없이 유대인으로 여길 거니까……."

"이봐, 지금까지 이런 일반적인 사실에 대해서 유일하게 나에게 커다란 슬픔을 안겨 준 사람은 바로 너야. 알겠어, 이 친구야?"

그러나 제이슨은 조금 전에 자신이 한 말이 진실이 아니라는 것을 마음 속으로 깨닫고 있었다. 왜냐하면 제이슨은 예일대학 입학허가 문제로 절망을 이미 한번 경험했기 때문이었다. 데이비드에게 그렇게 말한 것은 단지 그 학교 직원들과 직접적으로 충돌하지 않았기 때문이었는지도 모른다.

"좋아. 네가 계속 타조처럼 살기를 원한다면, 그건 너의 특권이니까 어쩔 수 없는 일이야. 하지만 조만간에 진실을 알게 될 거야."

데이비드가 옷자락의 단추를 채우면서 결론을 내리듯이 말했다. 그리고 길버트와 헤어지면서 빈정거리는 어조로 한마디 덧붙였다.

"아침식사 맛있게 잘 먹어."

"고마워. 나를 위해 기도하는 것도 잊지 말아 줘."

제이슨은 아무렇지도 않은 듯이 데이비드를 향해 웃으면서 말했다.

강의실에는 학생들이 마치 검붉은 바다처럼 앉아 있었다. 학생들은 오디세우스가 여자들과 괴물들, 그리고 괴물 같은 여자들과 숨가쁘게 해후하면서 10여 년의 세월을 보낸 다음 고향으로 돌아가기로 결심한 것에 대한 노교수의 논평을 경건하게 기다리고 있었다.

노교수는 샌더스 극장의 무대 위에 서 있었다. 그 극장은 하버드대학 내에서 유일하게 커다란 건물이었다. 다시 말하자면 이곳은 그리스의 영광을 케임브리지의 학생들에게 전달할 임무를 가지고 올림포스에 의해 선정된 핀리 교수의 강의를 수용하기에 적합한 장소라고 할 수 있었다.

실제로 핀리 교수의 비범한 웅변은 너무나도 황홀한 것이었다. 핀리 교수의 명강의 덕분에 [인간학 2] 과목을 신청한 수백 명의 학생들은 학기가 끝날 무렵에 열렬한 그리스 찬미자로 바뀌어 있었다.

화요일과 목요일 오전 10시에는 하버드대학 전체 학생의 4분의 1이 호머에서 밀턴에 이르는 서사시에 관한 이 위대한 노교수의 강의를 듣기 위해 벌떼처럼 모여들었다. 핀리 교수의 강의에 대해서 모든 학생들이 호의적인 생각을 가지고 있는 것 같았다.

앤드류 엘리어트와 제이슨 길버트는 창문이 있는 곳에 즐겨 앉았다. 이 극장은 대니에게 강의실 이외의 또 다른 의미가 있는 장소였다.

일석이조를 노리는 대니 로시는 자주 자리를 바꾸어 가면서 앉았다. 대니는 하버드의 중요한 음악회와 이따금씩 열리는 보스턴 교향악단의 방문 공연이 개최되는 이 강당의 음향 효과를 습득하고 싶었던 것이다.

테드 램브로스는 단 한마디의 말도 놓치지 않으려는 듯이 언제나 첫 번째 줄에 앉아서 강의를 들었다. 테드는 애초부터 라틴어와 그리스어를 전공하기 위해 하버드대학에 진학했다. 그러나 핀리 교수의 강의는 새로운 세계가 열리는 듯한 행복감을 안겨 주었다. 테드는 그 강의를 통해 미래에 대한 전망을 가질 수 있었다.

핀리 교수는 오디세우스가 아름다운 칼립소 요정의 격정적인 애원과 영원한 생명을 주겠다는 약속을 모두 뿌리치고, 매혹적인 요정의 섬을 떠나는 장면에 대해 토론하고 있었다.

"한번 상상해 보세요."

핀리 교수는 넋을 잃고 앉아 있는 학생들에게 활기를 불어넣으면서 말을 꺼냈다. 그런 다음에 모든 사람들이 핀리 교수가 이제부터 무슨 주문을 외울 것인가에 대해 생각하는 동안 잠시 말을 멈추었다.

"우리의 영웅이 영원토록 청춘으로 남아 요정과 함께 아름다운 섬에서 살아가는 것을 상상해 보세요. 그러나 우리의 영웅은 요정 칼립소를 단념하고 가난한 현실 속으로 다시 돌아가는 겁니다. 비록 그 현실에서는 단지 그 어떤 화장으로도 아름답게 변할 수 없는 중년의 여인이 기다리고 있을 뿐이지만……. 사람이라면 어느 누구나 희귀하고 매력적인 제안을 거절하지 못하는 법입니다. 그러나 오디세우스의 반응은 어땠나요?"

말을 마친 다음에 노교수는 강단을 거닐면서 그리스 고전에서 번역한 글을 암송하기 시작했다.

여신이여, 그대가 한 말은 모두 진실이며
영리한 페넬로페도

그대의 얼굴과 몸매를 따라갈 수 없다는 사실을

나는 알고 있습니다.

그녀는 결국 죽을 운명을 지닌 사람이지만,

그대는 신이기 때문에 결코 나이를 먹지 않습니다.

그러나 그러한 모든 사실에도 불구하고

나는 집을 그리워하며 돌아갈 날을 고대하고 있습니다.

노교수는 잠시 동안 발걸음을 멈추었다가 서서히 그리고 신중하게 무대의 끝으로 걸어갔다.

"바로 이 부분에 오디세우스의 전형적인 교훈이 있습니다."

샌더스 극장은 쥐죽은듯이 고요했다. 핀리 교수는 학생들을 향해 작은 목소리로 속삭이듯이 말했다. 비록 그 음성은 아주 작았지만 강의실 구석구석까지 전해졌다. 수많은 펜이 노교수의 입에서 흘러나오는 말을 놓치지 않고 필기하기 위한 준비를 갖추고 있었다.

"매사추세츠처럼 추운 겨울 바람이 불어오는 곳으로 돌아가기 위해 상쾌한 열대 기후의 매혹적인 섬을 떠난다는 것은 오디세우스가 삶의 본질을 확인하기 위해 불멸의 영원을 저버린다는 것입니다. 다시 말해서 인간의 불완전함이란 인간적인 사랑의 영광으로 보충된다는 것을 의미합니다."

강의를 듣고 있던 학생들은 여전히 숨을 죽이고 있었다. 핀리 교수가 숨을 돌리기를 기다리고 있는 동안, 잠시 침묵이 흘렀다. 그리고 요란한 박수 갈채가 쏟아지기 시작했다.

강의가 끝나고 학생들이 샌더스 극장의 출구로 나가기 시작하면서 고요한 분위기는 서서히 깨어지고 말았다. 핀리 교수의 강의에 깊이 감동한 테드 램브로스는 눈물을 흘리기 직전이었다.

테드는 교수에게 무엇인가 말을 해야 한다고 생각했다. 그러나 테드가 용기를 내는 일에는 3초 가량의 시간이 걸렸고, 그러는 동안 재빠른 교수는 황갈색의 레인코트를 입고 중절모를 쓰고서 높은 아치형의 문이 있는 곳까지 걸어가고 있었다.

테드는 조심스럽게 핀리 교수에게 다가갔다. 그리고 무대 위에서 그처럼 당당하고 커 보였던 교수가 땅 위에서는 오히려 약간 작아 보인다는 사실에 깜짝 놀라고 말았다.

"교수님, 실례합니다."

테드는 조심스럽게 말을 걸었다. 그리고 노교수가 뒤를 돌아보기를 기다렸다.

"무슨 일인가?"

"교수님의 강의는 제가 지금까지 들었던 것 중에서 가장 큰 감동을 주었습니다. 저는 지금 1학년 학생에 불과하지만, 나중에 고전을 전공할 생각입니다. 교수님께서는 분명히 수많은 학생들로 하여금 고전을 전공하도록 만들었을 겁니다."

테드는 자신이 지금 두서없이 지껄이고 있다는 사실을 깨달았다. 하지만 테드는 핀리 교수와 대화를 하고 있다는 것만으로도 무척 기뻤다.

"1학년 학생인데 벌써부터 고전을 전공하기로 결정했단 말인가?"

노교수가 테드의 얼굴을 바라보면서 질문했다.

"네, 교수님."

"자네 이름이 뭐지?"

"테드 램브로스입니다."

"오, 그래? '테드' 라는 이름은 하느님의 재능을 받았다는 뜻이고 '램브로스' 는 순수한 핀다로스 방식의 이름이로군. 그 이름에서 우리는 피티안 8장에 있는 유명한 시를 생각하지. '인간에게 비치는 찬란한 빛' 말이야. 수요일에 엘리어트 하우스에서 차를 마실 예정인데, 그곳으로 나오게."

핀리 교수는 테드가 고맙다는 인사를 하기도 전에 발길을 돌렸다. 그리고 10월의 바람 속으로 걸어가면서 줄곧 핀다로스를 암송하고 있었다.

제이슨은 누군가 고통을 이기지 못하고 신음하는 소리를 들었다. 제이슨은 금방 잠에서 깼다. 그리고 재빨리 탁상 시계를 바라보았다.

지금 시간은 새벽 2시. 가까운 곳에서 울음을 삼키며 겁에 질린 듯한 목소리로 '아니야, 아니야!' 라고 외치는 소리가 들렸다. 제이슨은 자리에서 벌떡 일어나 괴로움에 신음하는 소리가 들리는 곳으로 걸어갔다. 제이슨은 데이비드의 방문을 가볍게 두드리면서 물어 보았다.

"데이비드, 괜찮니?"

훌쩍이는 소리가 갑자기 멈추고 고요한 밤의 정적만이 흐르고 있었다. 제이슨은 문을 두드리면서 다시 한번 물어 보았다.

"너 정말 아무런 일 없는 거야?"

닫힌 문을 통해 퉁명스러운 대답이 흘러나왔다.

"꺼져 버려, 길버트! 날 혼자 있게 내버려둬."

방문 너머로 고뇌에 가득 찬 데이비드의 목소리가 들렸다.

"이봐, 데이비드. 문을 열지 않으면 부수고 들어가겠어."

잠시 후에 제이슨은 의자를 끄는 소리를 들었다. 데이비드의 방문이 조금 열렸다. 데이비드는 신경을 곤두세운 채 문틈으로 밖을 내다보았다. 제이슨은 데이비드가 책상에 앉아서 공부하고 있었다는 사실을 금방 알아차릴 수 있었다.

"도대체 뭘 원하는 거야?"

데이비드가 제이슨을 향해 투덜거리면서 말했다.

"잠결에 무슨 소리를 들었어. 그래서 너가 어디가 아픈 게 아닌가 생각했어."

제이슨은 데이비드의 얼굴을 쳐다보면서 대답했다.

"깜빡 잠이 들었다가 악몽을 꾸었을 뿐이야. 아무런 일도 없어. 그러니까 이제는 내가 공부할 수 있도록 가만히 내버려두었으면 좋겠어."

데이비드는 서둘러 문을 닫아 버렸다. 하지만 제이슨은 여전히 물러서려고 하지 않았다.

"내 말을 좀 들어 봐, 데이비드. 너도 알다시피 사람들은 잠을 자지 않으면 정신 이상이 될 수도 있어. 의예과 학생이 되기 위해 처음부터 그렇게 무리해서 공부할 필요는 없어. 지난밤에도 공부는 충분히 했잖아?"

데이비드의 방문이 다시 열렸다.

"길버트, 난 내 경쟁자가 아직도 자지 않고 공부하고 있을 거라는 생각에 도저히 잠을 이룰 수가 없어. 우리가 살고 있는 시대는 적자생존의 시대야."

"그래도 약간의 휴식을 취하는 것이 오히려 너에게 도움이 될 거라고 생각해. 그런데 데이비드, 네가 꾸었다는 악몽은 도대체 어떤 거였어?"

제이슨이 부드러운 목소리로 물어 보았다.

"말해도 믿지 못할 거야."

"말을 해봐."

데이비드는 신경질적으로 웃으면서 입을 열었다.

"바보 같은 꿈이야. 시험지를 나누어 주었는데 문제를 전혀 이해할 수가 없었어. 바보스럽지 않니? 어쨌든 넌 잠이나 자라고, 제이슨……. 나는 정말로 아무렇지도 않으니까 말이야."

다음날 아침에도 데이비드는 전날 밤에 꾸었던 꿈에 대해서 아무런 설명을 하지 않았다. 사실 제이슨은 너무나 불쾌한 감정을 느끼고 있었다. 왜냐하면 데이비드가 무의식적으로 제이슨에게 몇 시간 전에 본 것은 단지 하나의 착각에 불과한 거라고 말했기 때문이었다.

그러나 제이슨은 신입생들의 안전에 대해 책임지고 있는 기숙사 학생 대표에게 무엇인가를 말해야 한다는 의무감을 여전히 느끼고 있었다. 게다가 학생 사감으로 활동하고 있었던 데니스 린넨은 의학도니까 제이슨이 목격한 그 상황에 대해 어느 정도 이해할지도 모르는 일이었다.

"이 일에 대해서 절대로 비밀을 지키겠다고 약속해 주시겠습니까?"

제이슨은 데니스와 만난 자리에서 경고하는 듯한 목소리로 이야기를 꺼냈다.

"절대로 비밀을 누설하지 않겠다고 약속하지. 이 일을 나에게 알려 주어서 무척 기쁘게 생각하네."

곧 의사가 될 데니스 린넨이 고개를 끄덕이면서 대답했다.

"심각한 일이에요. 만약 데이비드가 전과목에서 A학점을 받지 못한다면, 그는 정신 이상이 되고 말 거예요. 그는 반드시 1등을 해야 한다는 생각에 사로잡혀 있어요."

데니스 린넨은 체스터필드 담배를 한 모금 빨아서 허공에 담배연기로 동그라미를 만들고 있었다.

"하지만 길버트, 우린 그것이 불가능하다는 사실을 알고 있어."

"무슨 이유로 그렇게 단정하는 거죠?"

제이슨이 의아스러운 듯한 표정으로 질문했다.

"이건 비밀이지만, 자네의 룸메이트는 고등학교 시절에도 1등을 한 적이 한 번도 없어. 그 고등학교에서는 성적이 상위권에 속하는 학생 여섯 명을 하버드에 보냈어. 데이비드의 입학을 요청했던 서류에는 성적이 10등이라고 적혀 있었어."

"뭐라구요?"

제이슨은 깜짝 놀라지 않을 수가 없었다.

"이봐, 제이슨. 조금 전에 내가 말한 자료는 비밀이야. 그러니까 하버드대학은 그들이 받아들이는 각 학생에 대한 미래의 자격을 모두 평가하고 있는 거야."

"사전에 말입니까?"

기숙사 학생 사감은 고개를 끄덕인 다음 다시 말을 계속했다.

"그리고 더욱더 중요한 것은 대학측의 평가가 거의 틀리지 않는다는 사실이야."

"그렇다면 이번 1월에 내가 받을 성적도 이미 알고 있다는 거예요?"

제이슨이 몹시 놀라면서 질문했다.

"그뿐만이 아니야. 자네가 어느 과를 졸업하게 될 것인지조차 상당히 정확하게 알고 있지."

미래의 의사는 아무렇지도 않다는 듯이 대꾸했다.

"그렇다면 왜 지금 나에게 그것을 말해 주지 않는 거죠? 그래야 내가 필요 없는 공부에 매달리는 수고를 덜 수 있지 않겠어요?"

제이슨은 진지한 말투로 농담을 던졌다.

"자, 길버트…… 지금까지 내가 말한 것은 절대로 공표해서는 안 되는 비공식적인 이야기야. 다만 내가 원하는 건 자네의 룸메이트가 꿈에서 깨어나서 자신이 아인슈타인이 아니라는 것을 깨달았을 때, 자네가 그 친구를 위로해 줄 수 있었으면 하는 것뿐이네.”

데니스 린넨의 말에 제이슨은 갑자기 화가 치밀어 올랐다.

“내 말 좀 들어 봐요. 나는 정신과 의사 역할을 하기에는 적합하지 않아요. 우리가 지금 당장에 그 친구를 도울 수 있는 일을 찾을 수는 없나요?”

기숙사 학생 사감은 다시 담배 연기를 한 모금 내뿜었다.

“제이슨, 지금 우리 두 사람이 이야기하고 있는 그 버릇없는 데이비드 녀석은 정확하게 자기 능력의 한계를 깨닫기 위해 이곳 하버드에 와 있는 거야. 그것을 깨닫게 해주는 것이 우리가 할 수 있는 최선의 일이야. 내가 할 수 있는 말은 그것뿐이야. 중간 학기까지 이대로 가게 내버려둬. 만약 그 친구가 그래도 자신이 산의 정상에 서 있지 않다는 사실을 깨우칠 수 없다면, 그때는 의무실에 있는 누군가와 이야기를 나누도록 조처를 하겠어. 좌우지간 나에게 그 사실을 알려 줘서 고마워. 그가 이상한 행동을 하기 시작하면 주저하지 말고 다시 찾아와 주게.”

“데이비드는 항상 이상한 행동을 하고 있다구요.”

제이슨이 웃음을 지으면서 농담조로 대답했다.

“길버트, 자네는 하버드에서 받는 시험이 무엇인지 모르고 있어. 데이비드는 내가 이제까지 보아 온 몇 명의 괴짜 녀석들에 비유할 만한 지독한 놈 가운데 하나야.”

데니스 린넨 학생 사감이 심각하게 말했다.

10월 17일

나는 내 자신을 훌륭한 학생이라고 생각해 본 적이 한 번도 없다. 전과목에서 C학점을 받아도 전혀 개의치 않는다. 그러나 축구만큼은 상당히 잘하는 편이라고 생각했었는데, 이제는 그 환상마저도 여지없이 박살나고 말았다.

빌어먹을! 신입생 축구팀에는 날고 기는 스타 플레이어들이 어찌 그리 많은지……. 나 같은 놈은 애초부터 발을 붙일 만한 틈조차 없었다.

그러나 선혈이 낭자한 하버드의 생활에서 조금이나마 위안이 되는 것이 있었다. 벤치에 앉아서 후반전 3,4분을 남겨 놓고 교체되어 들어갈 기회를 기다리는 동안(물론 이럴 때에도 우리 팀이 큰 점수 차로 이기고 있을 경우에 한해서 내가 들어갈 수 있었다) 나는 나 대신 뛰고 있는 선수가 결코 평범한 사람이 아니라는 사실을 상기하면서 스스로 위안을 얻을 수 있었던 것이다. 그 녀석의 코너 킥이 그토록 절묘한 것은 아마도 전지전능한 하나님의 자손이기 때문인지도 모르겠다.

내가 후보 선수로 처질 수밖에 없는 이유는 핀리 교수의 말처럼

'위대하고 위대하고 위대하고 위대하며 무한히 위대한 하나님의 자손'이라고 할 수 있는 캐림 아가 칸처럼 뛰어난 놈들이 많기 때문일 것이다.

나로 하여금 벤치에 앉아 구경이나 하게 만든 장본인들은 캐림 아가 칸 이외에도 많이 있었다. 아랍의 귀족 가문 출신인 우리 팀의 센터 포드 역시 거룩한 존재였다. 그리고 우리 팀에는 심지어 남미나 필리핀 공립학교에서 온 상대 못할 놈들도 많이 소속되어 있다. 그 녀석들 때문에 나는 지금 벤치에 죽치고 앉아 있는 신세로 전락해 버린 것이다.

하지만 우리 팀은 최소한 패배하는 법이 거의 없었다. 나는 거기에서 어느 정도의 위안을 찾을 수 있었다. 그리고 후반 7분 동안만이라도 뛰게 된다면, 그럭저럭 체면은 유지하는 셈이 된다.

지금 우리 팀 최고의 스타 플레이어인 브루스 맥도널드가 금년도 신입생들 중에서 가장 뛰어난 천재일지도 모른다는 생각을 하면서 이를 갈고 있는 나를 보면, 아직까지 운동장에서 그 녀석들이 보여준 재능에 의해 나의 자신감이 완전히 잿더미로 변한 것은 아닌 것 같다.

브루스 맥도널드. 이 녀석은 액세터 고등학교를 수석으로 졸업했을 뿐만 아니라 그 학교 축구팀의 주장이었고 가장 뛰어난 스타 플레이어였다. 그 녀석은 수업이 끝난 저녁 시간에도 가만히 있지를 않는다. 바이올린은 또 얼마나 능숙하게 다루는지, 신입생 주제에 하버드 래드클리프 오케스트라의 수석 연주자로 뽑혔을 정도다.

내가 열등감에 익숙해진 상태로 하버드에 들어온 것은 정말 다행스러운 일이다. 그렇지 않고 만약 다른 녀석들처럼 내가 입단 테스

트를 받던 날부터 기가 살아서 뛰어다녔다면, 이미 오래 전에 실의
에 빠진 나머지 찰스 강에 몸을 던졌을 것이다.

— 앤드류 엘리어트

랍비가 단상에 서서 일장 연설을 늘어놓고 있었다.

"찬송을 끝낸 후 여러분은 교회 부속실로 정중히 초대될 것입니다. 그곳에서 여러분은 포도주와 과일, 그리고 케이크를 대접받게 될 것입니다. 이제 성가 102장의 〈아돈 올람〉을 다 함께 부르도록 하겠습니다."

랍비가 신호를 보내자 대니 로시는 힘차게 오르간 건반을 누르기 시작했다.

우주의 주 하느님,
하늘과 땅이 생기기 전부터 군림하셨네.
이 세상을 창조하셨을 때부터
그 이름 왕이라 불리셨던
우리 주 하느님…….

찬송이 끝나고 랍비의 감사 기도가 있은 후에 대니가 퇴장 성가를 연주했다. 그동안 사람들은 하나 둘씩 밖으로 빠져 나가기 시작했다. 대니는 연주를 마치기가 무섭게 상의를 움켜잡고 아래층으로 급히 내려갔다.

대니는 조용히 교회 부속실로 들어간 다음, 풍성하게 음식이 차려진 테이블 쪽으로 걸음을 옮겼다. 잠시 후 종이접시 위에 케이크를 몇 조각 올려 놓고 있을 때, 대니는 랍비가 자기 이름을 부르는 소리를 들었다.

"대니 군, 이런 모임까지 참석해 주어서 고맙네. 소명 의식만으로는 이런 모임에 참석하는 것이 힘든 일일 텐데 말이야……. 특히 자네처럼 무척 바쁜 사람들은 사실 이런 모임에 참석하기가 힘든 법이지, 그렇지 않은가?"

"아니에요. 전 무슨 모임이든지 참석하는 것을 좋아하는 편입니다. 이 모임에 참석하는 건 제가 좋아서 하는 일입니다."

대니 로시의 말 속에는 상당한 진실이 담겨 있었다. 비록 유대교 예배에서 가장 높이 평가하는 점이 점심을 때울 수 있는 푸짐한 음식이라는 사실에 대해서는 전혀 언급하지 않았지만…….

이 특별한 토요일은 대니를 잔뜩 흥분시키고 있었다. 왜냐하면 대니 자신도 참석하고 있는 퀸시의 조합교회 청년부 회원들이 정기 추계 댄스파티를 열 예정이기 때문이었다.

대니는 이미 자신이 이끌고 있는 3인조 밴드(이 일을 위해 학생회에 연락해서 드럼과 베이스 주자를 각기 한 명씩 부탁해 놓았다)가 음악을 맡을 수 있도록 목사를 설득한 상태였다. 물론 몹시 피곤한 일이겠지만, 50달러의 사례금을 생각하면 그 정도는 아무것도 아니었다.

댄스파티가 열릴 때까지 남은 시간을 보내기 위해 케임브리지로 돌아간다는 것은 상당히 비생산적이라는 생각이 들었다. 특히 하버드대학은 온통 토요일의 축구시합 열기에 완전히 사로잡혀 있을 것이다. 도저히 편안한 마음으로 공부할 만한 분위기가 아닐 것이다.

　그래서 대니는 코플리 광장 쪽으로 향했다. 대니는 그곳에 있는 보스턴 공립도서관에서 남은 시간 동안 공부를 할 생각이었다. 도서관에서 대니 로시의 책상 끝쪽으로 피부가 약간 거무스름하고 균형 잡힌 몸매를 가지고 있는 어떤 여학생이 앉아 있었다. 그 여학생의 주위에는 '보스턴대학'이라고 적힌 공책들이 여러 권 놓여 있었다. 우리의 어수룩한 카사노바는 그 여학생을 향해 말을 던졌다.

　"보스턴대학에 다니나 보죠?"

　"그래요."

　"전 하버드에 다닙니다."

　"그럴 줄 알았어요."

　거무스름한 피부의 여학생은 별로 관심이 없다는 투로 대니의 말을 냉담하게 받아넘겼다. 어느 정도 예상하고 있었지만 '여학생에게 말걸기 작전'이 실패로 돌아가자, 대니는 무거운 한숨을 길게 내쉰 후에 '작곡 기법'을 다시 들여다보기 시작했다.

　대니가 도서관 밖으로 나왔을 무렵에는 이미 서늘한 어둠이 도시 전체를 휘감고 있었다. 보스턴의 거리는 마치 베니스의 피아차 상 마르코를 흉내낸 것 같았다. 거리를 터벅터벅 걸어가는 동안, 대니는 신학적인 딜레마에 빠진 채 고심하고 있었다.

　'과연 조합 교회측에서는 식사를 제공해 줄까? 너무 믿지 않는 게 좋을 거야.'

　대니는 마음 속으로 이렇게 중얼거리면서 걸어갔다. 공연히 굶고 갔다가 예상이 빗나가면 자기만 손해인 것이다. 그래서 대니는 퀸시로 출발하기에 앞서 참치 샐러드로 가볍게 배를 채웠다.

　그날 댄스 파티에서 가장 좋았던 점은 드럼과 베이스 주자가 대니처럼 젊은 대학생이라는 사실이었다. 그리고 가장 좋지 않았던 점은 저녁 내내 피아노 앞에서 꼼짝도 할 수가 없었다는 것이었다. 대니는 성숙한 여고생들이 몸에 착 달라붙는 옷을 입고 자신의 피아노 반주에 맞추어 미친 듯이 몸을 흔들어대는 장면을 멀뚱멀뚱 구경만 할 수밖에 없었던 것이다.

마침내 플로어가 텅 비게 되자, 지칠 대로 지쳐 버린 대니는 시계를 쳐다봤다. 벌써 11시 30분이었다. 하버드까지 가려면 최소한 1시간은 걸릴 것이다. 대니는 길게 한숨을 내쉬었다. 내일 9시까지 다시 이곳에 돌아올 일도 걱정이었다. 문득 텅 빈 위층의 교회 의자에서 자고 싶다는 충동이 잠시 동안 강하게 일어났다. 그러나 아무리 힘들어도 하버드로 돌아가는 것이 좋을 것 같다는 생각이 들었다.

마침내 대니가 하버드대학 정문에 들어섰을 때, 기숙사의 거의 모든 창문이 이미 어둠에 잠겨 있었다. 대니는 홀워디 기숙사 쪽으로 걸어가다가 돌계단 위에 쪼그리고 앉아 있는 자신의 룸메이트인 우깅만과 우연히 마주쳤다.

"안녕, 대니."

대니는 깜짝 놀라면서 우깅만을 바라보았다.

"우깅만! 도대체 여기서 지금 무얼 하고 있는 거야? 날씨가 이렇게 쌀쌀한데……."

"버니가 날 쫓아냈어. 지금 펜싱 연습을 하고 있는데, 정신을 집중하기 위해 혼자 있어야 한대……."

우깅만이 씁쓸한 목소리로 대답했다.

"지금 이 시간에? 버니 녀석, 정신이 좀 어떻게 된 거 아니야?"

"내 생각에도 그런 것 같아. 하지만 어떻게 하겠어? 버니는 칼을 갖고 있는데……."

우킹만이 비참한 표정을 지으면서 말했다. 아마도 너무 피곤하다 보면 겁나는 게 아무것도 없어지는 모양이다. 왜냐하면 대니는 지금 눈앞에 닥친 긴급한 사태를 수습할 수 있다는 느낌이 강하게 들 만큼이나 용감하게 변했기 때문이었다.

"들어가자, 우킹만. 우리 두 명이 힘을 합치면 아마 버니를 정신 차리도록 만들 수 있을 거야."

"넌 정말 진정한 친구야, 대니. 네 키가 6피트만 되었어도 정말 좋았을 거야."

기숙사 안으로 함께 들어가면서 우킹만이 중얼거렸다.

"그건 나도 동감이야."

그것은 대니의 진정한 소원이기도 했다. 다행히 광기 어린 펜싱 기사는 이미 잠들어 있었다. 그런 건 아무래도 상관이 없었다. 피곤에 지친 대니 로시는 자리에 눕기가 무섭게 그만 잠들어 버렸다.

"테니스를 치러 갔다가 우연히 유대인을 한 명 만났어. 그런데 세상에……. 그렇게 잘 치는 놈은 처음 봤어."

디키 뉴얼이 테니스에 대해 이야기하고 있었다. 디키 뉴얼은 테니스에 관한 한 자신이 있었다. 테니스 라켓을 잡을 수 있을 나이가 되었을 때부터 디키 뉴얼은 자질이 뛰어나다고 인정받았던 것이다. 디키 뉴얼이 테니스에 관해 다른 사람을 칭찬하는 것은 결코 흔한 일이 아니었다.

"너하고 붙으면 네가 질 정도였어?"

마이클 위글스워드가 놀란 표정으로 물었다.

"지금 누구 약올리는 거야? 학교 대표팀에 들어가도 중간은 가겠더라구. 아무튼 그 녀석의 드롭 쇼트는 정말 일품이었다. 이왕 말이 나왔으니까 하는 말인데, 실력도 실력이지만 녀석은 생긴 것도 정말 끝내 주게 생겼어. 유대인이기에는 정말로 아까운 녀석이야."

뉴얼이 마이클 위글스워드를 향해 눈살을 찌푸리면서 말했다. 바로 그 순간에 앤드류가 대화에 끼여들었다.

"유대인을 사람 취급도 하지 않는 건 도대체 무슨 이유 때문이냐?"

"그걸 몰라서 묻는 거야? 너도 알다시피 유대인은 대개가 음침하고 머리가 좋고 공격적이잖아. 그런데 내가 지금 말하고 있는 그 녀석은 안경도 쓰지 않았어."

"이것 봐! 우리 아버지는 유대인을 항상 높이 평가했어. 사실 다른 건 모두 제쳐 두고라도 아버지가 만난 의사는 전부 유대인이었거든……."

앤드류는 일장 연설을 늘어놓을 기세로 말문을 열었다.

"도대체 너희 아버지가 얼마나 많은 유대인을 만나 보았다고 그렇게 말하는 거야?"

디키 뉴얼이 즉각 반격에 나섰다.

"그건 다른 문제야, 디키. 하지만 내가 생각하기에 우리 아버지는 최소한 일부러 유대인을 피하지는 않았어. 우리와 생활 공간이 같은 유대인들에 대해서는 더더욱 그렇고……."

"그렇다면 네 말은 그 위대한 유대인 의사들 가운데 단 한 명도 사교 클럽에 가입하지 못한 것이 단지 우연이라는 거야?"

디키 뉴얼의 기세에 앤드류는 한 걸음 양보하면서 말을 꺼냈다.

"그래, 네가 이겼다. 하지만 나는 지금까지 우리 아버지가 인종에 대해 차별하는 말을 꺼내는 것을 단 한 번도 들어 본 적이 없어. 가톨릭 교도에 대해서도 마찬가지고……."

"하지만 너희 아버지도 유대인들과 어울리지는 않지? 이번에 우리 매사추세츠 주의 주지사로 뽑힌 그 엉터리 정치가하고도 그럴 테 고……."

"글쎄? 하지만 어쨌든 우리 아버지는 사업상의 일로 케네디 가문의 사람들과 만난 적이 있어."

"틀림없이 '파운더즈 클럽'에서 만나 함께 식사를 하지는 않았을 거 야. 안 봐도 뻔한 거 아니야?"

가만히 있던 마이클 위글스워드가 참견하고 나섰다. 앤드류는 순간 적으로 눈살을 찌푸렸다.

"이것 봐! 난 우리 아버지가 성인군자라고 말하지는 않았어. 하지만 아버지는 최소한 뉴얼이 즐겨 쓰는 그런 말투를 함부로 쓰지 말라고는 가르쳐 주었다고……."

"하지만 앤드류, 넌 지금까지 나의 화려한 말재간에 대해 싫은 기색 을 보인 적이 한번도 없었잖아?"

"그래, 맞아. 그런데 왜 갑자기 그러는 거야?"

위글스워드가 뉴얼의 말에 동감한다는 듯이 고개를 끄덕이면서 말했 다. 하지만 앤드류는 두 사람을 향해 침착한 어조로 말을 이어 나갔다.

"내 얘길 잘 들어, 이 멍청한 친구들아. 하버드대학에 들어오기 전에 는, 다시 말해서 우리가 사립학교에 다니고 있을 때까지만 해도 우리 주변에서는 유대인이나 흑인들을 찾아볼 수가 없었어. 따라서 우리가 '하층 사회'에 대해 어떤 이야기를 하든지 기분 나쁘게 받아들이는 사 람도 없었던 거야. 하지만 여기는 대학이야. 이 하버드대학에는 다양한 사람들이 모두 모여 있어. 그렇기 때문에 내 생각에는 우리가 그런 사람들과 함께 살아가는 법을 배워야 할 필요가 있을 것 같다는 거야."

앤드류의 말을 가만히 듣고 있던 뉴얼과 위글스워드는 이해하기 힘들다는 표정으로 서로를 마주보면서 고개를 갸웃거렸다. 그러다가 잠시 후에 뉴얼이 불만을 터뜨렸다.

"앤드류, 이제 설교는 그만두면 좋겠어. 만약 조금 전에 내가 그 유대인에 대해 말하면서 키가 작거나 통통하다고 했다면, 너희들이 이렇게 크게 관심을 갖지는 않았을 거야. 어쨌든 나는 원래 입이 험한 사람이야. 유대인이나 검둥이를 보고 가볍게 욕을 하는 건 나에게 있어서 욕이 아니야. 그건 그렇고 그 녀석에 대해 너희들이 좀더 확실히 알아볼 수 있는 기회를 제공할 생각이야. 나는 제이슨 길버트라는 그 유대인 친구를 이번 토요일의 축구 시합이 끝난 후에 이곳에 초대할 생각이야. 너희들 생각은 어때?"

뉴얼은 장난기가 잔뜩 어린 시선으로 앤드류를 바라봤다. 그런 다음에 앤드류를 향해 이렇게 덧붙였다.

"물론 네가 유대인 친구와 어울리는 것을 정말로 개의치 않는다면 가능하겠지만……."

13

11월에 접어든 지 겨우 며칠밖에 되지 않았지만, 오후 6시 정도가 되면 겨울날 저녁과 다름없이 어두컴컴하고 바람이 쌀쌀하게 불었다. 테니스 연습을 끝내고 옷을 갈아입는 동안, 제이슨은 넥타이를 가져오는 것을 잊어버렸다는 사실을 깨닫고 미간을 찌푸렸다.

제이슨은 넥타이를 가져오기 위해 스트라우스 기숙사로 돌아가야 할 형편이었다. 넥타이를 매지 않으면 학생회관 입구에서 쫓겨날 것이 분명했다. 아일랜드 출신의 세베루스가 히죽거리면서 넥타이 착용 여부를 점검하고 있을 테니까…….

"제기랄! 개 같은 경우야."

제이슨은 혼자말로 욕설을 퍼부었다. 제이슨은 냉랭하고 낙엽마저 져버린 썰렁한 광장을 지난 다음, 계단을 통해 스트라우스 A-32호로 올라가서 열쇠를 찾기 시작했다.

열쇠를 찾아 문을 열고 안으로 들어선 순간, 제이슨은 무엇인가 이상한 느낌을 받았다. 불은 모두 꺼져 있었다. 제이슨은 데이비드슨의 방 쪽으로 시선을 돌렸다. 그 방의 불도 역시 꺼져 있는 상태였다.

제이슨은 데이비드슨이 혹시 몸이 불편할지도 모른다는 생각을 했다. 제이슨은 데이비드의 방문을 가볍게 노크했다.

"데이비드, 괜찮니?"

아무런 응답이 없었다. 무엇인가 이상한 느낌이 계속 들었다. 제이슨은 마침내 기숙사의 철칙을 깨뜨리고 룸메이트의 방문을 열었다. 제이슨의 눈에 가장 먼저 들어온 것은 전선이 삐져 나온 천장이었다.

제이슨은 급히 바닥으로 시선을 옮겼다. 그 순간 제이슨은 죽은 듯이 아무렇게나 바닥에 쓰러져 있는 룸메이트를 발견할 수 있었다. 룸메이트의 목에는 벨트가 감겨 있었다. 제이슨은 두려움 때문에 손가락 하나도 까딱할 수 없는 지경이었다.

"오, 하느님!"

제이슨이 비명을 질렀다. 데이비드는 자살을 한 것이다. 제이슨은 무릎을 꿇고 데이비드의 몸을 돌려 눕혔다. 순간적으로 데이비드의 입에서 가느다란 신음 소리가 새어 나왔다.

서둘러, 제이슨! 멍청히 있지 말고 빨리 경찰을 부르란 말이야. 아니야, 경찰이 오려면 아무래도 시간이 걸릴 거야.

제이슨은 자기 자신을 다그쳤다. 제이슨 길버트는 자기 룸메이트의 목에 감겨 있는 가죽 허리띠를 급히 풀었다. 그런 다음에 제이슨은 마치 소방관처럼 데이비드를 어깨에 둘러 업고 하버드 광장 쪽으로 급히 달렸다.

때마침 빈 택시 한 대가 보였다. 제이슨은 운전기사에게 학교의 부속 진료소로 총알같이 달려가 줄 것을 부탁하고 나서야 잠시 숨을 돌릴 수 있었다.

"너무 걱정하지 말아요, 학생. 아무런 일도 없을 거예요."

진료소의 당직 의사가 어깨를 치면서 제이슨을 안심시키고 있었다.

"하버드대학 기숙사의 전등 시설은 자살할 만큼 튼튼하지 못해요. 아주 기발한 방법으로 자살하는 친구들이 가끔씩 있기는 하지만……. 그래, 학생은 데이비드슨이 왜 자살을 기도했다고 생각하나요?"

충격이 아직도 완전히 가시지 않은 듯 제이슨은 힘겹게 말문을 열었다.

"모르겠어요."

그때 데니스 린덴 학생 사감이 끼여들었다. 린덴은 어린 신입생의 끔찍한 행동에 대해 전문가로서의 의견을 제공하기 위해 이곳에 와 있었다.

"데이비드슨은 그동안 성적 때문에 상당한 고심을 하고 있었습니다."

린덴이 차분한 목소리로 말했다.

"그동안의 데이비드슨 군의 행동에서 혹시 이런 일을 저지를 것이라는 낌새를 전혀 눈치채지 못했나요?"

당직 의사가 질문을 던졌다.

"그런 건 없었습니다. 사실 어느 달걀이 깨질지에 대해서는 미리부터 알 수는 없는 노릇이거든요. 그러니까…… 신입생 때에는 그만큼 많은 압력을 받는다는 말입니다."

린덴과 당직 의사가 이야기를 주고받는 동안, 제이슨은 계속 발끝에 시선을 고정시키고 있었다.

10분 가량 지난 후에, 제이슨은 린덴 학생 사감과 함께 진료소 밖으로 걸어나갔다. 비로소 제이슨은 자신이 코트도 입지 않은 상태라는 것을 깨달았다. 게다가 장갑이라든지 다른 추위를 막을 만한 것이 단

한 가지도 없었다. 지금까지는 두려움에 질려 추위를 느끼지 못하고 있었다. 하지만 이제는 몸이 덜덜 떨려오는 것을 어쩔 수가 없었다.

"숙소까지 태워 줄까, 제이슨?"

데니스 린덴 학생 사감이 물었다.

"괜찮습니다."

제이슨이 퉁명스럽게 대답했다.

"고집은 부리지 않는 게 좋아. 그런 차림으로 걸어가다간 동태가 되고 말 거야."

"좋아요. 신세 좀 지기로 하죠."

마운트 아우번 가까지의 짧은 거리를 태워 주는 동안, 린덴은 자신의 주장을 계속 정당화하려는 태도를 보였다.

"자네도 이건 알고 있어야 하네. 빠져 죽기 싫으면 헤엄쳐서 살아나라. 이것이 바로 하버드의 불문율이야."

"물론 그렇겠죠. 하지만 학생 사감님의 임무가 뭡니까? 구조원의 역할을 하도록 되어 있지 않습니까?"

제이슨의 목소리에는 못마땅하다는 기색이 역력했다. 자동차가 다음 신호대기에 걸렸을 때, 제이슨은 린덴의 차에서 내린 다음 신경질적으로 차문을 닫았다. 제이슨은 마구 치밀어 오르는 울화 때문에 혹심한 추위도 느끼지 못했다.

제이슨은 하버드 광장을 향해 발걸음을 옮겼다. 제이슨은 엘지 하우스에 들어가 로스트 비프 스페셜로 저녁을 때운 다음, 크로닌 주점으로 들어갔다.

그곳에서 제이슨은 마침 낯익은 얼굴을 발견할 수 있었다. 제이슨은 무너지듯이 그 자리에 앉아 서서히 술에 취했다.

　다음날 아침, 제이슨은 노크 소리에 간신히 눈을 떴다. 잠에서 깨어
났다고 어렴풋이 느낀 바로 그 순간, 골이 빠개질 정도로 쑤시기 시작
했다. 휘청거리면서 문을 향해 걸어가던 제이슨은 자신이 어제 저녁에
입었던 옷을 그대로 입고 있다는 사실을 깨달았다.
　잠시 후에 제이슨이 문을 열었다. 초록색 모자를 쓴 땅딸막한 몸집의
중년 부인이 문 밖에 버티고 서 있었다.
　"학생이 우리 아이에게 어떻게 했길래 이런 일이 생겼나요?"
　중년 부인이 다짜고짜 제이슨을 다그쳤다.
　"아, 데이비드슨의 어머니시군요."
　순간적으로 제이슨은 그 부인이 누구인지 알 수 있었다.
　"그래요. 머리 하나는 잘 돌아가는 학생이로군. 나는 우리 애의 옷을
가지러 왔어요."
　부인은 제이슨을 향해 투덜거리면서 말했다.
　"네, 그렇군요. 아무튼 안으로 좀 들어오세요."
　제이슨은 부인을 급히 안으로 안내했다.
　부인은 기숙사 안으로 들어온 후에, 날카로운 눈초리로 사방을 둘러
보았다.
　"휴우, 이게 어디 사람 사는 곳이람? 도대체 이곳의 청소는 누가 하
는 거죠?"
　"아르바이트 학생이 일주일에 한 번씩 하고 있습니다."
　"쯧쯧……. 그러니 우리 애가 병이 날 만도 하지. 그런데 사방에 흩
어져 있는 저 옷들은 대체 누구 거예요? 더러운 옷은 모든 병의 근원인
데……."

부인이 혀를 차면서 말했다.

"데이비드슨의 옷입니다"

제이슨이 부드러운 목소리로 대답했다.

"그런데 왜 우리 아이의 옷을 저렇게 함부로 팽개쳐 두었나요, 학생?"

"그런 게 아닙니다, 데이비드슨 어머니. 옷을 저렇게 팽개쳐 둔 사람은 바로 데이비드슨 자신이에요."

제이슨은 이렇게 말한 후에 급히 한마디를 덧붙였다.

"좀 앉으시죠. 무척 피곤하실 텐데……."

"피곤한 정도가 아니에요. 나는 아주 녹초가 되어 버렸어요. 야간 열차를 타고 오는 게 얼마나 힘든 일인 줄 알아요? 특히 나 같은 늙은이에게는 아주 커다란 고역이에요. 아무튼 이번 일이 왜 학생의 잘못이 아닌지에 대한 분명한 설명을 듣기 전에는 앉을 수가 없어요."

"데이비드슨 어머니, 진료소에서 어떤 이야기를 들었는지는 모르겠지만……."

제이슨은 무거운 한숨을 내쉬었다.

"우리 애가 몹시 심한 병에 걸렸고, 그 때문에 어떤 무시무시한 병원에 입원시켜야 한다는 말을 들었어요……."

데이비드의 어머니는 잠시 한숨을 몰아쉬고 나서 말을 이었다.

"우리 아이를 정신 병원에 입원시켜야 한다더군요."

"죄송합니다, 데이비드슨 어머니. 이곳에서의 생활이 커다란 부담이 되었던 모양입니다. 학점을 취득하는 일은 아주 힘들어서……."

제이슨이 부드러운 목소리로 말했다.

"우리 데이비드는 언제나 좋은 성적을 받았어요. 우리 아이는 밤낮을 가리지 않고 열심히 공부했어요. 그러다가 갑자가 집을 떠나서 학생과 함께 살게 된 거예요. 그 아이는 지금까지 아무런 문제도 없었어요. 그런데 어째서 학생은 그 아이의 마음을 어지럽혀 놓은 거지요?”

“데이비드슨 어머니, 제발 제 말을 믿어 주세요. 저는 데이비드슨을 괴롭히지 않았어요. 그 친구는 자기 스스로 그런 문제를 일으킨 겁니다.”

“무슨 뜻이죠?”

데이비드슨의 어머니가 물었다.

“제가 파악할 수 없는 몇 가지 이유들 때문일 거예요. 데이비드슨은 자기가 최고의 인물이 되어야 한다고 느꼈던 모양입니다. 문자 그대로 최고의 인물 말이에요.”

“그게 어째서 나쁘다는 건가요? 난 지금까지 그 아이를 그런 식으로 키워 왔어요.”

제이슨은 룸메이트에 대해 연민의 정이 솟아오르는 것을 느꼈다. 분명히 데이비드슨의 어머니는 끝이 없는 목표를 향해 자기의 아들을 경주 말처럼 몰아붙였을 것이다. 그리고 데이비드슨은 그러한 생활 속에서 어쩔 줄을 몰랐을 것이다.

갑작스럽게 데이비드슨의 어머니가 긴 소파 위에 몸을 쓰러뜨리면서 울기 시작했다.

“내가 뭘 어쨌다는 건가요? 나는 이제까지 데이비드슨을 위해서 모든 것을 희생했는데……. 이런 일은 있을 수도 없는 일이라구요.”

제이슨은 부인의 어깨를 부드럽게 쓰다듬었다.

“데이비드슨 어머니, 진정하세요. 데이비드슨이 병원에 입원하게 되면 옷이 몇 벌 필요할 거예요. 제가 옷을 챙기는 일을 도와 드렸으면 하는데요.”

부인은 의기소침한 표정으로 제이슨을 쳐다보았다.

“고마워요, 학생. 소리를 질러서 미안해요. 하지만 아깐…….”

부인은 지갑을 열더니 이미 축축하게 젖어 있는 손수건을 꺼내서 눈물을 닦았다.

“데이비드슨 어머니, 이곳에서 좀 쉬도록 하세요. 제가 커피를 끓이겠어요. 그리고 데이비드슨의 물건들도 챙겨 드리겠습니다. 가실 때는 제 차로 데이비드슨이 있는 곳까지 모셔다 드리지요.”

제이슨은 룸메이트의 침실로 들어가 데이비드슨에게 필요할 것 같은 옷가지들을 가방 속에 집어넣기 시작했다. 제이슨은 본능적으로 정신병원에 입원하고 있는 환자들에게 넥타이나 정장은 필요하지 않을 것이라는 사실을 알았다.

“그 애가 읽던 책들은 어떻게 할 셈이에요?”

데이비드슨의 어머니가 제이슨을 향해 소리쳤다.

“지금 당장은 그런 책들이 필요하지 않을 겁니다. 그 밖에 다른 학용품들도 역시 마찬가지일 거예요. 하지만 데이비드가 원한다면 가져다 주도록 하겠습니다.”

“정말 고마워요.”

데이비드슨의 어머니가 감사의 말을 하면서 코를 풀었다. 이윽고 가방이 다 채워지자 제이슨은 방 안을 두리번거리면서 무엇인가 중요한 물건을 빠뜨리지 않았는지 세심하게 살펴보았다.

바로 그 순간 제이슨은 룸메이트의 책상 위에 놓여 있던 어떤 물건을 발견했다. 문득 제이슨은 불길한 예감을 느꼈다.

‘그래, 맞았어. 이건 데이비드슨의 [화학 20] 중간고사 시험답안지

야.'

제이슨은 자신의 룸메이트가 꾸었던 악몽이 되살아나는 것 같았다. 데이비드슨은 B 마이너스의 학점을 간신히 받았던 것이다. 제이슨은 데이비드슨의 어머니가 눈치채지 못하도록 그 시험답안지를 아무렇지도 않게 접어서 뒷주머니 속에 찔러 넣었다.

"데이비드슨 어머니, 여기에서 잠시 동안 기다리세요. 제가 차를 몇 블록 떨어진 곳에 주차시켜 놓았거든요. 지금 당장 달려가서 차를 몰고 오겠습니다."

"나 때문에 학생이 수업에 지장을 받게 되었군요."

부인은 매우 온순한 태도로 말했다.

"괜찮습니다. 제가 데이비드를 위해서 무엇인가 할 수 있다는 것은 기쁜 일인걸요. 데이비드는 정말 멋진 친구입니다."

데이비드슨의 어머니는 제이슨 길버트의 두 눈동자를 뚫어지게 바라보면서 중얼거렸다.

"학생의 부모님께서는 학생을 몹시 자랑스러워할 거예요."

"그렇게 말씀해 주시니 고맙습니다."

제이슨이 나지막한 목소리로 대답했다. 제이슨은 즉시 밖으로 달려나갔다. 제이슨은 마음 속으로 무거운 통증을 느낄 수 있었다.

14

11월 3일

집을 떠나서 생활하는 커다란 기쁨 가운데 하나는 내 마음대로 밤을 꼬박 새울 수 있다는 사실이다. 우리는 다음날 제출해야 할 과제물 때문에 가끔씩 밤을 새웠다.

마이클 위글스워드는 밤을 새우는 기술에 있어서 전문가를 뺨칠 정도의 실력을 갖추고 있었다. 그는 저녁 7시경에 컴퓨터 앞에 앉았다. 몇 장의 종이와 예닐곱 권의 참고문헌들을 옆에 놓고 한밤중이 되기 전에 초안을 작성한다. 그러다가 새벽 무렵이 되면 커피를 한 잔 마시고 아침식사로 계란과 베이컨을 먹는다. 그런 후에 점심 때까지 잠을 잔다. 그러나 지난밤만큼은 밤을 새울 만한 타당한 이유를 가지고 있었다. 그것은 미국 의회의 선거 결과를 지켜보는 일이었다. 우리 중에서 정치학을 우습게 보는 사람은 아무도 없었다.

《크림슨》지는 오늘 아침 기사에 하버드 출신의 의원들에 관한 이야기를 싣고 있었다. 무려 35명이나 되는 새로운 하원의원들과 4명의 상원의원이 선출되었다. 그들은 상원의원실에 모여서 다 함께 하버드대학 응원가를 힘차게 불렀다고 한다.

나는 아침을 먹으면서 《크림슨》지를 읽었는데, 갑자기 어떤 생각이 머리를 스치고 지나갔다. 내 옆에 있는 탁자에서 음식을 먹고 있는 저 매력적인 친구가 언젠가 상원의원이 될지도 모른다는 생각이었다. 아니, 대통령이 될지도 모른다. 사실 누가 어떻게 될 것인지 아무도 예측할 수가 없는 것이다.

아버지는 언젠가 나에게 프랭클린 루즈벨트가 대학생 시절에는 좀 괴팍스러운 인물이었다고 말했다. 하버드대학 신입생들은 아직까지도 자신들의 욕심을 채우기 위해서 다른 사람들을 희생시키고 있었다. 어느 누가 나중에 유명한 인물이 될 것인가를 알아내는 데에는 다소 시간이 걸릴 것이다.

내가 확신하는 한 가지 사실은, 나 자신이 일생 동안 다른 사람들을 희생시키는 욕심꾸러기로 남아 있을 것이라는 점이다.

— 앤드류 엘리어트

길버트가 하버드 테니스 팀의 주장으로 선출되었다!

롱아일랜드의 시오세트 출신으로 스트라우스 홀에서 생활하고 있는 신입생 제이슨 길버트가 테니스 팀의 새로운 주장으로 선출되었다. 그는 이번 시즌에서 지금까지 패배해 본 적이 없다. 제이슨 길버트는 이스턴 스테이츠 주니어 테니스 경기에서도 랭킹 7위를 기록했다.

— 하버드 《크림슨》지, 1월 12일자 기사

"길버트, 자네는 정말 훈장감이야. 자네가 재빨리 처리하지 않았던들 가련한 데이비드슨은 죽어 버렸을지도 몰라."

데니스 린덴 학생 사감이 제이슨을 쳐다보면서 말했다.

데니스 린덴 학생 사감은 데이비드슨의 생명을 구한 행동을 칭찬하기 위해 제이슨을 부른 것이 아니었다. 학생 사감은 새로운 문제점에 관해서 의견을 나누고 싶었기 때문에 제이슨을 부른 것이었다.

"자네의 룸메이트가 또 한 사람 생겼네. 학생 사감 회의에서 내가 개인적으로 그 친구를 선택했지. 나는 자네가 그 친구에게 좋은 영향을 줄 수 있을 거라고 믿고 있다네."

"내가 또다시 누군가의 간호사가 되어야만 한다는 겁니까? 이제는 나도 정상적인 룸메이트를 갖고 싶습니다."

제이슨은 데니스 린덴 학생 사감에게 항의하듯이 말했다.

"하버드대학생들은 모두가 정상이 아니야."

학생 사감이 아무렇지도 않다는 듯한 태도로 대답했다.

"좋아요, 그런데 그 친구의 문젯거리는 도대체 뭐죠?"

제이슨은 체념한 듯이 물었다.

"그 친구는 약간 공격적인 성향을 가지고 있는 인물이라네."

데니스 린덴 학생 사감이 감상적인 표정을 지으면서 말했다.

"그건 별로 문제가 아닙니다. 전에 권투를 한 적이 있으니까요."

갑자기 린덴 학생 사감이 헛기침을 했다.

"그런데 두통거리는 그 친구가 칼을 들고 싸움을 한다는 사실이네."

"그 친구는 도대체 어떤 녀석인가요? 중세시대의 기사라도 되나요?"

"매우 재치 있는 말이로군. 실제로 그 학생은 학내 펜싱 팀에서 주전 선수로 활동했었어. 그의 이름은 《크림슨》지에도 나온 적이 있지. 버니 애커맨이라는 학생이야. 자네도 조심해야 할 거야. 칼을 치켜들고 있는 그 친구의 모습은 아주 무시무시하다고……."

"정말로 대단한 녀석인가 보죠? 그런데 그 친구는 지금까지 누구를 죽이려고 했었나요?"

"꼭 죽이려고 한 건 아니야. 그는 현재 감수성이 매우 예민한 중국인 친구와 함께 홀워디에서 살고 있는데, 그들 사이에는 항상 사소한 논쟁이 끊이질 않아. 그럴 때마다 애커맨은 자기의 칼을 뽑아 들고 체구가 작은 그 중국인 친구에게 마구 휘둘러대고 있단 말이야. 그때마다 그 중국인 친구는 그만 기절을 해버리고 말지. 의무실에서 준 약을 먹어야만 잠들 수 있다네. 그래서 우리는 그 두 친구를 서로 떼어놓으려고 하는 거야."

"그런데 왜 그 중국인 학생을 나의 룸메이트로 해주지 않는 거죠? 그 친구는 꽤 멋진 사람 같은데……."

제이슨이 불평을 늘어놓았다.

"그 학생은 음악을 좋아하는 다른 룸메이트와 잘 지내고 있다네. 그래서 학생 사감들은 그 학생을 그곳에 그냥 두기로 한 거야. 그리고 자네라면 그 문제의 인물을 잘 교육시킬 수 있을 거라는 생각도 들었지."

"나는 공부하기 위해 하버드대학에 진학했습니다. 골치 아픈 문제아들에게 예절을 가르치기 위해서 이곳에 들어온 게 아니라구요."

"제이슨, 자네는 그 녀석을 얌전한 놈으로 만들 수 있을 거야. 자네의 생활기록부에도 좋은 평가로 남게 될걸세."

"하지만 내가 원하는 건 그런 게 아닙니다."

제이슨은 말을 마친 후에 자리에서 벌떡 일어났다.

15

1월 16일

제이슨 길버트는 거의 모든 파티에 참석하고 있다. 그는 미남이기 때문에 파티에 참석한 나머지 사람들은 자기 데이트 상대의 주의를 끌어 모으는 일에 무척 애를 먹는다. 제이슨이 이야기를 시작하면 우리는 모두 궁지에 몰리게 된다. 얼마 전에 제이슨은 새로운 룸메이트를 받아들였다. 그런데 그 룸메이트는 다소 병적인 성향을 가지고 있는 인물이다.

제이슨이 막 잠을 자려고 할 때, 그 녀석은 칼을 빼어들더니 마치 에롤 플린 같은 태도로 이리저리 뛰어다녔다. 버니 애커맨이 제이슨 길버트와 룸메이트가 된 지 일주일도 지나지 않아서 제이슨의 소파는 누더기로 변하고 말았다. 더욱 괴로운 것은 소음이었다. 버니 애커맨은 항상 칼을 들고 여기저기를 닥치는 대로 베고 다녔던 것이다.

다행히 버니가 칼로 그어대는 것이 소파뿐이었기 때문에 별로 문제는 되지 않았다. 그러나 칼로 소파를 찌를 때마다, 항상 소리를 질렀다.

"죽어!"

버니의 고함 소리는 제이슨을 오싹하게 만들었다. 지난밤에 버니 애커맨과 제이슨 길버트는 최후의 결전을 벌였다. 버니가 칼을 집어 들자, 제이슨이 과감하게 테니스 라켓으로 맞선 것이다.

"어째서 칼을 들고 설치는 거야?"

제이슨이 화를 내면서 따졌다.

"나는 단지 예일대학과의 시합을 위해 연습이 필요할 뿐이야."

버니가 칼을 휘두르면서 대답했다.

"정말로 그런 연습이 필요한 거야?"

제이슨이 정색을 하면서 물었다. 아무래도 그들 두 사람 중에서 어느 한 사람이 죽을 때까지 싸움을 벌여야만 될 것 같았다. 처음에 그 녀석은 제이슨이 허풍을 떠는 것으로 생각한 모양이었다. 그러나 제이슨은 그 녀석의 도전을 받아들였다. 제이슨은 버럭 화를 내면서 자신의 테니스 라켓으로 이미 누더기가 된 소파를 두들겨서 완전히 부숴 버렸다. 그렇게 하고 나서 제이슨은 버니 애커맨에게 자기도 테니스 시합을 대비하기 위해 연습을 하는 것이며, 만약 테니스 경기에 지게 될 경우 라켓으로 그를 두들겨 패주겠다고 엄포를 놓았다.

의아스러운 표정으로 칼을 들고 서 있던 버니 애커맨은 그만 칼을 떨어뜨린 채 자기의 침실로 들어가 버리고 말았다. 제이슨의 이런 멋진 행동은 이 지루한 싸움의 종말을 가져왔을 뿐만 아니라 그 깡패 녀석이 다음날 기숙사를 빠져 나가서 새로운 소파를 갖다 놓도록 만들었다. 그런 일이 있고 나서 제이슨 길버트의 방은 한참 동안 매우 조용했다. 분명히 버니 애커맨은 마음이 몹시 상했을 것이다. 그래서 버니도 제이슨에게 말을 걸지 않았을 것이다.

— 앤드류 엘리어트

하버드와 래드클리프 오케스트라는 해마다 대학사회에서 가장 재능 있는 연주자를 뽑는 경연대회를 개최하고 있었다. 그 경연대회는 항상 겨울에 개최되었고 졸업반 학생이 그 경연대회에서 우승하는 것은 일반적인 관례였다. 그러나 자신의 명성을 일찍부터 알리는 부지런한 학생들이 항상 있게 마련이다. 로웰스타인 학장은 그러한 학생들을 대중 앞에서 의기소침하게 만드는 전략적인 외교 수법을 써야만 했다. 하지만 오늘 오후에 로웰스타인 학장을 방문했던 신입생만은 결코 설득시킬 수가 없었다. 이 신입생은 안경을 쓰고 있었다.

"우리 학교의 연주자들은 전문성을 갖추고 있다네. 자네가 고등학교 시절에 뛰어난 실력으로 자질을 보였다는 사실은 이미 알고 있어. 하지만……."

로웰스타인 학장이 차분한 목소리로 설득했다. 하지만 대니 로시는 학장의 말을 가로막고 나섰다.

"저도 전문 연주자입니다."

"알겠네. 일단 자네에게 기회를 주도록 하겠네. 너무 흥분하지 말게. 하지만 이번 경연대회는 매우 뛰어난 실력을 갖춘 연주자들이 참가할 거라네."

"그 사실은 저도 잘 알고 있습니다. 만약 저의 실력이 부족하다면, 경연대회에 참석하지 못하더라도 어쩔 수 없는 일입니다."

"그럼, 지금 당장 평가를 해보도록 하지. 자, 아래층으로 내려가세. 내가 직접 자네의 연주를 들어 보겠네."

1시간 가량이 지나갔다. 자기의 방으로 돌아온 로웰스타인 학장은 꽤 커다란 충격을 받은 상태였다. 대니도 학장의 뒤를 따라 방으로 들어갔다. 부학장인 수키 워즈워드가 학장실에 앉아 있었다. 부학장은 로웬스타인 학장이 방으로 들어와서 자기의 책상 앞에 앉는 모습을 지켜보고 있었다.

"수키 부학장, 나는 올해 우승자의 음악을 방금 듣고 왔어요. 그 친구는 바로 신입생인 대니 로시 군입니다. 정말 천재적인 음악가예요."

로웬스타인 학장이 대니를 가리키면서 말했다.

"기회를 주신 것에 대해 학장님께 진심으로 감사를 드립니다."

대니는 로웬스타인 학장을 쳐다보았다.

"이봐요, 학생. 난 수키 워즈워드 부학장이에요. 그리고 그 오케스트라의 부단장이기도 하지요."

래드클리프 출신인 워즈워드 부학장이 말문을 열었다.

"부학장님을 뵙게 되어서 영광으로 생각합니다."

대니 로시는 안경 너머로 부학장을 쳐다보았다.

"올해 열리는 대회에 신입생들이 참가할 수 있다는 사실은 무척 반가운 일이에요."

워즈워드 부학장이 밝게 웃으면서 말했다.

"창피를 당하게 되지 않을까 두렵습니다."

대니가 수줍은 표정을 지으면서 대답했다.

"그렇지 않아요. 학장님께서는 학생이 매우 훌륭한 연주자라고 말했어요."

수키 부학장이 대니에게 미소를 던지면서 말했다.

"아, 네. 학장님께서는 예의상 그런 말씀을 하신 게 아닐까요?"

짧은 순간이지만 대니 로시는 그 아름다운 여인에게 깊은 인상을 심어 주기 위해 노력하고 있었다. 하지만 여느 때처럼 그러한 시도는 실패로 끝날지도 모른다. 그러나 대니는 여전히 겸손하게 행동하면서 워즈워드 부학장을 바라보았다.

"수키 부학장님, 저의 음악을 직접 들어 보시겠습니까?"

"좋지요."

워즈워드 부학장은 고개를 끄덕이더니, 즉시 대니의 손을 잡고 연주실로 내려갔다. 대니 로시는 바흐의 변주곡과 라흐마니노프의 음악을 연주했다. 아름다운 여인이 곁에 있다는 사실로 인해서 대니 로시의 피아노 연주는 아까보다도 더욱 훌륭했다.

마침내 대니 로시는 연주를 끝낸 후에 얼굴을 들고 워즈워드 부학장을 쳐다보았다. 그녀는 피아노에 허리를 살짝 기대고 있었다. 대니는 그녀가 매우 육감적인 여인이라고 생각했다.

"연주가 잘 되었는지 모르겠군요."

대니가 조심스럽게 말문을 열었다. 워즈워드 부학장은 부드러운 미소를 짓고 있었다.

"로시, 하고 싶은 이야기가 있어요."

워즈워드 부학장은 대니의 어깨 위에 자신의 두 손을 얹었다.

"학생은 내가 함께 했던 모든 남자들 가운데 가장 멋진 사람이에요."

"커피라도 함께 마시면서……."

대니의 목소리가 가늘게 떨리고 있었다.

"대니, 나는 지금 당장 사랑을 속삭이고 싶어요."

워즈워드 부학장의 두 눈이 대니를 응시하고 있었다.

"여기에서 말인가?"

대니는 숨을 헐떡이면서 말했다. 워즈워드 부학장은 아무런 말도 없이 대니의 단추를 풀기 시작했다.

16

3월 6일

하버드대학(나는 예일대학도 훌륭하다고 인정한다)을 미국의 다른 모든 대학들보다 탁월하게 만드는 요인은 소위 '칼리지 시스템'이라는 것이다.

1909년경에 케임브리지는 하나의 마을에서 커다란 도시로 변모하고 있었다. 비록 일부 학생들이 기숙사 생활을 하기는 했지만, 대부분의 하버드대생들은 케임브리지 곳곳에 흩어져서 숙식 문제를 해결하고 있었다.

조금 가난한 학생들은 매스 애비뉴를 따라 길게 늘어서 있는 싸구려 오두막집에서 기거했다. 그리고 나 같은 부잣집 자녀들은 그 당시에 골드 코스트라고 불리던 지역(지금의 마운트 아우번 가 근방)에서 정말로 멋진 아파트를 임대해 생활했다.

그런데 하버드대학의 총장은 이처럼 밀폐된 상황 속에서 분리되어 지내는 것이 교육상 적절치 못한 것이라고 생각했다. 총장은 고심 끝에 영국의 옥스퍼드를 모방해서 대학을 여러 개의 단과대학으로 분할하고 하나의 조직 속에 세포망을 형성한다는 결단을 내리게 되었다.

그 과정은 다음과 같다. 우선 대학 측에서는 전 신입생에게 기숙사 생활을 하도록 했다. 이러한 방침은 원칙적으로 같은 대학에 다니는 여러 유형의 학생들에게 서로 만날 기회를 제공하게 된다.

이렇게 1년 동안 시야를 넓히는 경험을 하고 난 다음에는 다양하고 자기 마음에 드는 새로운 친구들을 사귈 기회를 준다. 이 시기부터 우리는 남은 3년 동안을 하버드의 익살꾼들이 '동물 우리' 라고 부르는 작고 흥미진진한 단과대학 기숙사에서 강을 따라 오르락내리락 하면서 대학생활을 보내게 된다.

이러한 제도는 학생들에게 다양한 경험을 할 수 있도록 만든다. 앨라배마의 촌뜨기들이 의과대학 예과 학생들, 철학도들, 그리고 미래의 소설가들과 같은 건물에서 공부하게 되는 것이다. 이러한 학사제도는 어떠한 학과목보다도 개인의 삶을 풍요하게 만들 수 있는 것이다.

그러나 명문 사립고등학교 졸업생들은 이런 제도에 대해 불만을 터뜨리기도 한다. 우리의 인생은 다양성과 거리가 멀다. 우리는 박테리아 같은 존재라고 할 수 있다. 박테리아보다 조금 더 영리하기는 하지만······.

우리는 나름대로의 독특한 환경 속에서 성장했다. 따라서 내가 뉴얼, 위글스워드와 함께 3년 동안 계속 룸메이트로 지내겠다고 결심을 했을 때, 학교측에서는 결코 놀라지 않았을 것이다. 나는 그렇다고 확신한다.

원래 우리는 제이슨 길버트까지 끌어들일 생각이었다. 제이슨은 정말로 좋은 친구였다. 그는 항상 생동감 넘치는 분위기를 만드는 데 탁월했다. 게다가 뉴얼의 말을 빌리자면, 제이슨을 따라다니는 여학생들이 아주 많기 때문에 혹시 우리에게 찌꺼기라도 돌아올지 모를 일이었다. 하지만 그것은 부수적인 문제였다.

하버드대학과 예일대학 사이에 벌어진 테니스 대회에서 승리하고 난 후에 돌아오는 버스 속에서 뉴얼이 제이슨의 생각을 물어 보았다. 그러나 제이슨은 망설이는 눈치였다. 지금까지 룸메이트에 관한 한 운이 너무나 나빴기 때문에 제이슨은 다음 1년 동안 혼자 지내기로 마음을 굳혔던 것이다. 비록 2학년생들에게는 독방을 쓸 수 있는 특권이 거의 돌아가지 않았지만, 제이슨을 담당하는 학생 사감이 추천서를 써주겠다고 약속했던 것이다.

제이슨은 우리 모두가 같은 기숙사를 선택하는 것을 통해 식사라도 함께 하는 것이 좋겠다고 제안했다. 제이슨의 생각은, 우리가 즉흥 파티를 열 때, 언제든지 자신도 쉽게 참석할 수 있도록 해달라는 것이었다. 우리는 기꺼이 그 제안을 받아들였다.

이제 우리에게 남은 문제는 어느 기숙사에 지원하느냐 하는 것이었다. 기숙사는 7개가 있지만, 그 가운데 사회에서 정말로 인정하고 있는 곳은 3곳밖에 없다.

많은 학생들은 '애덤스 하우스(1755년 졸업생이자 미국의 제2대 대통령이 된 존 애덤스를 기리기 위해 붙여진 이름)'를 선택했다. 그것은 애덤스 하우스 자리가 옛날에 골드 코스트 아파트 단지였을 가능성이 높기 때문이었다. 또한 우연의 일치인지는 몰라도 애덤스 하우스에는 한때 뉴욕의 최고급 레스토랑에서 일한 경력이 있는 주방장이 있었다. 3년 동안 아침, 점심, 저녁을 먹어야 한다는 점을 고려할 때, 이 점은 결코 무시할 수가 없는 것이다.

다음으로는 로웰 하우스가 있다. 분위기가 매우 자유스러운 곳인 동시에 영국적인 전통이 강한 곳이다.

그러나 하버드에서 명문 사립고등학교 출신 학생들의 낙원은 뭐니뭐니 해도 바로 ‘엘리어트 하우스’였다. 위그와 뉴얼이 제1지망으로 엘리어트 하우스를 선택한 것은 두말 할 여지가 없다. 그러나 나는 우리 증조 할아버지를 기념하기 위해 세워진 그 붉은 벽돌 건물에서 지내기가 다소 꺼림칙했다. 그곳에는 증조 할아버지의 동상까지 세워져 있었으니까…….

그러나 엘리어트 하우스에 들어가기 위한 위그와 뉴얼의 노력은 정말로 필사적이었다. 우리는 어느 날 저녁 상당히 늦은 시각에 전혀 예상하지 못했던 방문객을 맞이할 때까지만 하더라도 진퇴양난에 빠져 있었다.

다행스럽게도 그날 저녁에 노크 소리도 듣지 못할 만큼 취한 사람은 아무도 없었다. 불청객을 맞이하기 위해 마지못해 문을 향해 걸어간 사람은 바로 디키 뉴얼이었다.

“이럴 수가!”

갑자기 디키 뉴얼이 깜짝 놀라면서 외치는 소리가 들렸다. 나는 무슨 일인지 알아보기 위해 급히 문 쪽으로 달려갔다.

“너무 놀라지 말게, 젊은이……. 나는 주 하느님의 비천한 종에 불과한 몸이라네.”

우리의 방문객은 바로 핀리 교수였다. 우리 기숙사에 그 유명한 핀리 교수가 직접 찾아온 것이다. 핀리 교수는 늦은 저녁 산책을 나왔다가 이곳에 들렀다고 말했다. 하지만 우리가 다음 학기에 어느 기숙사에 지망할 것인지 물어 보려고 일부러 찾아온 게 틀림없었다.

핀리 교수는 특히 우리가 엘리어트 하우스에 들어갈 의향이 있는지
에 대해 관심이 있었다.

우리는 솔직하게 엘리어트 하우스에 가장 관심이 있다고 털어놓
았다. 비록 나 자신은 꺼림칙한 점이 많았지만…… . 엘리어트 하우
스의 앤드류 엘리어트! 그것만큼 나에게 부담을 주는 것이 또 있을
까?

사실상 핀리 교수는 나를 안심시키기 위해 일부러 찾아온 거나 마
찬가지였다. 핀리 교수는 내가 인디언들을 위해 성경을 번역하거나
하버드대학의 총장이 될 것이라고 기대하는 것은 아니었다. 그러나
다른 방면으로 반드시 두각을 나타낼 존재라고 생각하는 모양이었
다.

그 당시에 내가 당황했었는지 아니면 감동했었는지 아직까지도
잘 모르겠다. 다시 말해서 위대한 핀리 교수는 내가 나중에 거물(무
슨 거물인지 나 자신도 모르겠지만)이 될 것이라고 생각하는 모양이었
다. 내가 생각하기에는 그럴 가능성이 별로 없는 것 같았지만…… .

— 앤드류 엘리어트

제이슨의 기숙사 방문 앞에는 매일 아침마다 《크림슨》지가 배달되고
있다. 제이슨은 신문을 펼칠 때마다 혹시 자신에 관한 기사가 실려 있
지 않은가 하는 마음으로 가장 먼저 스포츠 난을 읽는다. 그런 다음에
는 교내에서 무슨 일이 일어나고 있는지를 알아보기 위해 제1면을 펼
쳐 든다. 그리고 혹시 시간이 남으면 마지막으로 언제나 한쪽 구석에

간단하게 실리는 세계 뉴스를 간단히 훑어본다.

그러한 습성 때문에 제이슨은 하버드와 래드클리프 오케스트라 경연대회에서 개교 이래 최초로 신입생이 금상을 수상했다는 짧은 기사를 보지 못하고 그냥 지나쳐 버리고 말았다. 이 대회의 우승자 대니 로시는 4월 12일에 샌더스 극장에서 다시 정식으로 연주회를 가질 수 있었다. 대니 로시는 리스트의 피아노 협주곡 E플랫을 연주할 예정이었다.

제이슨은 그로부터 사흘 후에, 방문 밑에 놓여 있던 편지 봉투를 받고서야 비로소 그 사실을 알게 되었다.

제이슨에게

만약 자네가 신체 적응시험에서 나를 도와 주지 않았더라면, 나는 오케스트라 경연대회에서 우승할 수 없었을 거야. 이번 경연대회에서 내가 우승하게 된 것은 순전히 자네 덕분이었어. 여기 약속한 대로 연주회 티켓 두 장을 보내니까 친구와 함께 오게.

— 너의 친구 대니로부터

제이슨은 그 편지를 읽으면서 부드러운 미소를 지었다. 제이슨은 입학 초기에 벌어졌던 그 일에 대해서 벌써 까마득히 잊어버린 상태였다. 그리고 그 당시에 대니가 했던 말에 대해서도 두 번 다시 생각해 본 적이 없었다.

그러나 그 일로 인해서 제이슨은 이제 래드클리프에서 가장 매력적인 여대생 애니 러셀을 초대할 수 있게 되었다. 그동안 그녀와 데이트

를 하기 위해 좋은 구실을 찾고 있었던 제이슨에게 있어서 이번 음악
회는 아주 좋은 기회였다.

마침내 4월 12일이 되었다. 하버드대학의 모든 음악 애호가들은 새
로운 행성이 그들의 우주로 진입해 들어왔다는 사실을 확인하기 위해
샌더스 극장으로 몰려들었다.

관객들의 평가에 대해 독주자보다 더욱 신경을 쓰는 사람은 아무도
없을 것이다. 대니는 객석이 계속 채워져 가는 것을 지켜보면서 무대
옆에 서 있었다.

점차 긴장이 고조되고 있었다. 하버드대학의 교수들뿐만 아니라 케
임브리지 시 전역에서 온 유명 인사들의 모습도 발견할 수 있었다. 그
리고 핀리 교수까지!

지난 몇 주일 동안 피를 말리는 연습을 했던 대니는 오늘의 연주회를
손꼽아 기다리고 있었다. 피아노를 연주하는 자신의 재능을 수많은 유
명 인사들 앞에서 마음놓고 드러낼 수 있는 좋은 기회였던 것이다.

대니는 이 순간이 오기만을 애타게 기다리고 있었다. 대니는 자신이
갑자기 유명 인사라도 된 듯한 느낌을 받았다. 하버드의 영광을 한몸
에 받게 되리라는 것을 조금도 의심하지 않았던 것이다.

그런데 발표회 하루 전날 대니는 도저히 잠을 이룰 수가 없었다. 대
니는 밤새도록 몸을 뒤척였고, 나중에는 머리가 멍할 지경이었다. 문
득 자신이 기대했던 모든 것들이 끝장나 버릴지도 모른다는 생각까지
들었다. 대니는 도저히 불안감을 떨칠 수가 없었다.

"나는 결국 커다란 웃음거리가 되고 말 거야."

대니는 마음 속으로 이런 생각을 하고 있었다. 무대 위로 걸어 나가

는 도중에 얼굴이 새파랗게 질려 버릴지도 모른다. 어쩌면 연주회를 엉망으로 망치게 되거나 악보를 깡그리 잊어버리게 될지도 모른다. 이 세상에서 가장 저명한 사람들 앞에서 실수를 하게 된다면 과연 내 꼴이 어떻게 될 것인가? 그것은 생각만 해도 끔찍한 일이었다.

"제기랄! 이게 무슨 꼴이람!"

대니는 손바닥으로 자신의 이마를 짚어 보았다. 열이 나고 축축이 젖어 있었다. 혹시 내가 병이 난 것은 아닐까? 차라리 그랬으면 좋겠다. 그러면 내 차례가 순서에서 빠지게 될지도 모르잖아? 그래, 병이라도 나서 드러눕는 것이 낫겠다.

오, 하느님, 제발 감기라도 걸리게 해주세요. 죽을병이라면 더욱 좋습니다.

그러나 서서히 시간이 흐르면서 대니가 느끼던 압박감은 점차 사라졌다. 그리고 다음날 아침이 되었을 때에는 마음의 안정을 완전히 되찾았으며, 연주회에 대해서 조금도 걱정하지 않게 되었다. 그래서 대니는 샌더스 극장에서의 단두대에 과감하게 올라서기로 마음을 굳혔다.

대니는 지금 자신이 다른 곳에 있었으면 좋겠다고 중얼거리면서 무대 뒤에 혼자 서 있었다. 지휘를 맡고 있던 로웬스타인이 대니를 향해 걸어오더니 준비가 다 되었는지 물어 보았다.

대니는 아직까지 준비가 되지 않았다고 대답하고 싶었다. 하지만 자기도 모르게 그만 고개를 끄덕이고 말았다.

대니는 숨을 한 번 깊이 들이마시면서 마음 속으로 외쳤다.

"제기랄! 될 대로 되라!"

대니는 바닥에 시선을 고정시킨 채, 무대로 걸어나갔다. 대니는 피아노 앞에 앉기 전에 극장을 가득 메우고 있던 청중을 향해 가볍게 고개를 숙였다.

그것은 뜨거운 환호에 대한 답례의 표시였다. 다행스럽게도 조명이 객석을 완전한 어둠의 세계로 만들어 버렸기 때문에 대니는 청중들의 얼굴을 전혀 볼 수가 없었다.

잠시 후에 기적과도 같은 일이 벌어졌다. 피아노 앞에 앉자마자 모든 두려움이 어디론가 사라지고 말았던 것이다. 대니는 새로운 흥분을 느끼고 있었다. 갑자기 연주를 하고 싶다는 의욕이 무서운 기세로 타올랐다.

대니는 로웬스타인에게 마음의 준비가 되었다는 신호를 보냈다. 연주의 시작을 알리는 지휘봉의 움직임이 대니를 이상한 환각 상태에 빠져들도록 만들었다. 대니는 자신이 악보를 완벽하게 연주하고 있다는 꿈을 꾸고 있었다. 지금 대니는 그 어느 때의 연주와도 비교할 수 없을 정도의 훌륭한 연주를 하고 있었던 것이다.

"브라보!"

연주회장은 온통 청중들의 환호성뿐이었다. 그리고 그 환호성은 결코 누그러들지 않을 것만 같았다.

연주가 끝난 후에 대니가 받았던 열렬한 환호는 제이슨으로 하여금 테니스 대회의 결승전 광경을 상기시켰다. 두 가지는 닮은 점이 너무나 많았다. 대니를 어깨 위에 태우고 극장 주변을 돌지 않았다는 것만이 다를 뿐이었다.

머리가 희끗희끗한 음악 애호가들이 마치 경기장의 팬들처럼 대니와 악수를 나누기 위해서 길게 줄을 서서 기다리는 모습은 정말이지 대단한 광경이었다. 그러나 제이슨을 발견한 순간, 대니는 사람들 사이에서 몸을 빼내더니 무대 끝으로 재빨리 달려왔다. 그것은 오직 제이슨과 만나기 위한 행동이었다.

"정말 대단했어, 대니! 티켓을 보내 줘서 정말로 고마워. 내 파트너를 소개할게. 이쪽은 우리보다 1년 후배인 애니 러셀이야."

제이슨이 다정한 목소리로 말했다.

"안녕하세요? 래드클리프에 있나요?"

대니가 먼저 환한 미소를 지으면서 인사했다.

"네, 그래요. 저는 오늘 밤의 연주를 영원히 잊지 못할 거예요. 대단한 연주였어요."

"고맙습니다."

대니는 감사의 말을 하고 난 후에 잠시 뒤를 돌아보았다. 그런 다음에 대니는 두 사람을 향해 사과의 말을 몇 마디 덧붙였다.

"정말 미안합니다. 교수님들에게 답례를 하기 위해 이만 가봐야만 할 것 같군요. 제이슨, 언제 시간이 나면 식사라도 함께 하자. 애니, 만나서 반가웠어요."

대니는 작별 인사를 나눈 후에 그 자리를 급히 떠났다.

다음날 오후에 제이슨은 다시 애니에게 전화를 걸었다. 제이슨은 다음주 토요일에 열리는 축구시합에 애니를 초대하고 싶었던 것이다.

잠시 후에 수화기를 통해서 애니의 목소리가 흘러나왔다.

"미안해요, 제이슨. 주말에 코네티컷으로 내려가야 해요."

"그래? 예일대학생과 데이트 약속이라도 있나?"

"그런 게 아니에요. 대니가 하트퍼드 교향악단과 협연을 하기로 되어 있기 때문이에요."

"그렇다면 어쩔 수 없지."

제이슨은 수화기를 내려놓으면서 인상을 잔뜩 찌푸렸다.

"빌어먹을!"

제이슨은 분통이 터져 죽을 지경이었다. 그것은 아주 훌륭한 교훈이 될 만한 일이었다.

무슨 일이 있더라도 결코 하버드의 동문을 도와 주지 말자. 남는 것은 후회뿐일 것이다.

17

겨울은 아직까지도 케임브리지 곳곳에 웅크리고 앉아서 떠날 생각조차 하지 않고 있었다. 그러나 학교측이 제시한 공식 통계치는 하버드 신입생 중에서 71.6퍼센트의 삶에 형이상학적 의미의 햇빛이 비쳤다는 사실을 보여 주었다. 그 수치만큼 기숙사 선택에 대한 학생들의 제1지망이 받아들여졌던 것이다.

위그 G-21호실에서 머무르고 있던 삼총사에게 있어서 그것은 별로 놀라운 일이 아니었다. 왜냐하면 그들의 입주 허가는 이미 한 달 전에 방문한 대천사의 암시로 인해 이미 통지된 것과 다를 바가 없었기 때문이었다.

세 사람은 강이 한눈에 내려다보이는 방을 배정 받았다는 사실에 대해 몹시 기뻐했다. 2학년들이 방을 선택해서 그대로 배정 받는 경우란 매우 드물었기 때문이었다.

독방에서 지낼 수 있는 특권이 부여되는 2학년 학생들도 지극히 소수에 불과했다. 그러나 제이슨 길버트에게는 영광스럽게도 그러한 특권이 부여되었다. 제이슨의 방도 역시 엘리어트 하우스에 소속되어 있었다. 제이슨은 즉시 전화를 걸어서 그 기쁜 소식을 아버지에게 전했다.

"그것 참 굉장하구나, 제이슨. 하버드에 대해서 거의 들어본 적이 없는 사람이라고 하더라도 엘리어트 하우스가 대학사회의 일류급들만 모이는 곳이라는 건 모두들 알고 있단다."

"하지만 하버드에 올 정도라면 전부 일류들이에요, 아버지."

제이슨은 자기 아버지의 말을 익살스럽게 받아넘겼다.

"물론 그렇기는 하지만, 엘리어트 하우스는 일류 중의 일류들만 모이는 곳이야. 네가 자랑스럽구나, 제이슨. 지금까지 항상 그랬지만……. 그건 그렇고, 백핸드 연습은 열심히 하고 있니?"

"물론이죠. 걱정하지 마세요, 아버지."

"그런데 제이슨, 《테니스 월드》지에서 읽었는데, 훌륭한 선수들은 모두 달리기에 큰 비중을 둔다고 하더구나. 마치 아침에 권투 선수들이 조깅을 하는 것처럼 말이다."

"하지만 저에게는 시간이 별로 없어요. 학교 공부가 끔찍할 정도로 많거든요."

"그렇겠지. 그래, 학교 공부에 지장이 될 만한 일은 하지 말도록 하거라."

"안녕히 계세요, 아버지. 어머니께도 안부 전해 주세요."

대니 로시는 화가 머리끝까지 치밀었다. 대니는 제1지망으로 애덤스 하우스를 선택했었던 것이다. 애덤스 하우스를 지망했던 것은 문학과 음악 방면의 재주꾼들이 거의 대부분 그곳에 기거하고 있었기 때문이었다. 애덤스 하우스에서는 옆방의 문을 노크하기만 해도 실내악 연주 단원들을 모을 수 있을 정도였다.

대니는 애덤스 하우스에 들어갈 것을 너무나 확신했던 나머지, 2,3 지망을 별다른 생각도 없이 아무렇게나 대충 적어 넣었다. 그곳은 바로 던스터 하우스와 엘리어트 하우스였다.

그런데 대니에게 지정된 기숙사는 제3지망으로 긁적거려 놓았던 엘리어트 하우스였다. 도대체 어떻게 이럴 수가 있단 말인가? 이미 대학 내에서 이름을 날리기 시작한 대니가 아니었던가? 애덤스 하우스는 대니 로시가 한때 그곳에서 생활했다는 사실을 자랑거리로 삼고 싶지 않은 것인가?

게다가 대니는 거만한 명문 사립고등학교 졸업생들과 엘리어트 하우스에서 앞으로 3년을 보내야 한다는 것이 죽기보다 싫었다. 대니가 자신의 불평을 털어놓을 대상으로 선택한 사람은 핀리 교수였다.

핀리 교수는 [인간학 2]를 수강한 이후로 대니가 줄곧 존경하고 있던 인물이었을 뿐 아니라, 자신이 들어가고 싶지 않은 엘리어트 기숙사의 총책임자였기 때문이다. 대니는 자신이 실망한 것에 대해 솔직히 털어놓는다면 핀리 교수가 어떤 조치를 취해 줄 수 있을 것이라고 생각했다.

그러나 더욱 놀라운 사건은 핀리 교수를 만난 자리에서 벌어졌다. 핀리 교수가 대니에게 전혀 생각지도 못한 말을 했던 것이다.

"대니 군, 나는 무슨 일이 있더라도 자네를 우리 기숙사로 데려오고 싶었다네. 자네를 데려오기 위해 애덤스 하우스의 책임자와 협상을 했지. 그래서 두 명의 축구 스타와 이미 문단에 데뷔한 시인 한 명을 그쪽에 넘겨주기까지 했다네."

"저를 너무 과대 평가하신 것 같습니다, 교수님."

대니는 뜻밖의 이야기가 던져 준 충격으로 몸의 중심조차 제대로 잡기가 힘든 형편이었다.

핀리 교수는 대니가 의아해 하는 것도 당연하다는 듯이 고개를 끄덕이면서 말을 이어 나갔다.

"알고 있네, 대니 군. 자네의 지금 명성도 대단하긴 하지만, 나는 엘리어트 하우스를 모든 방면에서 으뜸인 곳으로 만들고 싶네. 자네 혹시 우리 기숙사에 와본 적이 있나?"

"아뇨, 한 번도 없습니다."

대니는 핀리 교수에게 사실대로 말했다.

잠시 후에 핀리 교수는 대니와 함께 엘리어트 타워의 나선형 계단을 올라가고 있었다. 대니는 숨이 턱까지 차 올랐지만 활력이 넘치는 핀리 교수는 전혀 힘든 기색 없이 계단을 성큼성큼 올라갔다. 꼭대기에 도착한 핀리 교수는 문을 열었다.

대니의 시야에 가장 먼저 들어온 것은 거대한 장방형의 창문에 비친 찰스 강의 수려한 경치였다. 몇 초 후에 대니는 창문 앞에 거대한 피아노 한 대가 놓여 있는 것을 발견했다.

"어떻게 생각하나?"

핀리 교수가 놀라고 있는 대니를 향해 물었다.

"과거의 대가들은 높은 곳에서 예술적 영감을 얻곤 했었다네. 이탈리아의 위대한 시인 페트라르카의 경우를 한 번 생각해 보게. 항상 고산지대에 머무르면서 시를 쓰지 않았나? 정말이지 플라톤적인 정신생활이었지."

"이건 정말 믿기 어려운 일인데요, 교수님."

"이런 곳에서라면 훌륭한 작품이 저절로 나올 법도 한데……. 어떤

가? 자네 생각은?"

"분명히 그럴 겁니다."

"이제 자네를 엘리어트 하우스에 데려오려고 했던 이유를 알겠나? 이걸 잊지 말게. 하버드는 천재를 환영하지만, 엘리어트 하우스는 천재를 키운다네."

살아 있는 전설, 핀리 교수는 젊은 음악도에게 손을 내밀면서 다시 한마디를 덧붙였다.

"다음 가을학기에 자네가 이곳에 올 것이라고 믿네."

"고맙습니다, 교수님. 엘리어트 하우스로 불러 주신 것에 대해 진심으로 감사드립니다."

핀리 교수의 배려에 완전히 감동한 대니의 목소리는 가볍게 떨리고 있었다.

테드 램브로스는 기숙사의 배정 문제에 대해 별다른 관심이 없었다. 테드는 통학생이었기 때문에 어느 기숙사에도 지원하지 않았고, 따라서 캠퍼스의 화젯거리가 되어 있는 기숙사 배정 뉴스와는 완전히 무관한 존재였다.

테드의 하루는 평소와 똑같았다. 수업에 참석했고, 남은 오후 시간을 래몬트 도서관에서 보내다가 5시에 마라톤 식당으로 출발했다. 그러나 자기보다 조건이 나은 친구들이 독특한 기숙사 제도의 일원으로서 이후 3년을 찰스 강 주변에서 보내게 되었다는 사실에 대해 잔뜩 기대에 부풀어 있는 것을 조금도 의식하지 않은 채, 하루를 보낼 수는 없었다.

테드는 중간 고사에서 A 마이너스 한 개와 세 개의 B학점을 받았기 때문에 분명히 장학금을 받을 수 있을 것이라는 확신을 가지고 있었다. 테드의 예상은 적중했다. 재무과에서 날아온 편지는 내년에 8백 달러의 정기지급 장학금이 테드에게 주어지게 되었다는 사실을 알려 주었던 것이다. 하버드에 입학한 이후, 지금처럼 테드가 기뻐한 적은 없었다.

그러나 그 기쁨도 잠시뿐이었다. 하버드는 정확히 테드가 받게 될 장학금 액수만큼 등록금을 인상한다는 사실을 발표했던 것이다.

테드는 그 사실에 대해 걷잡을 수 없는 분노를 느꼈다. 마치 시지프스의 돌을 굴리고 있는 죄수가 된 느낌마저 들었다. 테드는 아직까지도 하버드에 대해 아무런 소속감을 느낄 수 없었다.

대니 로시의 샌더스 극장 연주회에는 하버드대학의 교수진만이 참석했던 것은 아니었다. 대니는 전혀 모르고 있었지만 피스턴 교수의 초대로 보스턴 교향악단의 저명한 지휘자인 찰스 먼치도 그날의 연주회를 지켜보고 있었던 것이다.

음악계의 거장 찰스 먼치는 대니의 연주를 칭찬하기 위해 자신이 직접 쓴 편지를 보냈다. 찰스 먼치는 편지를 통해 대니의 연주회를 높이 평가하면서 유명한 탱글우드 음악제에 대비하기 위해 여름방학 동안 연습을 하는 것이 좋겠다는 초청의 뜻을 밝혔다.

어쩌면 하찮은 것으로 보일지도 모르겠지만, 나의 개인적인 소견으로는 학생이 우리를 찾아오는 유명한 음악가들과 접촉하게 될 경우에 많은 도움을 얻을 수 있을 것이라고 생각합니다. 그리고 우리 오케스트라의 발표회에 학생이 참석해 준다면 매우 기쁘게 환영할 것입니다.

학생도 역시 훌륭한 연주자가 되기 위해 노력하고 있을 것입니다.
그런 취지에서 우리의 초대를 받아들일 것이라고 믿습니다.

— 찰스 먼치

대니는 즉시 그 초대를 받아들였다. 찰스 먼치의 초대는 또한 해결하기 힘들었던 대니의 집안 문제를 한꺼번에 해결해 주었다. 대니는 주말마다 어머니의 편지를 받고 있었다.

그런데 대니의 어머니는 얼마 전에 보내온 편지를 통해 대니가 이번 여름에 집으로 돌아올 경우 아버지와 화해가 가능할지도 모르겠다는 사연을 전달했다.

이 편지로 인해 대니는 그동안 집으로 갈 것인가를 놓고 무척 고민하고 있었던 것이다. 비록 어머니가 몹시 보고 싶었고, 랜도우 박사와 함께 자신의 성공을 기뻐하고 싶었지만, 아버지와 다시 만난다는 것은 생각조차 할 수 없는 일이었다.

신입생 시절이 거의 다 끝나가고 있었다. 5월은 시험을 대비한 독서 기간으로 시작되었다. 독서 기간이란 이론적으로는 별도의 개별적인 공부를 위해 특별히 설정된 것이었다. 그러나 수많은 하버드대학생들(예를 들자면 앤드류 엘리어트 같은 학생들)에게 있어서 독서 기간은 한 학기 동안 배운 것들을 처음부터 끝까지 벼락치기로 공부하는 기간을 의미했다.

스포츠 시즌은 예일대학과의 수많은 친선 시합으로 인해 절정에 이르렀다. 모든 시합이 하버드 쪽으로 유리하게 돌아간 것은 아니었다. 그러나 제이슨 길버트는 하버드 테니스 팀을 승리로 이끌었다. 제이슨은 자신이 예일대학의 최우수 선수를 무참하게 패배시켰을 때, 예일대학의 테니스 코치가 짓던 표정을 영원히 잊을 수 없을 것 같았다.

그러나 이제는 제이슨도 책상 앞에 앉아서 엄청난 양의 공부를 하지 않을 수 없게 되었다. 사교 생활도 주말에만 국한시켰고 그 횟수를 대폭 줄였다. 독서 기간 동안 하버드대학 구내 매점에선 담배와 잠이 오지 않는 약이 엄청 팔렸다.

도서관은 언제나 사람들로 붐볐다. 통풍 장치는 땀냄새와 갈아입지 않은 속옷 냄새, 그리고 출처를 알 수 없는 별의별 냄새들을 밖으로 토해 내기에 여념이 없었다. 그러나 냄새 따위에 신경을 쓰는 사람은 아무도 없었다.

막상 시험을 치르게 되자 오히려 이곳저곳에서 안도의 한숨이 터져 나오기 시작했다. 하버드의 신입생들도 이제 오래 전부터 하버드에 전해 내려오는 격언(가장 어려운 고비도 끝나게 마련이다)을 몸소 체험하고 있었던 것이다.

학위수여 기간 동안에는 25년 전의 졸업생들이 옛 추억을 되살리면서 다시 캠퍼스에서 생활할 수 있도록 신입생들은 기숙사를 비워 주어야만 했다. 이 기간에 기숙사를 떠난 일부 학생들은 시험 성적으로 인해 영원히 돌아오지 않는 경우도 있었다.

실제로 어떤 학생들은 기준 이하의 학점을 받아서 퇴학당하고 말았다. 야심만만한 친구들로부터 가해지는 압력을 더 이상 견디지 못할 것 같다고 시인하는 학생들도 있었다. 그런 학생들은 스스로 정신이상자가 되기 전에 다른 대학으로 거처를 옮기기도 했다.

끝없이 이어지는 치열한 싸움을 포기하지 않았던 학생들 중에는 정신 착란을 일으키는 학생들이 간혹 있었다. 결코 데이비드슨(그는 아직까지도 병원에 입원하고 있었다)이 마지막이 아니었던 것이다. 부활절 기간에도 자살을 기도했던 학생이 한 명 있었다. 결국 그 학생은 목숨을 잃고 말았다. 《크림슨》지는 그 학생의 죽음이 자동차 사고로 인한 사망이라고 밝혔다. 하지만 목숨을 잃은 학생의 차는 사건 당시에 주차장에 얌전히 세워져 있었다.

만신창이가 된 일부 신입생들의 말처럼, 그러한 일들은 바로 모든 하버드 학생들에게 주는 커다란 교훈이었다. 가장 고된 계층의 삶이라고 하더라도 과연 자기 고문의 온실인 하버드에서의 생활만큼이나 힘들 것인가?

18

10월 1일

지난 8월, 메인에 있는 집에서 가족들과 함께 지내는 동안, 나는 새로운 양어머니와 그녀의 아이들과 친해지려고 노력하면서 대부분의 시간을 보냈다. 그리고 올해에도 역시 예년처럼 아버지와 함께 호숫가에서 정담을 나누었다.

아버지는 우선 내가 한 과목도 낙제하지 않고 간신히 진급하게 된 것을 축하해 주었다. 사실 아버지는 내가 4년 동안 하버드에 머무르게 될 것이라는 기대로 인해 기분이 좋은 것 같았다.

아버지는 나의 학업에 관해 계속 언급하면서 부잣집 자식으로 태어났다는 불리한 이유 때문에 내가 고통을 겪는 일이 없도록 해주겠다고 말했다. 아버지의 생각은 등록금 및 기숙사비는 기꺼이 제공하겠지만 용돈은 한푼도 보태 주지 않겠다는 것이었다.

따라서 만약 파이널 클럽에 가입하거나 축구시합에 응원을 하러 간다거나 아니면 여학생과 데이트를 하고 싶을 경우에(아버지는 내가 그런 일을 하기를 바란다고 말했다) 나는 아르바이트를 해서 필요한 비용을 충당할 수밖에 없었다. 물론 그 모든 것들은 나에게 에머슨의 독립심을 길러 주겠다는 아버지의 의도에서 비롯된 것이었다. 그것에 대해서 나는 기꺼이 아버지의 제안을 받아들였다.

2학년 생활을 시작하기 위해 케임브리지에 돌아오자마자, 나는 곧장 아르바이트 소개소로 직행했다. 그러나 좋은 일자리는 나보다 돈이 더 필요한 학생들에게 이미 모두 넘어가 버리고 난 다음이었다. 결국 나는 접시닦이나 감자껍질을 벗기는 일을 경험할 수 없게 되었다.

일자리 구하는 것을 거의 포기하는 단계에 이르렀을 때, 나는 운동장에서 우연히 핀리 교수와 마주치게 되었다. 내가 다른 학생들보다 학교로 빨리 돌아온 이유를 설명하자, 핀리 교수는 훌륭한 미국인이라는 긍지를 심어 주려는 아버지의 열의를 높이 평가한다고 말했다.

그런 다음에 핀리 교수는 나를 데리고 곧장 엘리어트 하우스 도서관으로 향했다. 도서관에 도착하자, 핀리 교수는 네드 데블린 도서관장에게 나를 보조 사서로 써 줄 것을 부탁했다.

그 결과 나는 정말로 굉장한 일자리를 얻게 되었다. 나는 주당 3일 근무에 시간당 75센트를 받고 일하기로 결정한 것이다. 오후 7시부터 폐관할 때까지 학생들이 공부하는 것을 책상에 앉아서 그냥 지켜보는 것이 내가 할 일의 전부였다.

핀리 교수가 나를 도서관 보조 사서로 알선해 준 것은 그 나름대로의 생각이 있었기 때문이었다. 사실상 보조 사서라는 일자리가 너무나 할 일이 없는 자리였기 때문에 무료함을 달래 위해서라도 공부를 할 수밖에 없을 것이라는 점이 바로 핀리 교수가 노리는 점 같았다.

가끔씩 책을 찾아 달라고 부탁하는 학생이 한두 명 있는 것을 제외하고는 신경쓸 만한 일이 거의 없었기 때문에 나는 읽고 있는 책에서 시선을 뗄 필요가 없었다. 물론 너무 큰 소리로 이야기를 하는 학생이 있으면 조용하게 만드는 것도 내가 할 일이었다. 하지만 그런 경우는 그렇게 많지 않았다. 그러나 어제 저녁은 상황이 달랐다. 엘리어트 하우스 도서관에서 어떤 사건이 발생했던 것이다.

오후 9시 무렵에 나는 잠시 눈을 들고 주위를 둘러보았다. 엘리어트 하우스 소속 학생들 몇 명이 공부에 몰두하고 있었다. 그러나 나는 한쪽 구석에 있는 책상에 앉아서 등을 돌린 채 공부하고 있는 건장한 체격의 한 학생으로부터 이상한 느낌을 받았다. 그 학생이 입고 있는 셔츠가 바로 내 옷이라는 생각이 들었기 때문이었다. 아니, 좀더 정확히 말하자면 내가 옛날에 입던 옷이었기 때문이었다.

물론 옛날에 입던 자기 옷을 식별하는 것은 그리 쉽지가 않은 일이다. 그러나 문제의 옷은 나의 부모님께서 런던의 해로드 상점에서 사다 주신 것이었는데, 가죽 단추가 달려 있었기 때문에 금방 알아볼 수 있었다. 그런 스타일의 옷은 흔한 것이 아니었다.

하지만 옛날에 입던 옷을 다시 보게 되었다는 것 자체가 놀라운 일은 아니었다. 사실 작년 봄에 나는 그것을 유명한 중고 의류 도매상 키저에게 팔았었다. 키저는 하버드의 명물이었다. 대부분의 내 친구들은 자동차를 사기 위해서, 아니면 술을 마시거나 또는 술집의 외상값을 갚기 위해서 돈이 필요할 때마다 키저에게 옷을 파는 경우가 흔히 있었다.

그러나 나는 지금까지 키저에게서 옷을 사 입었다는 사람을 단 한 명도 본 적이 없다. 이것은 키저가 교내의 학생에게는 절대로 옷을 팔지 않는 것을 규칙으로 정해 놓고 있었다는 것을 뜻한다.

나는 도서관 사서라는 위치 때문에 하나의 문제에 봉착하게 되었다. 그것은 이방인이 하버드대학생을 가장한 채, 도서관으로 침입했을 가능성이 매우 높았기 때문이었다.

그 학생은 건강한 체격에 보기 드문 미남이었다. 그러나 이상한 점이 몇 가지 있었다. 실내 공기가 다소 후텁지근한 상태였는데도 불구하고 그는 옷의 마지막 단추까지 모두 채우고 있었다. 게다가 마치 공부에 미친 사람 같았다. 책에 푹 파묻힌 채 이따금씩 사전을 찾을 때에만 고개를 움직일 뿐 꼼짝도 하지 않았던 것이다.

물론 그 모든 것이 도서관의 규칙에 어긋나는 것은 결코 아니었다. 그러나 내가 알고 있는 한 엘리어트 하우스의 학생이 취할 만한 행동도 결코 아니었다. 그래서 나는 의심스러운 눈길로 그 학생을 계속 지켜보았다.

11시 45분이 되면 대개의 경우 나는 폐관 시간이 임박했다는 것을 학생들에게 알리기 위해 불을 끄기 시작한다. 그런데 우연히 그 당시에는 도서관이 텅 비어 있었다. 단지 옛날에 내가 입었던 옷을 입고 있는 문제의 그 학생만을 제외한다면…….

그것은 나에게 의혹을 풀 수 있는 좋은 기회가 제공되었다는 것을 의미했다. 나는 자연스럽게 그 학생의 곁으로 다가갔다. 그런 다음에 중앙의 대형 램프를 가리키면서 불을 꺼도 괜찮겠느냐고 물어 보았다. 그러자 그는 깜짝 놀라면서 고개를 들었다. 그는 나에게 폐관 시간이 된 것을 미처 깨닫지 못했다고 사과했다.

그래서 나는 사실 도서관의 폐관 시간은 아직 14분이 더 남았다고 말했다. 그는 금방 내가 자신을 의심하고 있다는 사실을 알아차렸다. 그는 자리에서 일어나더니, 어떻게 해서 자신이 엘리어트 하우스의 학생이 아닐지도 모른다는 추측을 하게 되었느냐고 물어 보았다. 나는 그가 입고 있는 옷 때문에 그런 생각을 하게 되었다고 솔직하게 대답했다.

그 순간 그 학생은 무척 당황하는 것 같았다. 옷이라는 말이 나오자, 그는 급히 자기의 복장을 살펴보기 시작했다. 나는 그의 모습을 지켜보면서 사실 그 옷이 옛날에 나의 것이었다는 이야기와 함께 자초지종을 설명해 주었다.

그런 다음에 나는 그 학생에게 내가 근무할 때에는 언제든지 도서관을 이용해도 좋다는 말을 덧붙였다. 그래도 여전히 한 가지 의문은 남아 있었다. 과연 그 학생은 하버드대학의 학생이었을까? 물론이다. 그는 2학년 통학생이었는데, 이름은 테드 램브로스였다.

— 앤드류 엘리어트

10월 17일, 엘리어트 하우스에서 작은 소동이 발생했다. 좀더 구체적으로 말하자면, 고전 음악에 반대하는 시위가 벌어졌다. 더욱 구체적으로 말하자면, 대니 로시의 연주에 반대하는 시위가 있었다. 아니, 더욱 더 구체적으로 말하자면, 사실상 비난의 대상은 대니 로시가 아니라 그의 피아노였다.

사건의 발단은 칵테일 파티가 몇 차례 열리면서 비롯되었다. 시험이나 제출해야 할 리포트가 있는 경우를 제외한다면, 대니는 거의 대부분의 경우에 페인 홀에서 피아노 연습을 했다. 사건이 발생했을 당시에 대니는 자기 방에서 피아노 연습에 열중하고 있었다.

대니가 정신없이 연습에 열중하고 있을 때, 경쾌한 스텝을 밟아가면서 한참 흥을 내고 있던 일부의 학생들이 떠들고 놀기 위한 배경 음악으로는 쇼팽의 곡이 적합하지 않다는 것에 뜻을 모으게 되었다. 따라서 대니가 침묵을 지켜야 한다는 쪽으로 자연스럽게 의견이 모아졌던 것이다.

처음에 학생들은 대화로써 문제를 해결하려고 시도했다. 그 결과 디키 뉴얼이 협상의 대표로 뽑혔다. 뉴얼은 대니의 방을 찾아가서 '그 빌어먹을 놈의 연주'를 그만두라고 정중히 요구했다.

하지만 대니가 그런 요구를 들어 줄 리가 없었다. 대니는 기숙사 규칙에 대해 말하면서 분명히 오후에 악기를 사용해도 좋다는 조항이 있다고 대답했던 것이다. 그리고 자신은 자신의 권리를 결코 포기하지 않을 것이라고 덧붙였다.

대니의 주장에 대해 뉴얼은 기숙사의 규칙 따위는 아무래도 상관없다고 반론을 폈다. 대니가 현재 자신들의 중요한 토론을 방해하고 있다고 응수했던 것이다. 그러자 대니는 자기 방에서 썩 꺼지라고 소리치면서 손가락으로 문을 가리켰다. 뉴얼은 어쩔 수 없이 일단 물러날 수밖에 없었다.

뉴얼은 동료들에게 돌아와서 자신의 협상 제안이 실패했다는 이야기를 전했다. 그러자 취기가 오른 그의 동료들은 완력이 필요하다는 데 뜻을 모았다.

가장 체격이 좋고 술도 제일 많이 취한 엘리어트의 친구 4명이 대니의 방으로 용감하게 돌진했다. 그들은 대니의 방문을 정중하게 노크했다. 대니가 살며시 문을 열었다.

그 순간 4명의 건장한 청년들은 아무런 동의도 없이 특공대원처럼 무작정 방 안으로 돌진했다. 그리고 문제의 피아노를 번쩍 들어서 창문 밖으로 던져 버렸다.

대니의 피아노는 기숙사 3층에서 추락해 땅에 닿기가 무섭게 요란한 굉음을 내면서 처참하게 박살이 나고 말았다. 다행스럽게도 지나가던 사람은 아무도 없었다.

대니는 이 미친놈들이 다음에는 자기를 집어던질 것 같아 완전히 사색이 되어 버렸다. 하지만 그들은 대니를 향해 씩 웃으면서 말했다.

"협조를 해줘서 고맙다."

그들은 더 이상의 행패를 부리지 않고 조용히 대니의 방에서 빠져 나갔다.

불과 몇 초 후에 박살난 피아노 주변으로 사람들이 몰려들기 시작했다. 사람들 가운데 가장 먼저 그곳에 도착한 대니는 마치 일가 친척 중에서 누군가가 살해당하기라도 한 것처럼 애통한 표정을 지었다. 뉴얼은 그 광경을 보고 나중에 이렇게 말했다.

"기가 막히는군. 그까짓 나뭇조각을 앞에 놓고 그렇게 애통해 하는 놈은 난생 처음 봐. 확실히 오래 살고 볼일이야."

사건의 주동자들은 그 즉시 수석 학생 사감의 집무실로 소환당했다. 포터 박사는 그들을 퇴학시키겠다고 엄포를 놓은 다음, 만약 퇴학당하기 싫으면 대니에게 새로운 피아노를 한 대 사주고 깨어진 유리창 값을 보상하라고 명령했다. 게다가 대니를 찾아가서 정중히 사과하라는 명령까지 내렸다.

그러나 그들의 사과에도 불구하고 대니의 분노는 좀처럼 가라앉지 않았다. 대니는 사건의 주동자들을 향해서 하버드대학에 다닐 자격조차 없는 미개한 하등동물이라는 비난을 퍼부었다.

포터 박사가 그 경경을 지켜보고 있었기 때문에 그들은 아무런 소리도 못하고 무조건 잘못을 빌 수밖에 없었다. 그러나 대니의 방을 나선 바로 그 순간, 그들은 자기들에게 그토록 심한 모욕을 안겨 준 '재수 없는 이탈리아 꼬마'에게 어떤 일이 있더라도 복수할 거라고 맹세했다.

그날 저녁식사를 하는 자리에서 앤드류 엘리어트(그는 오후에 열렸던 축구시합에서 하버드가 참패를 당하는 동안 엉덩이로 벤치만 따끈하게 데우다가 시합을 끝냈다)는 한쪽 구석에 있는 테이블에서 비참한 모습으로 혼자 식사를 하고 있던 대니 로시를 발견했다.

앤드류는 그곳으로 걸어가서 대니의 맞은편 의자에 앉았다.

"대니, 피아노에 관한 이야기는 나도 들었어. 정말 나쁜 녀석들이야."

"도대체 그 따위 놈들이 어디 있어?"

대니가 고개를 들면서 화를 내었다.

"네가 모르고 있는 게 있어, 대니. 사실대로 말을 해줄까?"

앤드류는 대니를 향해 차분하게 말을 이어나갔다.

"무슨 말인데?"

"그 녀석들은 자기들을 선택받은 사람이라고 생각하고 있어. 하지만 사실 부모들이 비싼 사립학교에 보내지 않았다면 하버드대학엔 오지도 못했을 거야. 머리가 텅 빈 명문 사립고등학교 졸업생에 불과한 녀석들이지. 그렇기 때문에 대니, 너처럼 훌륭한 친구는 그들에게 불안감을 느끼도록 만드는 요인이 되는 거야."

"내가?"

"사실이야, 대니. 너는 진정한 하버드대학생이라고 할 수 있어. 너는 그들이 돈으로 살 수 없는 것을 한 가지 가지고 있어. 그 친구들은 그것 때문에 불안한 거야. 그 친구들은 뛰어난 재능을 가지고 있는 너를 시기하는 거야."

앤드류가 대니를 쳐다보면서 말했다. 대니 로시는 잠시 동안 아무런 말도 하지 않았다. 그러다가 대니는 앤드류를 바라보면서 부드러운 목소리로 말했다.

"엘리어트, 너는 정말 좋은 친구야."

테드는 '트로이의 헬렌'에 대해 도저히 정신을 집중할 수가 없었다. 『일리아드』 제3권에 나오는 헬렌의 외모에 대한 휘트먼 교수의 설명이 흥미를 끌지 못했기 때문이 아니었다. 테드는 1천 척의 배를 동원하도록 만들었던 그 얼굴보다도 더욱 신성한 그 무엇인가에 사로잡혀 있었던 것이다.

테드는 지금까지 1년 이상 어떤 여학생을 몰래 짝사랑하고 있었다. 지난 가을학기 때 테드는 그 여학생과 [고대 그리스어] 수업을 함께 수강했었다.

테드는 지금까지도 당시에 보았던 그녀의 첫인상을 기억하고 있을 정도였다. 그녀를 처음 보았을 때 부드러운 아침 햇살이 세버 홀의 창문을 통해 흘러 들어오고 있었다. 아침 햇살에 비친 그녀의 황갈색 머리칼과 우아한 자태는 너무나도 인상적이었다. 그녀는 마치 상아 브로치에 새겨진 여신상 같았다.

벌써 13개월 전의 일이었지만, 테드는 사라 해리슨을 처음 만난 날을 생생하게 기억하고 있다. 당시 스튜어트 교수가 학생들을 향해 '빠이 데우오'의 부정동사형이 무엇이냐고 물어 보았을 때 사라가 손을 들었다. 사라는 창가의 제일 마지막 줄에 다소곳이 앉아 있었다. 테드의 자리와는 정반대 방향이었다. 테드는 항상 중간 줄 제일 앞에 앉았던 것이다.

사라의 대답은 정확하긴 했지만 목소리가 너무나 작았다. 그렇기 때문에 스튜어트 교수는 그녀를 향해 좀더 큰 소리로 말하라고 요청했다. 테드가 고개를 돌린 것은 바로 그 순간이었다.

그 이후로 테드의 자리는 첫 번째 줄 제일 우측으로 바뀌었다. 그 자리는 사라를 쉽게 바라볼 수 있을 뿐만 아니라 학점 전선에도 별 지장이 없는 자리였기 때문이다. 테드는 '래드클리프 신입생 명단'의 사본을 한 부 갖고 있었다. 테드는 마치 몰래 술을 마시는 사람처럼 집에서 가끔 그 명단을 꺼내어 사라의 사진을 넋을 잃고 한참 동안이나 바라보았다.

사라는 코네티컷 주 그리니지 출신이었다. 그녀가 졸업한 고등학교는 포터 여고였다. 현재 거주하고 있는 곳은 캐벗 홀이었다. 테드는 그녀에게 전화를 걸 엄두조차 낼 수 없었다.

사실 테드에게는 수업이 끝난 후에 사라와 사소한 담화를 나눌 만한 용기조차 없었다. 테드는 그런 식으로 두 학기를 보내면서 그리스어 동사의 복잡한 활용과 우아한 사라의 얼굴에 똑같이 관심을 부여했다. 그러나 문법에 관한 질문에 대해서는 언제나 자신만만하게 대답하면서도 천사 같은 사라 해리슨에게는 단 한마디의 말도 건넬 수가 없었다.

그러던 어느 날, 그 이전까지는 전혀 없었던 일이 한 가지 발생했다.

사라가 휘트먼 교수의 질문에 대답하지 못했던 것이다.

"죄송합니다, 교수님. 잘 모르겠어요."

"연습을 조금만 더하면 금방 알 수 있을 겁니다."

휘트먼 교수는 시종일관 친절한 태도를 유지했다.

"테드 군, 이 행을 한 번 읽어 보겠나?"

이것이 두 사람 관계의 시작이었다. 수업이 끝난 후에 사라가 테드에게 다가왔다.

"어떻게 그렇게 운율을 쉽게 파악할 수 있는 거지? 무슨 비결이라도 있어?"

테드는 가슴이 두근거려서 대답할 수 없을 것 같았다. 하지만 테드는 용기를 내어 간신히 말했다.

"너만 괜찮다면 내가 도와 줄 수도 있어."

"어머, 정말이야? 그렇게만 해준다면 정말 고맙겠어."

"커피라도 한 잔 하는 게 어때?"

"좋아."

두 사람은 세버 홀을 따라서 나란히 걸어 나갔다. 테드는 사라의 문제점이 무엇인지 금방 알아냈다. 사라는 그동안 다이개머를 고려하지 않았던 것이다. 다아개머는 호머 시대까지 사용되다가 그 이후에 사멸되었던 그리스 문자였다.

"앞에 다이개머가 생략된 단어를 고려해서 운율을 맞추어야 해. 예를 들자면 'oinos' 같은 단어는 원래 다이개머가 앞에 붙은 'woinos'였어. 글자 형태를 한 번 봐. 술이라는 뜻을 지니고 있는 'wine'과 비슷하지? 'woinos'의 실제 뜻도 바로 술이야."

"테드, 너는 정말로 가르치는 일에 굉장한 소질이 있는 것 같아."

"너무 비행기 태우지 마."

테드의 얼굴이 붉게 물들었다. 테드는 더 이상 아무런 말도 할 수가 없었다.

이틀이 지난 후에 휘트먼 교수가 다시 사라를 지명했다. 사라는 운율에 맞추어서 낭송한 후에 테드가 있는 쪽을 향해 미소를 지어 보였다.

"정말 고마워, 테드. 이 은혜를 어떻게 갚지?"

강의실 밖으로 걸어 나오면서 사라가 속삭였다.

"나와 함께 다시 커피나 한 잔 할 수 있으면 그것으로 만족해."

"좋아!"

사라는 흔쾌히 허락했다. 사라의 미소는 테드의 다리까지 후들거리게 만들 정도였다.

그날 이후 수업이 끝난 다음 사라와 만나는 것이 테드에게 하나의 기쁨이자 언제나 기다려지는 일종의 의식이 되었다. 물론 그들 두 사람의 대화는 주로 수업에 관한 것이었고, 특히 그리스어에 관한 것이 대부분이었다. 테드는 공연히 엉뚱한 말을 꺼냈다가 사라와의 관계가 깨질까 걱정하고 있었기 때문에 절대로 섣부른 행동을 하지 않았다.

두 사람은 휘트먼 교수의 과목에 관해 서로에게 도움을 주고 있었다. 테드는 언어학 쪽에 강한 반면에 사라는 문학에 관한 이해도가 높았다. 사라는 밀먼 패리의 불어판 호머 해설서를 읽었기 때문에 호머의 문제 형식에 대해 테드에게 많은 설명을 해줄 수가 있었다.

그렇게 해서 두 사람은 이 과목에서 모두 A학점을 취득했고 하벨로크 교수의 [그리스 서정시]라는 다음 과목을 자신만만하게 신청할 수 있었다. 그러나 새로 신청한 과목명은 테드의 심정을 더욱 애틋하게 만들었다.

[그리스 서정시]는 그리스의 여류 시인 사포의 작품을 읽는 것부터 시작했다. 두 사람은 같은 책상에 마주보고 앉아 함께 공부했다. 두 사람은 교대로 돌아가면서 시를 번역하고 낭독했다.

"암흑의 지구상에서 가장 아름다운 것은 수천의 기마병이라고 말하는 사람들이 있다."

"함대라고 말하는 사람들도 있다."

"그러나 나는, 그대가 사랑하는 사람이라고 말하고 싶다."

두 사람은 이런 식으로 사포의 작품을 세밀하게 분석했다.

"굉장하다고 생각하지 않니, 테드? 어쩌면 이렇게 아름다울 수가 있지? 사랑이 남성의 세계에서 중요한 모든 것들을 능가한다고 말함으로써, 자기 자신의 감정을 표현하는 방식이 너무나 훌륭해. 그렇지 않니? 아마 그 당시에는 상당히 혁명적인 시도였을 거야."

사라는 줄곧 탄성을 질렀다.

"나는 여성이 아무런 부끄러움 없이 자기 자신의 감정을 표현했다는 자체가 놀라운 것 같아. 그렇게 하는 것은 남자든 여자든 간에 몹시 힘든 일이야."

테드는 혹시 자기가 지금 한 말에 바로 자기 자신에 관한 언급도 포함하고 있다는 것을 사라가 눈치채지 않았는지 궁금했다.

"커피 더 할래?"

테드가 일부러 화제를 돌리면서 물어 보았다. 사라는 고개를 끄덕이더니 자리에서 일어났다.

"이번에는 내가 살게."

사라가 커피를 사기 위해 걸어가는 동안, 테드는 언제 시간이 나면 저녁이나 함께 하자는 이야기를 하려고 생각했다. 하지만 테드는 그 즉시 그런 생각을 떨쳐 버렸다.

테드는 매일 오후 5시부터 10시 30분까지 마라톤 식당에서 일해야 될 몸이었다. 그리고 사라에게는 분명히 사랑하는 애인이 있을 것이라고 생각했다. 사라 정도의 여자라면 어디에 내놓아도 모자라지 않을 것이기에…….

테드의 라틴어 수업을 담당하고 있는 레빈 교수는 봄이 다시 찾아온 것을 환영하는 의미에서 학습 일정에도 없는 화려한 찬가 〈뻬르비질리움 베네리스〉를 읽어 오라고 지시했다. 그것은 모든 연인들에게 새로운 봄이 찾아온 것을 축하하는 것이었지만, 전체적인 분위기는 잔잔한 애수를 띠고 있었다.

새는 노래할 수 있지만
나는 왜 침묵을 지켜야 하는가?
기도를 올리면
나에게도 봄이 찾아올 것인가?
더 이상 침묵하지 않고 노래하는 제비여!
나는 언제 너처럼 될 것인가?

19

11월 4일

나는 하버드에 입학하기 오래 전부터 여자 합창단의 단원이 되는 꿈을 꾸었다. 그것은 물론 웃기는 말이지만, 만약 그렇게 될 수만 있다면 여자를 사귀기에는 더없이 좋을 것이다.

지금까지 백여 년 동안 헤이스티 푸딩 클럽에서는 해마다 남학생들로 구성된 뮤지컬 코미디를 상연하고 있었다. 물론 각본은 대학에서 가장 기지가 뛰어난 학생이 썼다. 그 중에서 유명한 것이 알랜 러너의 〈마이 페어 레이디〉였다.

그러나 헤이스티 푸딩 클럽의 코미디가 유명한 것은 각본이나 연출의 질에 있는 것이 아니라, 거기에 참여하는 합창단원의 수에 달려 있었다. 많은 남학생들이 털이 무성한 다리를 내놓고 떼를 지어서 합창을 하는 모습은 매우 독특한 일이기 때문이었다. 합창단원들이 소리를 지르면서 거리를 행진하면, 하버드를 졸업한 선배들이나 그들의 혼기가 찬 딸들이 열광적으로 환호성을 질렀다.

나도 어렸을 때, 아버지를 따라 그 모습을 구경하러 갔던 일을 아직도 기억한다. 젊은 학생들이 괴성을 지르면서 거리를 질주할 때에는 홀리요크 거리의 목조 가옥들이 모두 흔들리는 것 같았다.

올해는 〈숙녀 고디바를 위한 무도회〉라고 제목이 붙여진 공연이 있었다. 108번째의 그 광란은 세련된 유머를 보여 주었다.

어쨌거나 첫 번째 시범 공연은 마치 코끼리 떼들의 모임과도 같았다. 위글스워드를 비롯한 몇 명의 축구 선수들이 요정처럼 가냘픈 승무원 복장으로 둔갑했다. 그들이 그렇게 요란하게 가장한 것은 의심할 여지도 없이 주인공 고디바의 시녀로 뽑히고 싶다는 욕망을 가지고 있었기 때문이었다.

나는 경쟁이 다소 지나치다는 생각이 들어서 투덜거렸다. 우리 모두에게는 각각 노래를 부를 기회가 1분씩 주어진다. 그러나 모두들 그런 기회보다는 바지 가랑이를 걷어올릴 때를 기다리고 있다는 생각이 들었다.

그들은 알파벳 순서로 우리들의 이름을 호명했다. 내 차례가 되었을 때, 나는 무릎걸음으로 올라가서 '알렉산더 재즈 밴드'에 맞추어 낮은 바리톤으로 노래를 불렀다.

사실 나는 이틀씩이나 마음을 졸이면서 출연자 명단이 게시되기를 기다렸다. 그것은 나에게 두 가지의 놀라운 사실을 알려 주었다. 내가 시녀로도 뽑히지 못했다는 것, 그리고 또 다른 하나는 위글스워드가 사교계에 발은 내딛는 고디바의 딸인 피피의 배역을 맡은 것이었다. 그것은 위들스워드에게 있어서 평생 영광으로 기억될 만한 일이었다.

나는 부끄럽게도 피피, 즉 위글스워드에 의해 선택이 결정되는 구혼자 가운데 하나인 마카로니 왕자의 배역을 맡게 되었다.

"좋았어! 같이 공연할 사람과 같은 방을 쓰고 있으니까 얼마나 좋은 일이야?"

위글스워드가 옆에서 떠벌리고 있었지만, 나는 재미가 하나도 없었다. 나는 또다시 실패했구나 하는 생각을 하고 있었다.

나는 여자 역할을 충분히 소화할 수 있을 만큼 성숙한 남자가 아니었던 것이다.

— 앤드류 엘리어트

평범한 금요일 밤이었다. 마라톤 식당의 모든 테이블은 하버드 학생들과 그들의 애인들로 가득 차 있었다. 밖에서 차례를 기다리는 사람들이 줄지어 있었기 때문에, 소크라테스는 종업원들에게 서두르라고 재촉했다.

그런데 마라톤 식당의 입구에서 작은 소란이 발생했다. 소크라테스는 장남인 테드에게 무슨 일인지 알아보라고 말했다.

"테드, 네가 동생을 좀 도와 주거라."

테드가 급히 동생에게 뛰어가고 있을 때, 다프네가 항의하는 소리가 들려왔다.

"이것 좀 보세요. 죄송한 말씀이지만, 당신이 뭔가 오해를 하신 겁니다. 우리 식당은 주말에는 예약을 받지 않아요."

그러나 키가 크고 건방지게 생긴 남자는 자신이 오후 8시 자리를 예약했다고 완강하게 고집을 부렸다. 그는 체스터필드 코트를 입고 있었다.

그는 예약을 했기 때문에 밖에 서 있는 사람들처럼 줄을 서서 기다릴 수 없다고 주장했다. 다프네는 오빠가 달려오자 조금 마음이 놓이는 것 같았다.

"무슨 일이야?"

테드가 다프네를 쳐다보면서 물었다.

"오빠, 이분은 자기가 분명히 예약을 했다고 하는데 우리는 주말에 예약을 받지 않잖아요."

"그렇지."

테드는 간단하게 대답을 하고 난 후에 손님의 얼굴을 쳐다보면서 설명했다.

"우리는 주말에는 예약을 받지……."

그러다가 테드는 화가 나서 씩씩거리고 있는 남자의 등뒤에 서 있는 여자를 보고 말을 멈추었다.

"안녕, 테드?"

사라 해리슨은 같이 온 남자의 무례한 행동 때문인지 몹시 당황한 표정을 짓고 있었다.

"앨런이 실수를 한 것 같아요. 정말 미안해요."

사라가 부드러운 목소리로 말했다.

"나는 실수하지 않았어! 나는 어제 저녁에 분명히 여기에 전화를 걸었어. 어떤 부인이 받았는데, 영어가 서툴러서 몇 번이나 정확하게 이야기를 했단 말이야."

그 남자는 강경하게 주장하면서 테드를 돌아보았다.

"어머니가 받은 것 같아요."

다프네가 그 남자를 쳐다보면서 말했다.

"만약 당신의 어머니가 받으셨다면 기록해 두었을 거요."

앨런이 집요하게 주장했다.

"그렇군요. 당신이 데이븐포트 씨인가요?"

테드가 예약 장부를 살펴보면서 물었다.

"그렇소. 8시로 예약이 되어 있죠?"

"그래요. 그런데 목요일로 되어 있군요. 자, 보세요."

테드가 장부를 펼치면서 말했다.

"내가 이 글을 어떻게 읽을 수가 있겠소? 그리스어로 적혀 있잖소?"

그 남자는 불만을 품고 계속 항의했다.

"그렇다면 해리슨 양에게 읽어 달라고 해보시지요."

"내 애인을 이 싸움에 끼여들게 만들지 마시오, 웨이터."

"앨런, 그 사람은 내 친구예요. 고전학 강의를 같이 듣고 있어요. 테드의 말이 맞아요. 당신은 아마 전화 예약을 하면서 분명하게 이야기를 하지 않은 것 같아요."

사라는 장부에 적힌 예약이 어제 저녁이었다는 사실을 데이븐포트에게 말했다.

"사라, 도대체 왜 그래? 무식한 아주머니의 말이 나보다 더 정확하다는 말이야?"

앨런 데이븐포트가 신경질적으로 물었다.

"죄송하게 되었습니다. 그러나 우리 어머니도 당신만큼 유식합니다. 어머니는 자신의 모국어를 사용하기를 좋아할 뿐입니다."

테드는 겨우 화를 억제하면서 말했다. 사라는 싸움을 말리고 싶었다.

"자, 앨런. 우리 피자를 먹으러 가요. 피자가 먹고 싶어요."

사라가 부드럽게 앨런을 불렀다.

"아니야, 사라. 그럴 수는 없어."

"데이븐포트 씨. 당신이 조용히 한다면 다음에 생기는 빈자리를 당신에게 주겠어요. 하지만 계속 이런 식으로 우긴다면 당장 쫓아내겠어요."

테드가 조용히 이야기했다.

"다시 한번 얘기해 보시오! 나는 법학과 3학년이오. 술에 취해 있지 않는 한, 당신이 나를 쫓아낼 권리는 없소. 그렇게 한다면 나는 당신들을 고발해 버리겠소."

앨런이 정말로 화가 난 듯이 큰 소리로 외쳤다.

"그래요? 그것 참 죄송하게 되었군요. 당신은 법대에서 법에 대해 많이 배웠는지는 모르지만, 케임브리지 시의 조례에는 술에 취했든 안 취했든 간에 공공장소에서 소란을 피우는 사람은 발길로 걷어차 버려도 괜찮다고 되어 있는 사실을 알고 있나요?"

테드는 결코 지려고 하지 않았다.

"어디 한 번 나를 쫓아내 보시지."

앨런이 테드를 노려보면서 소리쳤다.

잠시 아무런 움직임도 보이지 않고 서로 노려만 보고 있는 두 명의 적수 사이에는 금방이라도 격투가 벌어질 것 같은 위기감이 감돌았다.

"그만해요, 오빠."

다프네는 조용히 오빠를 말렸다.

"싸우지 말고 그만 나가요!"

사라도 앨런에게 소리쳤다. 앨런은 깜짝 놀랐다. 사라의 입에서 그런 말이 나올 줄은 몰랐던 것이다. 그는 사라를 돌아보면서 단호한 태도로 다시 말했다.

"싫어. 난 여기에서 저녁을 먹고 가야겠어."

“그렇다면 혼자 드세요.”

사라는 돌아서더니 밖으로 나가 버렸다. 다프네 램브로스는 싸움이 벌어지지 않아서 정말 다행이라고 생각했다.

하지만 테드 램브로스는 곧장 주방으로 달려가 주먹으로 벽을 치기 시작했다. 테드의 아버지가 재빨리 달려왔다.

“테드야, 이게 무슨 어리석은 짓이냐? 다른 손님들이 불평을 하고 있단다. 우리 식당이 아주 망해 버렸으면 속이 시원하겠니?”

“죽고 싶습니다.”

테드는 소리를 치면서 주먹으로 계속 벽을 때렸다.

“테드야, 우리는 돈을 벌어야 산다. 제발 나가서 손님들 시중이나 좀 들거라.”

그때 다프네가 주방 안으로 들어오면서 물었다.

“오빠, 무슨 일이에요?”

“아무것도 아니야! 가서 카운터나 지키고 있어!”

소크라테스가 다프네에게 소리를 질렀다.

“그런데, 아빠……. 아까 싸우던 손님하고 같이 왔던 여자가 오빠에게 할 이야기가 있다고 다시 왔어요.”

다프네가 화를 내는 아버지를 향해 머뭇거리면서 대답했다.

“그래? 하느님, 감사합니다.”

테드는 쏜살같이 화장실로 달려갔다.

“도대체 어디를 가는 거야?”

소크라테스가 다시 고함을 질렀다.

“머리를 빗으려구요.”

테드는 그 말을 남기고 화장실로 사라져 버렸다.

사라 해리슨은 부끄러운 표정을 지으면서 테드를 기다리고 있었다. 테드는 화장실에서 거울을 보고 연습한 자연스러운 표정을 지어 보이면서 사라에게 다가갔다.

"너무 미안해서 어떻게 말해야 할지 모르겠어."

사라가 머뭇거리며 말을 꺼냈다.

"괜찮아."

"아니야. 내가 설명을 할게. 그는 좀 완고한 사람이야. 우리는 고작 1분 전에 만났을 뿐이야."

사라는 고집스럽게 이야기를 했다.

"그런데 왜 그런 사람과 데이트를 하지?"

"데이트라고? 그렇지 않아……. 그냥 어머니끼리 아는 정도의 사람에 불과해."

"그래?"

"이제부터는 어머니가 뭐라고 해도 그런 남자하고는 만나지 않겠어. 그의 행동은 좀 지나쳤어, 그렇지?"

"그래."

테드 램브로스는 미소를 지었다. 잠시 어색한 침묵이 흘렀다. 잠시 후 사라가 다시 이야기를 꺼냈다.

"정말 미안해. 내가 일을 못 하게 방해하는 건 아닌지 모르겠어."

"그렇지 않아. 사라와 이야기하는 게 좋아."

테드는 그렇게 말하고 나서 마음 속으로 중얼거렸다. 큰일이로군. 이곳을 어떻게 빠져 나갈 수 있단 말인가?

"나도 그래."

사라가 부끄러운 표정으로 대답했다.

"테드야, 테이블로 가서 일 좀 하거라. 욕을 해야 일을 하겠냐?"

번잡스러운 레스토랑에서도 테드의 아버지가 그리스어로 고함을 치는 소리는 크게 들려왔다.

"테드, 난 그만 가보는 게 좋겠어."

사라가 더듬거리면서 말했다.

"내가 한 가지 물어 봐도 될까?"

"그래, 괜찮아."

"앨런은 지금 어디 있지?"

"지옥에 있겠지. 내가 지옥에나 가라고 했거든……."

사라가 미소를 지으면서 대답했다.

"그렇다면 그 녀석하고 오늘 밤에 데이트를 하지 않겠다는 말이니?"

테드가 궁금하다는 듯이 물었다.

"테드! 빨리 돌아가서 일을 하지 않으면 네 후손까지도 저주하겠다."

테드의 아버지가 다가오면서 소리쳤다. 그러나 테드는 아버지의 그런 고함도 무시하고 이야기를 이어나갔다.

"사라, 1시간만 기다릴 수 있어? 그런 다음에 나와 함께 저녁식사를 하자."

사라의 대답은 짧았다.

"좋아."

대부분의 미식가들은 포터 광장 맞은편에 있는 뉴타운 그릴에서 케임브리지 최고의 피자를 맛볼 수 있다는 사실을 잘 알고 있었다. 테드는 가족들이 타고 다니는 찌그러진 시보레 비스케인에 사라를 태우고 뉴타운 그릴로 갔다. 마라톤 식당에서 테드는 날아갈 것 같은 마음으로 모든 일을 총알처럼 빨리 끝내 버렸던 것이다.

테드는 뉴타운 그릴에서 식사를 하면서 사라와의 첫 번째 데이트를 했다. 그들은 붉은 네온사인이 깜박이면서 얼굴을 비추는 창가에 앉았다. 마치 꿈을 꾸는 것 같은 착각을 일으킬 만큼 분위기가 무르익고 있었다.

두 사람들은 피자가 나오기를 기다리면서 맥주를 마셨다.

"나는 사라 같은 여자가 왜 아까 그런 녀석과 데이트를 하는지 이해할 수가 없어."

테드가 먼저 말을 꺼냈다.

"그래도 토요일 저녁을 집에 앉아서 책과 씨름하면서 보내는 것보다는 낫지 않겠어?"

"하지만 사라에겐 더 좋은 약속이 얼마든지 있을 것 같은데……. 나는 사라가 언제나 좋은 약속 때문에 바쁠 거라고 생각했어."

"테드, 그것이 바로 하버드의 신화 가운데 하나야. 사실 예쁜 아가씨들은 모두 토요일 저녁을 쓸쓸하게 혼자 보내고 있어. 모든 남자들이 누군가 그 아가씨들에게 데이트 신청을 해서 데리고 나갔을 거라고 생각하기 때문이지. 그러나 웰즈리 아가씨들은 그렇지 않아."

테드는 당황한 표정을 지었다.

"왜 나는 그 사실을 모르고 있었을까? 사라는 왜 그런 이야기를 하지 않았지?"

"그것을 어떻게……. 말하고 싶기는 했지만……."

사라가 수줍은 듯이 말끝을 흐리면서 대답했다. 테드는 기뻐서 펄쩍 뛰고 싶을 지경이었다.

"사라, 알고 있었어? 사라를 처음 본 순간부터 너에게 얼마나 데이트를 신청하고 싶었는지 말이야?"

테드는 드디어 자기의 심정을 고백을 하고 말았다. 사라는 눈망울을 반짝이면서 테드를 바라보았다.

"그런데 왜 진작 이야기하지 않았어?"

"이제는 안 그럴 거야."

테드는 캐벗 홀 앞에 차를 세우고 사라에게 다가갔다. 그리고 그녀의 어깨 위에 손을 얹고 눈을 바라보았다.

"사라!"

테드는 강렬하게 그녀를 불렀다.

"나는 일 년 내내 이 순간을 기다려 왔어."

테드는 커다란 환희를 느끼면서 정열적으로 사라에게 키스했다. 사라도 같은 정열로 테드의 키스에 응답했다.

사라와 헤어져 집으로 돌아갈 때, 테드는 마치 술에 흠뻑 취한 것처럼 걷기조차 힘이 들었다. 테드는 갑자기 걸음을 멈추었다.

"제기랄! 차를 캐벗 홀 앞에 세워 놓고 그냥 왔잖아!"

테드는 몽롱한 의식 때문에 저지른 어이없는 짓을 행여 사라가 창문을 통해 보지나 않을까 걱정하면서 차를 가지러 다시 돌아갔다. 그러나 사라 역시 키스에 취해 아무것도 볼 수가 없었다. 그녀는 침대에 드러누워서 허공만 바라보고 있었던 것이다.

학과목 [그리스 시 2]에 나오는 마지막 시는 연애시로는 잘 알려지지 않은 플라톤의 시였다.

"그것은 매우 흥미로운 일이죠. 자신의 이상국가론에서 시를 배격했

던 플라톤이 지금까지 씌어진 시들 가운데에 가장 완벽한 서정시를 썼
던 겁니다."
　하벨로크 교수가 학생들에게 말하고 나서 유명한 에스터 풍자시의
일부를 그리스어로 낭송했다.

　당신의 얼굴은 내 인생의 별.
　내가 하늘에 떠 있을 수 있다면
　수만 개의 눈으로 당신을 볼 거예요.

　바로 그 순간에 수업을 마치는 메모리얼 홀의 종소리가 들렸다. 강의
실 문을 나설 때 테드가 사라에게 속삭였다.
　"내가 하늘에 떠 있을 수 있다면……."
　"그런 생각은 하지 마. 난 지금 너와 가까이 있고 싶단 말이야."
　사라가 미소를 지으면서 대답했다. 두 사람은 다정하게 손을 잡고 비
크 건물을 향해 걸었다.

20

11월은 적어도 2학년 학생들 가운데 10퍼센트 정도에게는 가장 힘든 달이었다. 왜냐하면 이 달에 파이널 클럽(누구나 단 하나의 클럽에만 지원할 수 있기 때문에 이런 이름이 생겨났다)이 제한된 수의 회원을 선발하기 때문이었다.

열한 개의 파이널 클럽은 하버드 생활을 장식하는 잠재적인 요소에 불과하다. 하지만 어떻게 보면 이것이야말로 하버드에서 경험할 수 있는 가장 좋은 생활이기도 했다.

열한 개의 클럽은 거의 전부가 공부도 잘하고 돈도 많은 학생들로만 구성되어 있었다. 그러나 학교생활에서는 결코 노출되지 않았기 때문에 하버드에서도 그 존재를 아는 사람들이 거의 없었다.

두말 할 필요도 없이 엘리어트, 뉴얼, 위글스워드 같은 신사들에게도 11월은 매우 바쁜 달이었다. 그들은 모두 클럽 회원으로 뽑히기 위해 양복을 손질하느라고 정신이 없었다.

그들은 현대전에서의 보병처럼 세 명이 보조를 맞추어 함께 행동하기로 결정했다. 그들은 포셀리언, 에이디, 플라이 등 거의 모든 클럽으로부터 초청을 받았다. 그들이 가장 큰 관심을 가지고 있었던 클럽은 바로 포셀리언이었다. 그들은 포셀리언 클럽이 회원들을 최종적으로 선발하는 저녁식사 파티에 참석했다.

방으로 돌아와서 연회복을 벗기도 전에 누군가가 방문을 두드렸다. 뉴얼은 그것이 포셀리언에 선발된 프랭클린 루즈벨트를 빼앗아 갔던 에이디의 첩자일 것이라고 생각했다. 그러나 문을 열고 보니까 제이슨 길버트가 문 앞에 서 있었다.

"방해가 되지 않을까?"

제이슨이 우울하게 물었다.

"아니, 무슨 소리야. 어서 들어와. 같이 브랜디나 한 잔 하자."

앤드류가 제이슨을 향해 대답했다.

"고마워. 하지만 마시지 않겠어."

제이슨이 정중하게 사양했다. 제이슨의 눈빛은 세 사람의 옷차림이 이상하다는 것을 말하고 있었다.

"최종 선발에 갔었어?"

제이슨이 세 명의 신사들을 향해 물었다.

"응, 갔었어."

위글스워드가 아무렇지도 않게 대답했다.

"포셀리언이야?"

"그래, 단번에 선발되었지."

뉴얼이 웃으면서 대답했다. 그러나 위글스워드도 뉴얼도 제이슨의 목소리가 비통함으로 떨리고 있다는 사실을 깨닫지 못하고 있었다.

"성급한 결정은 아닐까?"

"그렇지 않아. 다른 클럽의 요청도 받았지만 포셀리언이 가장 매력 적이었어."

“그래, 아주 좋겠구나.”

제이슨이 불만스러운 기색으로 대답했다.

“너에게도 알렸어야 했는데……. 클리프 기숙사에 있는 모든 미녀들은 너의 사진을 보면서 연정을 품고 있어.”

뉴얼이 그렇게 말했지만 제이슨은 미소를 짓지 않았다.

“그 여자들은 내가 문둥이라는 사실을 깨닫지 못했기 때문에 그럴 거야.”

“무슨 소리야, 제이슨?”

듣고 있던 앤드류가 끼여들었다.

“내가 아는 친구들은 모두 좋은 클럽의 초청을 받았는데, 나는 그 별 볼일 없는 배트로부터도 초청을 받지 못했어. 그 점에 대해서 이야기하고 있는 거야. 나는 내가 그렇게 쓸모 없는 인간일 줄은 정말로 몰랐어.”

“제이슨, 너무 실망하지 마. 클럽이란 것이 뭐 대단한 건가!”

뉴얼이 제이슨을 위로하려는 의도로 말했다. 하지만 제이슨은 그것이 더욱 불쾌했다.

“그렇다면 너희들 셋이 모두 같은 클럽에 가려는 이유는 뭐지? 그리고 모든 클럽에서 나를 불쾌하게 여기는 이유를 왜 나에게 정확하게 이야기해 주지 않는 거지?”

제이슨의 질문에 뉴얼과 위글스워드, 앤드류 세 사람은 서로의 얼굴만 바라보면서 서 있었다. 누가 그것에 대해 이야기를 해야 하나 망설이고 있었던 것이다.

잠시 후에 앤드류가 자신이 이야기하는 게 좋겠다고 결심하고 입을 열었다.

"제이슨, 클럽에서 환영받는 사람이 도대체 누구겠어? 세인트폴, 마르크, 그로톤에서 온 돈이 많은 녀석들이잖아. 다 그런 거야. 너도 알다시피 끼리끼리 모이는 거야. 내 말이 무슨 뜻인지 알겠어?"

앤드류의 설명을 듣던 제이슨 길버트는 길게 한숨을 내쉬었다.

"물론이지. 내가 학교를 잘못 왔다는 말이지?"

"그래, 맞는 말이야."

위글스워드가 동의하고 나섰다. 그러자 제이슨이 갑자기 욕설을 퍼부었다.

"더러운 자식들!"

잠시 동안 무거운 침묵이 흘렀다. 마침내 뉴얼은 제이슨이 그들의 분위기를 깬 것에 대해 분노를 터뜨렸다.

"제기랄! 제이슨, 왜 클럽에서 유대인을 뽑겠어? 유대인 사회에서라면 나를 회원으로 뽑아 주겠어?"

"그 따위 소린 집어치워. 내가 유대인이라는 건 종교적인 문제야. 그리고 나는……."

제이슨은 말을 끝맺지 못했다. 앤드류는 제이슨이 하려고 한 말이 무엇인지를 간파할 수 있었다. 제이슨이 자신이 유대인이 아니라고 말하고 싶었던 것이다.

그러나 그것은 말도 안 되는 소리였다. 검둥이가 자신이 검지 않다고 말할 수 있겠는가?

"이봐, 뉴얼. 제이슨도 우리 친구야. 너무 그러지 마……."

마이클 위글스워드가 분위기를 바꾸기 위해서 끼여들었다. 그러자 제이슨이 화난 목소리로 외쳤다.

"나는 아무렇지도 않아! 미안하다. 잘 있어. 너희들의 즐거운 모임을 방해를 해서 정말 미안하다."

그런 다음에 제이슨은 방을 나가 버렸다.

나머지 사람들은 브랜디를 다시 마시면서 이야기를 나누었다.

"제이슨같이 좋은 녀석이 왜 자신의 출신에 대해 그렇게 신경을 쓰는 거야? 유대인이면 어때? 그까짓 클럽, 그게 뭐 그리 대단하다고."

"미국의 대통령이 되면 되잖아."

앤드류 엘리어트가 덧붙였다.

사랑하는 아버지에게.

저는 파이널 클럽에 가입하지 못했습니다. 물론 그것이 대단한 일은 아니에요. 그리고 다른 곳에 가서도 얼마든지 술을 마실 수 있다는 사실을 잘 알아요.

하지만 견딜 수 없을 정도로 고통스럽게 느껴지는 점은 제가 전혀 그들의 안중에도 들지 못했다는 사실이에요. 왜 그랬겠습니까?

평소에 친구라고 생각하는 아이들에게 물어 보았어요. 처음에는 솔직하게 대답하지 않았습니다. 하지만 나중에는 결국 이야기를 하더군요. 클럽에서는 유대인을 뽑지 않는다는 겁니다. 그들은 그러한 편견에 대해 아주 점잖게 이야기하더군요.

아버지, 유대인이라는 이유로 거절당한 것이 이번이 벌써 두 번째입니다.

아버지, 아버지가 늘 말씀하던 '우리도 다른 사람들과 마찬가지로 미국인이다' 라는 말로 이 사실을 어떻게 설명할 수 있습니까? 아직도 아버지 말씀을 믿고 있어요. 그리고 믿고 싶어요. 그러나 다른 사람들의 생각은 아버지와 같지 않아요.

아버지, 유대인이라는 사실은 옷을 벗어 던지듯 그렇게 쉽게 바꿀
수는 없는 것 같습니다. 그래서 우리는 점점 자신감을 잃고 편견을
갖게 됩니다.

물론 이곳 하버드에는 유대인으로 태어난 것을 하늘이 준 영광으
로 생각하는 사람들도 많이 있어요. 그러나 저는 당혹스러울 뿐입니
다. 제가 유대인이란 사실이 무엇을 뜻하는지 점점 더 모르겠어요.
많은 사람들이 생각하듯이 저는 외롭습니다.

아버지, 저는 지금 매우 고통스러워하고 있습니다. 그래서 이 세
상에서 제일 존경하는 아버지에게 도움을 청하는 겁니다.

저는 이 문제를 해결해야만 합니다. 지금 제가 누군지 모른다면,
앞으로도 계속 제 자신을 모를 겁니다.

11월 16일
당신의 사랑하는 아들 제이슨 올림

제이슨의 아버지는 아들에게 답장을 쓰지 않았다. 답장을 보내는 대
신 그는 모든 업무상의 약속을 취소하고 곧바로 보스턴으로 가는 기차
에 올라탔다.

제이슨은 테니스 연습을 마치고 나오다가 자신의 눈을 의심할 수밖
에 없었다.

"아버지, 여기는 어쩐 일이세요?"

"그래, 제이슨……. 우리 더진 공원에 가서 스테이크를 먹기로 하
자."

레스토랑을 선택한 것은 어떤 의미에서는 잘한 일이었다. 보스턴 부근의 유명한 스테이크 음식점에는 조용하게 이야기할 수 있는 장소가 없었다. 모든 식탁이 길게 늘어붙어 있었기 때문에 그 모습은 마치 강제로 사육제를 지내는 것 같았다.

사실 그러한 시끄러운 분위기 속에서 제이슨의 소심한 이야기를 듣는 것은 불가능했다. 그러나 제이슨의 아버지는 아들의 소심한 성격을 잘 알고 있었기 때문에 일부러 그런 장소를 택했던 것이다. 제이슨의 아버지는 아들의 아픔을 보상해 주기라도 하듯이 스테이크를 배불리 먹였다.

커다란 접시들이 부딪치는 소리, 주방에서 시끄럽게 떠드는 소리들 속에서 제이슨은 아버지가 곁에서 자신을 돕고 있다는 사실을 깨달았다. 아버지는 항상 그런 식으로 자신의 등을 떠받치고 있었다.

제이슨은 생각에 잠겼다. 어차피 인생은 절망으로 가득 찬 것이다! 시시한 상처 따위는 과감하게 싸워 이기도록 하자…….

아들이 스테이크를 먹는 모습을 보면서 제이슨의 아버지가 말을 꺼냈다.

"제이슨, 언젠가 내가 상원의원이 되면 너를 멸시하던 친구들이 너에게 사과하게 될 거다. 나를 믿어라, 제이슨……. 네가 그런 모습을 보이는 것을 보니 정말 마음이 아프다. 하지만 그런 일은 아무것도 아니야."

제이슨은 사우스 역에서 아버지가 야간 열차에 오를 때까지 배웅했다. 아버지는 기차에 오르기 전에 제이슨의 어깨를 두드리며 말했다.

"얘야, 나는 이 세상에서 너를 가장 사랑한다. 항상 그 사실을 명심하도록 해라."

제이슨은 아버지가 떠나간 공허함을 느끼면서 지하철을 타기 위해 발길을 돌렸다.

"싫어, 안 돼."

"괜찮아."

"안 돼!"

테드가 머리를 흔들면서 말했다.

"테드! 너는 지금까지 여자가 요구하는 섹스를 몇 번이나 거절했지?"

사라 해리슨은 얼굴이 홍당무가 되어 벌떡 일어섰다.

"다섯 번."

"테드, 여기는 어두워. 그리고 나는 몹시 당황하고 있어. 네가 이전에 얼마나 많은 여자들과 잠자리를 같이 했는지에 대해서는 신경 쓰지 않겠어. 단지 내가 원하는 건 나를 그런 여자들과 똑같이 다루어 주었으면 좋겠다는 거야."

"안 돼, 사라. 시보레 자동차의 뒷좌석에서는 안 돼."

"나는 괜찮아."

"나는 안 괜찮아. 내 말은 우리의 첫 섹스를 로맨틱하게 하자는 거야. 너도 알겠지만, 찰스 강변이 어때?"

"미쳤어, 테드? 이렇게 추운데? 그러지 말고 커클랜드 모텔이 어때? 다들 좋다고 하던데……."

테드는 벌떡 일어나서 고개를 저었다.

"안 돼, 그만 가자. 아는 사람이 올 것 같아."

"그렇다면 우리는 지금 왜 이렇게 시보레 뒷좌석에 있는 거지?"

테드는 무거운 한숨을 쉬었다.

"제발, 사라. 나는 우리의 사랑을 좀 다르게 확인하고 싶어. 다음 토요일에 뉴햄프셔로 가는 건 어때?"

"뉴햄프셔? 정신이 있는 거야? 섹스를 하기 위해 그렇게 먼 곳까지 가야 한단 말이야?"

"아니야, 아니야. 좀더 적당한 장소를 찾을 수 있을 거야. 지금 내가 내 집에서 살고 있다면 좋을 텐데……. 집이 있는 애들은 오후에 애인하고 단 둘이서 즐길 수가 있거든……."

"그렇다면 우리 기숙사에서는 어때? 남자를 초대할 수 있는 날에 말이야."

"글쎄……. 그날이 언제지?"

"다음 달 마지막 토요일."

"좋아. 그럼 그때까지 기다리자."

"그동안에는?"

"나는 네가 왜 그렇게 서두르는지 이유를 모르겠어, 사라."

"나는 네가 왜 그렇지 않은지 그 이유를 모르겠어."

사실 테드도 사라와 완전히 하나가 될 수 있는 섹스를 주저하고 있는 이유를 설명할 수 없었다. 테드는 어려서부터 사랑과 섹스를 전혀 별개의 것이라고 생각했다. 물론 테드도 그의 동료들과 마찬가지로 사창가의 여자들이나 혹은 자유분방한 여자들과 관계를 가졌었다.

테드는 사라처럼 아름다운 아가씨가 왜 그렇게 섹스를 하자고 조르는지 그 이유를 알 수가 없었다. 일단 테드는 사라의 기숙사를 방문하기로 결심했다. 그때까지는 섹스와 사랑에 대해 충분히 생각할 시간이 남아 있을 것이다.

테드의 마음 한구석에서는 끊임없는 궁금증이 일고 있었다. 하지만 그는 그 궁금증을 입 밖으로 꺼낼 수가 없었다.

사라가 테드의 그러한 태도를 눈치챘다.

"뭘 그렇게 곰곰이 생각하니?"

"모르겠어. 나는 단지 너에게 첫 남자이기를……."

"테드, 너는 내가 사랑을 느낀 첫 남자야."

"앤드류, 오늘 밤에 시간 좀 있니? 도서관이 끝나면 나와 이야기할 수 있겠어?"

테드가 조바심을 내면서 물었다.

"그래, 테드. 우리 그릴에 가서 치즈버거나 먹으면서 이야기할까?"

"아니, 솔직히 나는 좀 조용한 곳에서 둘만 이야기하고 싶어."

"그럼 먹을 것을 사 가지고 내 방으로 가자."

"그래, 그게 좋겠어. 마실 것은 내가 준비할게."

"그것 참 듣던 중 반가운 소리구나, 테드."

자정이 15분이나 지난 시각이었다. 앤드류 엘리어트는 탁자 위에 두 개의 치즈버거를 꺼내 놓았다. 테드는 약속대로 술을 들고 왔다.

"이건 레시너라는 포도주야. 마셔 본 적 있니?"

테드가 앤드류에게 술병을 내밀면서 물었다.

"어떤 술인데?"

"그리스에서 최고급으로 여기는 술이야. 선물로 몇 병 가져왔어."

"선물?"

테드는 고개를 숙이면서 조심스럽게 이야기를 꺼냈다.

"사실은 뇌물이야. 난 너의 도움이 필요해. 아주 큰 도움이……."

앤드류는 친구의 심각한 얼굴을 보면서 아마도 돈을 빌려달라는 이야기를 꺼낼 것이라고 예상했다.

"무슨 이야기부터 해야 할까?"

테드는 앤드류가 술을 따르는 것을 보면서 입을 열었다.

"먼저 말해 두는데……. 네가 승낙을 하든 안 하든 이 이야기는 비밀로 해야만 돼."

"물론이야. 약속하지. 빨리 이야기해 봐. 궁금해서 죽겠다."

"앤드류, 사실 나는 사랑에……."

테드는 이야기를 하다가 수줍어하면서 말끝을 흐렸다.

"그래? 축하해, 테드!"

앤드류는 테드가 부탁하고 싶어하는 이야기가 무엇인지 확실히 알 수는 없었다. 하지만 사랑에 빠졌다는 말에 우선 축하를 보냈다.

"고마워. 그런데 문제가 있어."

"문제가 있다고? 그게 뭔데, 테드?"

"먼저 약속부터 해줘. 절대로 도덕적인 판단을 내리지는 마."

"솔직히 말해서 나는 도덕이란 말이 뭔지도 몰라."

앤드류의 말에 테드는 마음이 조금 놓인 것 같았다.

"며칠 동안만 오후 시간에 네 방을 좀 빌릴 수 있겠니?"

"겨우 그거야? 그게 뭐 그렇게 얘기하기 힘들어? 언제 필요한데?"

"기숙사 규칙상 오후 4시에서 7시까지만 여자를 방에 데리고 올 수 있지? 너와 너의 룸메이트는 오후에 방을 사용하니?"

"아니야. 위글스워드는 바서티 클럽에 가고, 뉴얼은 테니스 치러 갈 거야. 그리고 나는 IAB에 있어. 네가 무슨 일을 하든지 방해할 사람은 없어."

테드는 즐거운 표정을 지었다.

"고마워, 앤드류. 이 은혜를 어떻게 갚지?"

"괜찮아, 테드. 이 술 맛 아주 좋은데. 그런데 한 가지만 물어 볼게. 내가 그녀의 이름을 알아야 할 것 같아. 그래야 그녀를 내 방의 손님으로 기억할 수 있지 않겠니?"

테드는 앤드류의 호의로 사랑하는 사라 해리슨과 은밀한 만남을 즐길 수 있게 되었다. 테드에게는 이제 앤드류에게 비밀을 지켜 달라고 단단히 경고하는 일만 남았다.

모든 이야기를 마친 테드는 기쁨에 넘쳐 앤드류의 방을 나왔다. 테드는 마치 구름을 탄 듯 몸과 마음이 모두 가벼워지는 것을 느꼈다.

방에 혼자 남은 앤드류는 의아한 표정으로 생각에 잠겨 있었다.

"도대체 사랑이란 건 무엇일까?"

앤드류는 재치 있는 예일 콜 포터가 사랑에 대해 했던 말을 생각했다. 하지만 도대체 그것이 무엇인지 알 수가 없었다.

21

그해 봄은 완전히 제이슨 길버트의 것이었다. 제이슨은 대학 테니스 대표팀 선발에 뽑혔고 곧이어 주장이 되었다. 그는 단 한 경기도 진 적이 없었다. 그리고 동부지역의 대학을 석권하는 영광까지 차지했다.

이러한 공적으로 제이슨은 《크림슨》지와 《뉴욕 타임스》지의 스포츠란에 사진이 실리게 되었다. 만약 제이슨이 불공평한 클럽 회원 선발에서 받은 충격으로 인해 육체적으로나 정신적으로 좌절감에 빠져 있었다면 그렇게 커다란 공적을 이루지는 못했을 것이다.

미국의 모든 대학에는 항상 '캠퍼스의 영웅' 이라고 불리는 인물이 있다. 그러나 하버드에서는 그런 인물을 공개적으로 칭송하지 않는다는 것을 자랑으로 삼고 있다.

학창 시절에 그런 인물이 된다는 것은 셰익스피어의 표현을 빌자면, '뭇사람들의 주목의 대상' 이 된 셈인데 제이슨 길버트가 바로 그런 인물이 된 것이다.

대니 로시는 자신의 피아노가 부서진 모욕을 당한 후, 그 원통함을 보복할 기회를 갖지 못했다. 대니는 '엘리어트 하우스' 를 증오했다. 심지어는 자신을 엘리어트 하우스로 끌어들인 핀리 박사까지도 미워할 정도였다.

대니가 엘리어트 하우스의 동료들에게 보여 주었던 경멸은 당연히 기숙사의 다른 동료들로 하여금 대니에 대해 똑같은 경멸감을 갖게 만들었다.

그래서 대니는 항상 혼자 식사를 해야만 했다. 예외적으로 앤드류 엘리어트만이 대니를 보면 같이 앉아서 그의 마음을 위로하곤 했다.

테드 램브로스는 사라와의 사랑을 더욱 순수한 것으로 승화시키는 데 많은 노력을 기울였다. 테드는 고전학 과목에서 전부 A학점을 받았다.

이제 테드는 학교 생활에 있어서 더 이상 이방인이 아니었다. 아마도 그것은 그가 일주일 중 많은 오후 시간을 앤드류 엘리어트의 방에서 사라와 함께 보낼 수 있었기 때문이었을 것이다.

앤드류 엘리어트는 하버드의 방관자로만 남아 있을 수 없었다. 앤드류는 동료들의 놀라운 발전에 감탄했다. 그의 동료들은 드디어 꽃을 피우기 시작한 것이다.

2학년 생활이란 모든 학창생활을 통틀어 볼 때, 영광을 위해 자각하는 시기라고 말할 수 있을 것이다. 이 시기는 또한 희망으로 부푸는 시절이기도 하다. 자신감에 부풀어 모든 것을 낙관적으로 생각하는 시절이며, 다른 한편으로는 거의 모든 학생들이 이제 겨우 절반이 시작되는구나 하고 생각하는 시절이기도 하다. 사실은 이미 절반이나 지나간 셈인데……

대니 로시가 탱글우드에서 보낸 두 번째 여름은 첫 번째보다도 더욱 많은 추억을 남겼다. 대니에게 있어서 가장 힘들었던 일은 그 자신도 인정하듯이 거장 먼치의 지휘를 숙달하는 것이었는데, 그는 실제로 오케스트라 앞에서 그 기회를 갖게 되었다.

백발이 성성한 프랑스인은 열심히 연주하는 캘리포니아 출신의 작은 대니에게 애정을 갖게 되었다. 더욱이 대니에게 진짜 음악에 접할 기회가 주어진 것은 '페스티벌 스쿨'의 다른 학생들이 깜짝 놀랄 만한 일이었다. 그것은 가령 아더 루빈스타인이 '엠페레 콘서트'를 연주하러 왔을 때 먼치가 리허설 동안 대니에게 그 거장의 악보를 넘기게 했던 것과 같은 일이었다.

첫 번째 휴식 시간에 루빈스타인은 먼치에게 탁월한 음악적 기억력을 지녔으면서도 악보를 왜 자주 보느냐고 질문했다. 그러자 먼치는 미소를 지으면서 악보를 넘기는 학생을 위해서라고 말했다. 그런 과정을 통해 대니 로시는 지휘를 배워 나갔다.

"저 학생은 아주 열성적입니다."

먼치 교수가 얼굴에 미소를 지으면서 대니를 칭찬했다.

"우리도 저 나이 때에는 그렇게 하지 않았나요?"

루빈스타인도 웃으면서 대답했다.

잠시 후에 루빈스타인은 대니를 불러 자기 방에서 지휘를 시켰다. 대니는 주저하면서 지휘를 시작했다.

3악장의 알레그로에서 너무나 긴장한 나머지 그의 손가락은 허공을 날았다. 사실 대니는 그러한 빠른 템포에 당황했던 것이다.

땀을 흘리면서 지휘를 끝내고 난 대니는 숨을 죽인 채 루빈스타인을 바라보았다.

"너무 빨랐죠?"

위대한 연주자는 고개를 끄덕였다. 하지만 그의 눈빛에는 감탄의 빛이 역력했다.

"아주 좋았어. 지나칠 정도로 완벽했어."

루빈스타인은 대니의 재능을 인정하지 않을 수 없었다.

"아마 너무 긴장한 것 같아요. 저는 이 피아노 소리에 언덕을 내려가는 기분을 느꼈습니다. 그래서 속도가 빨라진 것 같아요."

루빈스타인은 미소를 지었다.

"왜 그랬는지 알고 있나? 나는 이런 크기의 피아노가 처음이야. 이 피아노는 스타인웨이 피아노 제작사에서 나를 위해 특별히 제작한 것이라네. 피아노 건반을 조금 작게 만들었지."

대니는 아더 루빈스타인의 전용 피아노를 보고 놀라움을 금할 수가 없었다. 루빈스타인이 그 피아노 위에 손을 얹자 13개의 건반이 한 손에 들어갔다.

루빈스타인이 대니를 향해 부드럽게 말을 이었다.

"모두들 나에게 악보를 넘길 필요가 없다고 하지. 그러니까 자네의 지휘가 빨라졌을 수밖에……."

한 번은 모차르트의 〈피가로의 결혼〉을 야외에서 연주한 적이 있었다. 그때 갑자기 먼치 교수가 지친 모습으로 이야기를 꺼냈다.

"나 같은 프랑스 사람에게는 매사추세츠의 기후는 너무나 덥다네. 그늘에서 좀 쉬어야겠어."

먼치 교수는 그렇게 말하고 나서 대니를 불렀다.

"이리 와보게, 대니."

대니가 다가오자 먼치 교수는 지휘봉을 그에게 넘겨 주었다.

"나는 자네가 이 지휘를 잘할 수 있을 것이라고 생각했는데, 한번 해

보겠나?"

이렇게 해서 대니는 보스턴 오케스트라의 전 단원이 모여 있는 자리에서 지휘를 하게 되었던 것이다. 물론 오케스트라에는 몇 명의 보조 지휘자가 있게 마련이다. 하지만 이번에 그 기회는 대니에게 돌아갔다.

대니는 음악에 몰입하면서 지휘했다. 그 자리에 있었던 사람들은 모두 여름의 뜨거운 태양보다 더욱 열광적인 지휘를 보았다.

그날 밤에 대니는 매우 흥분했다. 그는 기숙사로 돌아가자마자 구스타프 랜도우 교수에게 전화를 걸었다.

랜도우 교수는 대니를 무척 자랑스럽게 생각했다.

"잘했다, 대니. 아주 훌륭했어. 너의 부모님께서 분명히 기뻐하실게다."

"고맙습니다. 죄송하지만 교수님이 어머니께 전화로 좀 알려 주시겠어요?"

"대니, 아버지와의 드라마 같은 관계가 너무나 오랫동안 지속된 것 같구나. 이번이 화해할 좋은 기회인 것 같다. 화해를 하도록 해라."

랜도우 교수가 심각하게 대답했다.

"랜도우 교수님, 제발 이해해 주세요. 저는 돌아갈 수가 없습니다."

그렇게 말하고 있는 대니 로시의 목소리는 자꾸만 기어들어갔다.

22

섹스.

나는 아버지가 육체 노동이 무엇인지를 가르쳐 주기 위해 주선해 준 건설 현장에서 일했다. 여름 내내 땀을 흘리는 동안 정말 나는 많은 생각을 하게 되었다.

나의 룸메이트인 뉴얼과 위글스워드가 유럽의 해변에서 멋진 방학을 보내는 동안, 내가 한 일이라고는 고작 벽돌을 쌓는 일뿐이었다.

내 인생은 아직 실패하지 않았다. 나는 성공하고야 말겠다는 결심으로 3학년을 준비하기 위해 하버드로 돌아왔다. 사실 나는 용기가 없었기 때문에 아직 시도조차도 해보지 않았던 일이 하나 있었다.

나는 나의 동정을 떼어 버리려고 했다. 위글스워드와 뉴얼은 나에게 집에 가서 여러 나라 출신의 아가씨들과 함께 밤을 지냈던 이야기를 해주었다. 그렇지만 내부로부터 느껴지는 어떤 압력으로 인해 나는 그들에게 어떤 조언도 부탁하지 못하고 전화번호를 알려 달라는 말도 하지 못했다.

나는 엘리어트 하우스는 말할 것도 없고 포셸리언에서도 웃음거리가 될 게 분명했다. 절망에 사로잡혀서 스콜레이 광장 주위의 그 악명 높은 술집에 가볼까도 생각해 보았다. 하지만 도저히 혼자 갈 용기가 생기지 않았다. 게다가 그런 생각은 천박하기 이를 데가 없는 것이었다.

누가 나를 도울 수 있단 말인가?

그 해답은 내가 도서관에 다시 일하러 간 첫날 저녁에 분명해졌다. 왜냐하면 거기에는 자기 책상에 앉아 여느 때와 다름없이 미소를 보내는 테드 램브로스가 있었기 때문이다.

— 앤드류 엘리어트

이번에는 앤드류가 테드에게 부탁했다. 급히 할말이 있으니까 자기 방으로 와달라는 것이었다. 테드는 어리둥절할 수밖에 없었다. 왜냐하면 테드는 앤드류가 그렇게 흥분한 모습을 본 적이 없었기 때문이었다.

"무슨 일이야, 앤드류?"

"방학 잘 지냈어, 테드?"

"나쁘진 않았어. 한 이 주일 동안 사라를 만났어. 만약 그렇지 않았더라면 보통 때처럼 마라톤 식당에서 일만 했을 거야. 그건 그렇고, 문제가 뭐야, 앤드류?"

앤드류는 어떻게 말을 꺼내야 할지 몰랐다. 앤드류는 맥주 한 병을 다 비우고 나서야 입을 열었다.

“이봐, 테드. 반드시 비밀을 지키겠다고 약속할 수 있어?”

“너 지금 누구와 이야기하고 있다고 생각하는 거야? 우리 관계가 보통 관계야?”

앤드류는 맥주를 또 한 병 따서 단번에 들이켰다.

“너도 알겠지만 난 여덟 살 때부터 기숙사제 학교에 다녔어. 그래서 내가 만난 여자들이라고 해봤자 댄스 파티가 있을 때나 만났던 애들이 고작이야. 그러니까 까다롭고 쌀쌀맞은 여자들이지.”

“그래, 그 정도는 나도 알고 있어.”

테드가 맥주를 한 모금 마시고 나서 대답했다.

“네가 다닌 고등학교는 남녀 공학이었지?”

“응, 그건 돈이 없는 학생들이 가질 수 있는 장점이라고 할 수 있지.”

“그러니까 여자애들하고 같이 만나기 시작했을 때 너는 아주 어렸겠구나.”

“그래, 그랬을 거야.”

테드는 앤드류의 불안이 무엇인지 알지 못한다는 인상을 줄 정도로 무관심하게 대답했다.

“네가 첫 경험을 했을 때……. 내 말이 무슨 뜻인지 알겠지? 그 당시에 너는 몇 살이었지?”

“열여섯 살이었어.”

테드가 아무렇지도 않게 대답했다.

“프로였어? 그렇지 않으면 아마추어였어?”

“이봐, 엘리어트……. 왜 그런 일에 다 관심을 갖는 거지? 글로리아라는 아주 정열적인 2학년 아이였어. 네 경우는 어땠는데?”

“나?”

"네가 여자와 처음 섹스를 했을 때가 몇 살이었는데?"

"테드, 내 말을 들으면 넌 아마 무척 놀랄 거야."

앤드류는 망설이면서 잠시 뜸을 드리다가 겨우 입을 열었다.

"이건 너무 부끄러운 말이지만, 사실 내가 너에게 하고 싶었던 말은 내가 아직 총각이라는 거야."

이 말을 하고 나서 앤드류는 테드가 웃어 버리지나 않을까 몹시 초조한 기색이었다.

하지만 테드는 웃지 않았다. 잠깐 생각에 잠겨 있던 테드는 정말 동정어린 눈으로 앤드류를 바라보았다.

"너에게 무슨 신체적인 문제가 있는 거니?"

"나에겐 아무런 문제도 없어. 단지 내가 그것에 대해 두려움을 가지고 있다는 것이 문제라면 문제야. 난 사실 지난 몇 년간 수많은 데이트를 했었어. 그리고 몇 번은 조금은 도움이 되었지. 하지만 난 너무나 겁이 나서 그것을 실행에 옮기지는 못했어. 정말이지 솔직하게 말한다면, 난 내가 섹스를 하는 데 있어서 테크닉을 갖고 있는지 확신을 하지 못했기 때문이야. 난 『두려움이 없는 사랑』이라든지 『이상적인 결혼』 같은 책들을 모두 읽어 보았어. 하지만 난 너무 오랫동안 두려움에 사로잡혀 있었어. 그렇기 때문에 결정적인 순간에 가서는 아무것도 할 수가 없었던 거야. 내 말이 무슨 뜻인지 알겠어, 테드?"

테드는 마치 아버지가 아들을 대하는 태도로 앤드류의 어깨에 손을 얹었다.

"이봐, 친구. 자네는 축구팀에서 말하는 실전연습을 필요로 하는 것 같아."

"그래, 하지만 난 너에게 폐를 끼치고 싶진 않아."

"이봐, 앤드류. 그건 간단한 일이야. 케임브리지 주변에는 내 고등학교 동창 여자아이들이 많이 있어. 그 애들은 대부분 하버드생, 특히 엘리어트 하우스에 있는 학생과 데이트를 하고 싶어해."

"하지만 테드. 나는 어떻게 해야 하는지 잘 모르겠어. 먼저 레스토랑에서 식사를 하는 게 좋을까?"

앤드류가 두려움에 사로잡힌 듯한 목소리로 말했다.

"아니야, 앤드류. 술을 먹이거나 저녁을 사줄 필요는 없어. 그냥 네 방으로 초대한 다음 나머지는 자연스럽게 내버려두면 되는 거야. 그리고 걱정하지 말아. 내가 염두에 두고 있는 애는 아주 예쁘니까……."

"이봐, 테드. 너무 예쁜 계집애라도 안 돼. 너무 부담스러우니까……. 내 말뜻을 알아듣겠지?"

테드 램브로스는 웃음을 터뜨렸다.

"알았어, 앤드류. 내일 12시 15분에 브링햄 가게 앞에서 만나자. 그 아이스크림 집에 있는 금발의 점원은 정말로 화끈한 애야. 이런, 너무 늦었구나. 9시까진 가봐야 하는데……. 내일 보자."

테드가 자리에서 일어나면서 말했다. 앤드류 엘리어트는 어리둥절한 채 그대로 앉아 있었다.

앤드류는 모든 일이 그렇게 빨리 진척되기를 바라지는 않았다. 아직도 물어 보고 싶은 것이 수없이 많이 남아 있었는데도 테드는 가버린 것이다.

앤드류는 다음날 브링햄 상점 앞에서 테드를 기다렸다. 신경이 예민해져 있던 앤드류는 테드가 나타나자 먼저 화부터 냈다.

"왜 이렇게 기다리게 해? 내가 얼마나 오래 기다리고 있었는지 알아?”

“이봐, 난 시간에 딱 맞춰 온 거야. 정오까지 수업이 있었다구…….
도대체 왜 그래? 자, 들어가기나 하자.”

“기다려, 램브로스. 내가 어떻게 해야 하는지 알아야 하잖아?”

“잘 들어, 엘리어트. 나하고 같이 안으로 걸어 들어가서 아이스크림
을 주문해. 그리고 주위에 아무도 없을 때 내가 너에게 로레인을 소개
시켜 주겠어.”

테드가 부드럽게 대답했다.

“로레인이 누구야?”

“바로 널 낙원으로 데려다 줄 여자야, 이 멍텅구리야. 그 애는 정말
좋은 애야. 그리고 하버드생을 사랑하지.”

“하지만 테드, 내가 뭐라고 말해야 하지?”

“그냥 너의 그 매력적인 미소를 보내고 오늘 오후에 술이나 한잔 하
자고 말해. 그러면 로레인은 틀림없이 좋다고 대답할 거야.”

“어떻게 그럴 거라고 확신하지?”

“왜냐하면 로레인은 자기 인생에서 지금까지 ‘안 돼요’ 라고 대답한
적이 한 번도 없으니까…….”

테드와 앤드류가 카운터에 도착했을 때 로레인이 다가왔다. 테드가
거짓말을 하고 있지 않다는 것은 분명했다.

로레인은 정말로 아름다운 여자였다. 로레인이 몸을 앞으로 구부리
고 테드와 다정스럽게 이야기를 하는 동안, 앤드류는 부주의하게 풀어
헤쳐진 그녀의 유니폼에서 눈을 뗄 수가 없었다.

맙소사! 아니, 그 일이 정말 나에게 일어날 수 있을까?

앤드류가 다른 생각을 하고 있을 때 로레인이 입을 열었다.

"그래, 집이 어디죠?"

"엘리어트 하우스입니다."

앤드류가 어색한 미소를 지으면서 대답했다. 그때 테드의 팔꿈치가 옆구리에 와 닿는 것이 느껴졌다.

"당신을 초대하고 싶은데……. 오늘 오후에 한번 오지 않겠어요?"

"네, 그렇게 하죠. 4시에 문 앞에서 만나기로 해요. 그럼, 손님이 와서 나는 그만 가봐야 할 것 같아요."

로레인이 활짝 웃으면서 대답했다.

"어때, 준비는 다 되었니?"

테드가 앤드류의 어깨를 두드리면서 물었다. 앤드류는 그때까지도 정신이 없었다.

"준비라니, 테드? 난 사실 아무런 준비도 되어 있지 않아. 몇 가지만 더 말해 주지 않겠어? 그러니까 처음에 어떻게 해야 하는 건지에 대해서 말이야."

앤드류는 테드에게 간청하듯이 말했다. 테드와 앤드류는 오후 수업을 마치고 물밀듯이 밀려나오고 있는 학생들 사이에서 멈추어 섰다.

"앤드류. 그냥 자연스럽게 말해. '로레인, 우리 침실로 가서 노는 게 어때?' 하고 말이야."

테드가 앤드류의 어깨에 손을 올리고 다정스럽게 말했다.

"그건 좀 무례하지 않을까?"

"맙소사, 엘리어트. 그 애는 도리스 데이가 아니라고! 내 말은 로레인이 하버드대학생과 섹스를 하는 것을 정말로 좋아한다는 말이야."

"정말이야?"

“그래.”

테드는 대답하고 나서 주머니에 손을 집어넣어 무엇인가를 꺼내어 앤드류의 손에 쥐어 주었다.

“이게 뭐야?”

“제일 좋은 거야. 그건 트로얀 회사에서 만든 ‘콘돔’ 이라는 거야.”

테드가 미소를 지으면서 대답했다.

23

9월이 되었다. 대니 로시는 이 세계와 자신에 대한 새로운 시각을 가지고 케임브리지로 돌아왔다.

아더 루빈스타인은 대니의 피아노 솜씨를 칭찬했다. 대니는 단지 몇 분 동안이었지만, 오케스트라를 지휘하기도 했다. 완벽한 음악가가 되기 위해 이제 남은 것은 진지하게 작곡을 시작하는 일뿐이었다.

월터 피스톤 교수는 약속대로 대니를 자기 세미나에 받아 주었다. 대니도 진지하게 공부하기 시작했다.

하지만 대니는 '학생' 이라는 고삐에서 벗어나고 싶은 충동을 점점 더 억제할 수가 없게 되었다. 대니는 이제 어떤 유명한 사람의 제자로서 알려지기에 충분한 자격을 갖고 있었다.

하지만 이제부터 대니는 그런 명성에서 벗어나고 싶었다. 대니는 자기 자신이 위대한 사람이 되고 싶었으며 그렇게 될 준비도 하고 있었다.

작곡 세미나는 대니를 실망시켰다. 왜냐하면 그것은 지나간 거장들을 유형에 따라 분류하고, 그것에 따라 훈련하는 과정뿐이었기 때문이다. 대니가 제한적인 과제물에 대한 불만을 털어놓았을 때, 피스톤 교수는 그러한 방법론에 대해 명백하게 인식시켜 주려고 했다.

"소설을 쓰건 작곡을 하건, 모든 위대한 창작인들은 모방으로부터 시작한다네. 그것을 통해서 자기 나름대로의 형태를 만들어 내기 때문이지. 대니, 인내심을 갖도록 하게. 젊은 모차르트도 처음에는 하이든의 흉내를 내었고, 심지어 베토벤까지도 모차르트를 모방했었어. 감정에 이끌리지 않도록 하게."

대니는 그 말을 들으면서 한 귀로 흘려 버리고 있었다. 대니의 머릿속에는 그해 여름 탱글우드에서 있었던 일들이 떠올랐다. 단지 의무감으로 피스톤 교수가 제시하는 모든 과제를 수행해 가면서, 대니는 자기 자신의 음악적 기질을 표현할 수 있는 돌파구를 찾기 시작했다.

그런 가운데 좋은 기회가 다가왔다. 책상에서 논문을 쓰고 있던 어느 날 오후에 전화벨이 울린 것이다.

"대니 로시입니까?"

조금 긴장한 듯한 여자의 목소리였다.

"네, 바로 접니다."

"마리아 파스토레라고 해요. 래드클리프 댄스 클럽의 회장입니다.

너무 건방지다고 생각하지는 말아 주세요. 우리 클럽은 이번 봄에 창작 발레를 공연하려고 합니다. 자연스럽게도 당신의 이름이 제일 먼저 떠오르더군요. 부담스럽다고 생각하실 줄 알아요. 미안합니다. 그러면 그만 전화를……."

"아, 아닙니다."

대니가 전화를 끊으려는 상대방을 다급하게 불렀다.

"무척 흥미롭군요."

"네, 감사합니다."

"누가 안무를 담당하죠?"

"예, 저어 바로 저예요. 완전한 초보자는 아니에요. 전 마르타 그레이엄에 대해서 공부했고 그리고……."

마리아 파스토레는 수줍은 듯한 목소리로 말했다.

"우린 똑같이 학생이 아닙니까? 엘리어트에서 함께 저녁을 하면서 상의하는 게 어떨까요?"

대니가 지나치게 위엄을 갖추면서 말했다.

"아, 그것도 좋겠군요. 그럼 5시 30분경에 교육장 사무실 근처에서 만나도록 하죠."

"아닙니다. 5시가 어떨까요? 식사하기 전에 내 방에서 그 일에 대해 잠시 이야기를 하도록 합시다."

대니는 마음 속으로 이 마리아라는 여자가 아주 못생겼다면 결코 엘리어트 하우스의 식당에 데리고 가지 않을 거라고 생각했다.

"당신 방에서요?"

다시 마리아의 목소리가 조금 떨리기 시작했다. 대니는 될 수 있는 대로 상냥한 목소리로 대답했다.

“네, 그래요. 내 방에는 피아노가 있거든요. 그렇지 않으면 페인 홀에서 만날 수도 있을 겁니다. 하지만 난 꼭 피아노가 옆에 있어야 해요.”

“아, 아니에요. 그렇게 하죠.”

마리아 파스토레가 황급히 대답했다. 그리고 잠시 뜸을 들인 후에 다시 입을 열었다.

“그래요. 당신 방이 좋겠어요. 그러면 수요일 5시에 가겠습니다. 전 이 문제에 대해 무척 기대에 부풀어 있어요. 고마워요.”

마리아라는 여자는 작별 인사를 하고 전화를 끊었다. 대니는 지금부터 자신이 얼마나 흥분하게 될지 상상해 보았다.

9월 14일 수요일 5시 정각에 대니 로시의 방문을 노크하는 소리가 들려왔다.

“잠깐만 기다리세요.”

대니는 넥타이를 바로 매면서 소리쳤다. 그런 다음에 코를 벌렁거리면서 방 안의 냄새를 맡았다. 면도를 한 후 올드 스파이스 로션을 너무 많이 발랐기 때문에 방은 온통 로션의 향기로 가득 차 있었다.

대니는 창가로 달려가서 창문을 조금 열어 놓은 다음 방문을 열었다.

“안녕하세요?”

문 앞에서 마리아 파스토레가 대니에게 인사를 보냈다.

마리아의 키가 너무 컸기 때문에 대니는 첫눈에 그녀의 얼굴을 보지 못했다. 하지만 고개를 들기 전에 처음 눈에 들어온 것도 바라보기에 무척 흥미로운 부분이었다.

마리아는 매우 아름다웠다. 길고 검은 머리카락이 그녀의 크고 깊은 눈가를 덮고 있었다. 두 사람은 그날 밤 엘리어트에서 식사를 함께 할 것이다. 주위 사람들이 고개를 들고 탄성을 연달아 터뜨릴 것이라는 사실은 의심할 여지가 없었다.

"이렇게 시간을 내주셔서 고맙습니다."

마리아는 흥분해서 제대로 말을 잇지 못하고 있었다.

"별말씀을……. 나도 그 일에 대해 많은 관심을 갖고 있습니다."

대니 로시는 으스대면서 대답했다.

"전 아직 당신에게 충분히 말씀드리지 않았는데요?"

마리아 파스토레가 수줍게 대답했다.

"아, 내 말은 발레 음악을 작곡한다는 것이 무척 흥미 있다는 겁니다. 저, 코트를 받아 드릴까요?"

"괜찮아요. 여긴 조금 춥군요."

"아, 네. 전 신선한 공기를 좋아합니다. 머리를 맑게 해주거든요."

대니는 급히 창문으로 걸어가면서 대답했다.

창문을 닫은 대니는 마리아에게 앉으라고 권했다. 마리아가 자리에 앉은 다음에도 그들의 대화는 제대로 풀리지 않았다. 대니는 그것이 단지 겨울의 차가운 날씨탓만은 아니라고 생각했다.

"술 한잔 드시겠어요?"

대니가 정중하게 물었다.

"괜찮아요. 술은 무용가에겐 좋지 않아요."

"내 말은 백포도주를 한 잔 하는 것이 어떻겠느냐는 것입니다."

대니는 '위스키는 흥청거리게 하고 백포도주는 결혼하게 만든다' 라는 하버드의 속담을 믿고 있었다.

"전 알콜류는 좋아하지 않아요."

마리아는 사과하는 듯한 어조로 말했다.

"콜라는 어때요?"

대니가 다시 물었다.

"네, 좋아요."

대니가 발레에 대한 마리아의 생각을 듣는 동안, 자기가 그녀를 바라보면서 눈으로 그녀의 옷을 하나씩 벗기고 있다는 것을 눈치채지 않을까 궁금했다. 하지만 사실 마리아는 너무 긴장하고 있었기 때문에 거의 아무것도 눈치챌 수 없었다.

마리아가 발레에 대한 자기 생각을 피력하는 데에는 30여 분이 걸렸다. 마리아는 『아르카디아』라고 부를 발레 시나리오를 만들기 위한 자료를 모으면서 테오크리토스의 전원 문학과 버질의 전원시를 살펴보았다. 그리고 로버트 그레이브스의 『그리스 시노하』에서 몇 가지 부분을 발췌하기도 했다.

주연 무용수는 양치기로 하고 희극적 요소를 집어넣기 위해 요정을 쫓아 무대 위를 오르락내리락하는 작은 사티로스를 넣을 수 있게 되어 있었다. 대니는 멋진 발상이라고 생각했다. 이것은 정말로 획기적인 계획이 될 것 같았다.

그 다음날 점심식사를 하고 있을 때였다. 대니가 모르는 어떤 학생들이 어젯밤 대니의 저녁 데이트 상대자가 아주 아름답다고 이야기하면서 지나갔다. 대니는 으쓱한 기분으로 미소지었다. 대니는 그들이 이 엘리어트 하우스에서 그런 여자는 전혀 본 적조차 없었을 거라고 생각했다.

"이봐, 대니. 그 여자하고 재미 좀 봤니?"

어떤 무례한 녀석들은 곧장 대니에게 다가와서 이렇게 물었다. 대니는 마리아 파스토레의 명예를 지켜 주어야 한다는 생각 때문에 모든 것을 자세히 말해 주지는 않았다. 하지만 사실 대니는 래드클리프까지 마리아를 바래다주면서 아마 그녀와 한 번도 키스를 나누지 못할 거라고 생각했다. 마리아는 키가 너무 컸다. 그리고 그들이 세우고 있는 계획으로 인해 앞으로도 방에 마리아를 여러 번 초대하겠지만, 대니는 어떤 진전의 기회도 갖지 못할 것만 같았다.

왜냐하면 마리아 파스토레는 5피트 10인치의 키에 눈같이 흰 피부를 가진 여자로, 자기보다 작은 사람들과는 단지 플라토닉한 친구로서만 지낼 것 같았기 때문이었다.

24

11월 12일

명문 사립고등학교 출신 학생들은 항상 냉정하며 침착하다는 이미지가 널리 퍼져 있다. 하지만 그것은 그릇된 생각이다. 사람들은 그들이 나쁜 짓을 하지도 않고 땀을 흘리지도 않으며 머리가 헝클어진 채로 다니지도 않는다고 생각한다.

분명히 그것은 잘못된 생각이다. 보통 사람과 다를 바 없이, 그들에게도 눈이 있고 손이 있으며 정열이 있다. 만약 그들을 바늘로 찌른다면 피가 나올 것이고, 그들에게 상처를 준다면 울음을 터뜨릴 것이다.

나의 오랜 친구이며 룸메이트인 마이클 위글스워드는 보스턴의 명문가의 출신으로서 키가 크고 잘생기고 아주 좋은 녀석이다. 하지만 동료들이 위글스워드에게 진심에서 우러난 애정을 표현하고 포크에 있는 친구들 혹은 엘리어트 하우스의 친구들이 그를 진심으로 찬사한다고 해도 그의 마음에 생기를 찾아줄 수는 없었다.

위글스워드가 주말에 페어필드의 집에 갔을 때, 그의 약혼녀는 나이가 서른이 다 된 다른 남자와 결혼하기로 했다고 말했다. 위글스워드는 이것을 아주 침착하게 받아들이는 것 같았다. 최소한 그는 다시 학교에 돌아왔던 것이다.

그런데 어느 날 저녁이었다. 식당에서 사람들이 배식을 받으려고 줄을 서 있었다. 위글스워드가 배식을 받을 차례가 되었을 때 그는 싱글싱글 웃으면서 배식원에게 이렇게 말했다.

"내가 크리스마스 때 쓸 칠면조를 죽이도록 하겠어요."

위글스워드가 미소를 짓고 있었기 때문에 배식원도 농담으로 알아듣고 따라 웃었다.

하지만 잠시 후에 위글스워드는 가방을 열고 도끼를 꺼내 들었다. 그런 다음에 도끼를 마구 휘두르면서 마치 칠면조를 뒤쫓는 것처럼 식당을 이리저리 휘젓고 다녔다.

식탁이 뒤집어지고 접시가 날아다녔다. 식당에 있던 사람들은 아우성을 치면서 이리저리 흩어졌다. 어떤 사람이 수위를 불러왔다. 하지만 수위도 위글스워드를 진정시킬 수가 없었다.

몇 분 후에 수위가 천천히 위글스워드에게 다가가서 도끼질을 다 끝마쳤는지 침착하게 물어 보았다.

"칠면조는 다 잡았나요?"

이 순진한 질문에 위글스워드는 도끼 휘두르는 것을 멈추고 주위를 둘러보았다. 위글스워드는 금방 대답하지 않았다. 위글스워드는 자기 자신도 분명히 알지 못하는 어떤 목적으로 인해 자신의 손에 살인 무기가 쥐어져 있다는 사실을 점차 인식하고 있었다.

"자, 이제 그 물건을 나에게 주게."

휘트니 교수가 마이클 위글스워드에게 다가가서 매우 침착하게 도끼를 달라고 말했다. 위글스워드는 아주 예의바른 친구였다. 위글

스워드는 곧 휘트니 교수에게 도끼를 건네주면서 예의바르게 대답
했다.

"여기 있습니다, 포터 박사님."

그때 보건소에서 두 사람의 의사가 나타났다. 그들이 마이클 위글
스워드를 데리고 갈 때, 포터 교수는 함께 병원에 가겠다고 주장했
다.

나는 면회가 허락되자마자 위글스워드를 찾아갔다. 하버드의 헤
라클레스가 무력하게 누워 있는 것을 보자, 내 마음은 찢어질 듯이
아팠다. 웃어야 할지 울어야 할지 알 수가 없었다. 친구를 위해 도대
체 내가 할 수 있는 일이 무엇이 있단 말인가?

의사는 위글스워드에게 '충분한 휴식'이 필요하다고 말했다. 달리
말하자면, 그들은 위글스워드가 언제 어떻게 회복될 것인가를 전혀
모르고 있었던 것이다.

— 앤드류 엘리어트

핀리 교수가 앤드류를 자기 사무실로 부른 것은 마이클 위글스워드
가 엘리어트 하우스를 떠난 지 열흘이 지난 뒤의 일이었다.

두 사람의 대화는 예전과 다름없이 핀리 교수가 엘리어트의 성을 여
러 가지 음색으로 중얼거리는 것으로 시작되었다.

핀리 교수는 혼자서 중얼거리다가 이렇게 말했다.

"엘리어트 군, 나는 자네의 가문이 아주 훌륭하다고 생각하네. 자네
도 그 가문의 후손으로서 아주 뛰어난 자질을 갖추고 있어."

핀리 교수는 잠시 동안 앤드류를 응시하다가 다시 말을 이어나갔다.

"나는 위글스워드의 운명에 대해 몹시 괴로워하고 있어. 그 문제로 인해 한참 동안 고민해야만 했다네. 진작에 내가 알아차릴 수도 있는 징조들이 있었어. 하지만 난 항상 위글스워드를 진실한 아약스라고 생각했지."

앤드류는 아약스가 무엇을 뜻하는 말인지 알아듣지 못했다. 앤드류가 '아약스'에 대해 알고 있는 뜻은 거품 세제라는 것뿐이었다.

핀리 교수가 말을 계속하고 있었다.

"엘리어트, 자네도 알겠지만 아약스는 아킬레스 다음 가는 아카이아 인들의 방패였어."

"네, 위글스워드는 정말로 훌륭한 방패였습니다."

앤드류가 고개를 끄덕이면서 대답했다.

"난 매일 아침 학생들이 내 창문을 지나갈 때마다 위글스워드를 보곤 했어. 그는 정말 원기왕성해 보였지."

"그들은 이제 위글스워드를 잃게 될 겁니다."

"우리 모두 마찬가지야. 우리도 역시……."

핀리 교수는 백발이 다 된 머리를 좌우로 흔들며 말했다. 교수는 목이 메인 듯 잠시 말을 잇지 못하다가 다시 엘리어트의 이름을 불렀다.

"엘리어트 군."

"네, 교수님."

"마이클 위글스워드는 하버드를 떠나게 되었다네. 그래서 우리 기숙사와 우리 마음 속에는 빈자리가 하나 생기게 되었네. 정말 가슴 아픈 일이지."

앤드류는 천천히 고개를 끄덕였다.

"그렇습니다."

엘리어트 하우스의 식당은 크리스마스 휴가 동안에도 계속 개방되어 있었다. 크리스마스 휴가 동안 케임브리지에 머물러야 하는 불쌍한 영혼들에게 먹을 것을 제공해 주기 위해서였다.

그러나 그것은 비단 기숙사에 머무르는 학생을 위해서만은 아니었다. 캠퍼스 전체에서 몰려드는 각 학부의 재학생들에게도 먹는 문제는 중요했기 때문이다. 식당을 찾는 손님들의 대부분은 졸업논문을 준비하느라고 열병에 걸린 듯이 분주한 4학년 학생들이었다. 그 중에는 고향을 멀리 떠나 온 신입생들도 있었고, 버스 요금을 마련할 길이 없어 고향에 가지 못하는 학생들도 포함되어 있었다.

그러나 진정한 공부벌레들도 있었다. 학생들은 저마다 크리스마스 동안에 특별히 추운 케임브리지에 남아 있어야 할 특별한 이유를 갖고 있었다.

대니 로시도 그런 학생들 가운데 한 사람이었다. 대니 로시는 학과 공부에서 해방되어 모든 정열을 〈아르카디아〉의 작곡에 쏟아부을 수 있게 된 것을 오히려 환영했다.

휴가 중의 학교는 아주 조용했다. 눈 내린 교정 어디에서도 대니의 집중력을 방해하는 고함 소리는 들리지 않았다. 대니는 마리아 파스토레에게 깊은 인상을 주기 위해서 새해 전까지는 악보를 모두 완성하겠다고 약속했다.

대니는 새벽부터 밤늦게까지 신들린 사람처럼 일에 몰두했다. 대니의 머릿속에 한 개의 테마가 기적처럼 떠올랐다. 그것은 목동의 테마로 애조에 찬 사랑의 노래였다.

그것은 마리아 파스토레에 대한 대니의 연정에서 태어난 멜로디였다. 나머지를 완성하는 데에 무척이나 애를 먹었지만 차츰 악보는 완성되었다. 그것은 대니가 지금까지 작곡한 것 중에서 가장 뛰어난 작품이었다.

휴가를 작곡에 대한 헌신으로 보낸 것은 또 다른 이유에서도 무척 편리한 것이었다. 대니의 어머니가 최근에 보낸 편지에는 휴가를 집에서 보내면서 아버지와 화해를 하라는 재촉뿐이었다. 그렇지만 중요한 과제가 아버지와의 대면을 기피할 수 있는 정당한 구실을 제공해 주었던 것이다.

대니는 크리스마스 휴가 동안 육체적으로 뿐만 아니라 정신적으로도 자신을 절제하고 있었다. 새로운 발레곡에 대한 대니의 강박 관념이 모든 감정마저도 단절시켜 버렸던 것이다.

대니는 가족과 함께, 특히 어머니와 함께 크리스마스를 지내고 싶은 지극히 자연스러운 욕망조차도 잊어버릴 수 있었다. 그리고 마리아에 대한 감정도, 그토록 사랑스럽고 그토록 갖고 싶은 감정까지도 모두 잊을 수 있었다.

대니는 고통 속에서도 이성을 찾으려고 안간힘을 썼다. 나는 그 고통을 악보에 담을 것이다. 정열은 예술에 영감을 줄 수 있다. 그러나 이 경우에 있어서 정열을 음악으로 승화시키려는 대니의 시도는 오히려 그 정열을 더욱 부채질하는 것이었다.

대니는 조금 전에 작곡한 것을 열심히 검토하고 있었다. 대니는 자신이 고독하다는 사실에 대해서도 거의 의식하지 못하고 있었다. 자정 무렵이 되자 대니는 비로소 여유를 가질 수가 있었다.

대니는 악보를 옆으로 밀어 놓고 피아노 앞에 앉아 크리스마스 캐롤

을 연주하기 시작했다. 대니의 방 창문이 약간 열려 있었기 때문에 캐
롤은 어두운 교정을 가로질러 울려 퍼졌다.

"여보세요, 아버지? 제이슨이에요. 좋은 소식을 알려 드리려구요."

"무슨 소리인지 잘 안 들린다. 주위에서 심한 소음이 들리는구나. 도
대체 어디에서 전화를 하는 거냐?"

"소음이 아니에요, 아버지. 테니스 팀 선수들이 모두 제 방에 모여
있어서 그런 겁니다. 방금 투표를 했는데 제가 주장으로 뽑혔어요. 투
표 결과가 좀 뜻밖이긴 하지만……."

"정말로 축하해야 할 일이구나! 네 어머니에게도 이 기쁜 소식을 빨
리 전해 주어야 되겠구나. 네가 정말 자랑스럽다. 하지만 이건 겨우 시
작에 불과한 거란다, 제이슨. 네가 더욱 성공하기를 빌겠다."

제이슨은 수화기를 내려놓으면서 다소 무엇이라고 표현하기 힘든 착
잡한 감정을 느꼈다. 아버지의 마지막 한마디가 제이슨의 마음을 산란
하게 만들었던 것이다.

제이슨이 전화를 건 것은 자신이 거둔 대단한 성공을 아버지에게 알
리기 위한 것이었다. 그런데 아버지는 분명히 기뻐하긴 했지만 자기
아들이 훨씬 더 큰 성공을 거두길 바라는 매우 미묘한 기대를 하고 있
었던 것이다. 아버지의 욕심은 도대체 어디에서 끝날 것인가?

"야, 주장! 아직도 정신이 말짱하냐?"

뉴얼이 제이슨에게 짓궂게 한마디했다.

"물론이지. 내 친구들이 전부 술고래라는 걸 우리 아버지에게 알려
줄 필요는 없잖아? 비록 그게 사실일지라도 말이야."

제이슨은 이렇게 말한 후에 미소를 지어 보였다. 그 순간 그곳에 모

여 있던 친구들은 한바탕 웃음을 터뜨리며 동감한다는 뜻으로 박수를 보냈다.

제이슨의 작은 방 안에는 열두 명이나 되는 테니스 팀 선수들이 모여 있었을 뿐만 아니라 자주 찾아오는 테드와 사라를 포함한 몇 명의 특별 손님까지 자리를 함께 하고 있었다. 앤드류 엘리어트는 그들에게 하버드대학의 운동 선수들과 직접 만날 볼 수 있는 기회를 제공해 주고 싶었기 때문이다.

테니스 팀 선수들이 술잔을 부딪치면서 축배를 들었다. 그것은 새로 선출된 주장을 위한 축배였다. 그들 가운데 가장 언변이 좋은 사람은 옛날의 주장이었던 토드 앤더슨이었다. 토드 앤더슨의 테니스 실력은 팀에서 세 번째 정도였다.

토드는 자기가 들고 있는 술잔을 높이 치켜올리면서 그 모임에 어울리는 축사를 했다.

"사랑하는 제이슨 길버트 주장을 위해서 건배! 일류 놈팡이와 타의 추종을 불허하는 호색가를 위해서 건배! 침대 위에서 바지를 벗어 던지듯이 코트에서 멋지게 공을 날리는 선수가 되길 기원하면서!"

7시가 지나자 파티에 남아 있던 선수들은 자리를 털고 일어났다. 그들은 이미 약속되어 있는 헤이스티 푸딩 클럽을 향해 케임브리지 가로 걸어갔다.

하버드 테니스 팀의 선수들은 마치 기사들처럼 홀리요크 가를 향해 마운트 다우번 가를 행진하면서 대학 내에서 가장 인기 있는 응원가를 바꾸어 부르며 합창했다.

제이슨과 함께 연승하면서
빛나는 승리를 장식하는데
불쌍한 예일의 패배자들은
눈물을 흘리면서 탄식한다네.

푸딩 클럽의 나무 계단을 올라가는 동안까지만 해도 그들은 모두 무척 점잖은 편이었다. 그들은 연극포스터들이 너덜너덜 나붙어 있는 계단을 지나 디키 뉴얼이 예약해 놓은 대형 테이블이 있는 곳으로 들어갔다.

그들은 제이슨을 상석에 앉히고 그에 대한 찬사를 아끼지 않았다. 제이슨의 탁월한 지위가 여러 선수들에 의해 칭송을 받게 되자, 자연히 그 클럽에 모인 다른 손님들의 시선이 제이슨에게 집중되었다.

식당 안에 있던 여자 손님들은 다른 선수들에게는 몹시 서운한 일이었지만 그날의 주인공에게만 계속해서 미소를 던지고 있었다. 제이슨은 천진스러운 미소로 그들에게 답례했다.

10시경이 되었을 때 제이슨과 앤드류, 그리고 디키 뉴얼은 엘리어트 하우스로 돌아가려고 했다.

"이봐, 오늘 식사 시간에 토드 앤더슨이 보이지 않았어. 그 녀석이 파티에 참석했었나?"

제이슨이 뉴얼에게 물어 보았다.

"제이슨, 토드가 푸딩 클럽의 회원이 아니라는 사실을 몰라?"

뉴얼이 술 때문에 상기된 표정으로 말했다.

"어째서?"

제이슨은 그렇게 인기 있는 선수가 상급생들의 3분의 1이나 차지를 하고 있는 푸딩 클럽에 참석하지 않는 것에 대해 놀라면서 물었다.

"앤더슨은 흑인이잖아?"

뉴얼이 의아스러운 표정을 지으면서 반문했다.

"그게 어때서?"

"제이슨, 푸딩 클럽은 네 생각처럼 그렇게 너그러운 곳이 아니야."

개인적인 승리의 밤을 맞이하긴 했지만, 제이슨은 외면적으로는 동등한 것처럼 보이는 하버드조차 여전히 불평등이 존재하는 곳임을 다시 한번 절감했다.

25

사무엘 엘리어트 모리슨 교수는 하버드대학의 가장 저명한 교수들 가운데 한 사람이었다. 게다가 사무엘 교수는 가장 많은 저서들을 출판하고 있었다.

해군에 관한 역사와 하버드대학의 연대기에 관한 저술로도 유명한 사무엘 교수는 그 이름의 가운데 글자 때문에 앤드류 엘리어트와는 모호한 관계를 맺고 있었다.

앤드류는 거의 3년 동안이나 마치 꿀을 찾는 벌처럼 전공과목을 바꾸고 있었다. 영어학도 전공해 보았고 미국사도 전공해 보았으며 경제학에도 몇 주일 동안 관심을 가져 보았다.

그러나 지금 앤드류를 맡고 있는 강사가 그에게 최후의 통첩을 보내왔다. 그래서 이제 앤드류는 전공과목 하나를 선택해 거기에 매달려야만 했다. 무엇이 되었든 간에 전공과목을 이수해야만 하버드대학을 졸업할 수가 있었다.

그 사실을 너무나 잘 알고 있는 앤드류는 몹시 당황한 나머지 사무엘 교수의 조언을 구하기로 했다. 앤드류 엘리어트는 용기를 내어 사무엘 엘리어트 모리슨 교수에게 편지를 보냈다.

그런데 놀랍게도 그 훌륭한 교수에게서 방문해도 좋다는 답장이 날아왔다. 사무엘 교수의 연구실은 와이드너 서고 깊숙이 자리잡고 있었다. 사무실의 사방 벽에는 각종 지도가 붙어 있었다.

"학생을 만나게 되어 정말 반갑군. 고인이 된 존 엘리어트가 살아 있는 것 같아. 난 학생의 아버지를 대학 시절부터 잘 알고 있어. 학생의 아버지에게 나의 식민지 역사에 관한 연구를 도와 달라고 한 일이 있었지. 그런데 학생의 아버지는 은행 업무에만 관심을 가지고 있었다네."

"네, 맞습니다. 아버지는 돈을 좋아하시는 편이니까요."

앤드류가 정중하게 대답했다.

"그렇다고 나쁠 것까지는 없어. 그는 박애주의자였기 때문에 이 대학을 세우는 일에 많은 도움을 주었으니까……. 그런데 학생은 전공이 뭐지?"

"저의 문제가 바로 그것입니다. 저는 현재 3학년입니다. 그러나 아직도 전공을 결정하지 못했습니다."

"대학을 졸업하고 나면 무슨 일을 하고 싶은가?"

"우선 병역을 마쳐야만 하겠지요."

"엘리어트 가문은 오랫동안 해군에서 복무했지."

"네, 맞습니다."

그러나 앤드류는 바로 그러한 이유 때문에 육군에 입대할 생각을 갖고 있다는 말을 하지는 않았다.

"그 후에는 어떻게 할 셈인가?"

"아버지는 제가 은행가가 되었으면 하십니다."

앤드류는 4년 후에 막대한 돈을 물려받게 될 것이다. 그러므로 증권과 관계가 있는 곳을 찾아갈 필요가 있다. 사실 그러한 곳은 은행 업무를 담당하는 곳이 아니면 어디겠는가?

"그렇다면 학생은 좋은 직장을 갖게 되겠군. 학생은 가업을 번창하게 해줄 수 있는 전공을 선택해야 할 거야. 학생의 가문에 관해 생각해 본 일이 있나?"

"아버지는 항상 족보에 관해 말씀하셨지요. 아주 어렸을 때부터 저희 가문의 전통적 유산에 관한 이야기를 들었습니다. 하지만 솔직히 말씀드려서, 저에게는 전혀 어울리지 않는 말씀이셨어요. 저는 존 엘리어트가 인디언들에게 사도와 같은 직분을 담당했고 위대한 찰즈는 하버드대학 총장이었다는 이야기를 들으면서 자랐지만 그런 가문의 이야기는 저를 숨막히게 했을 뿐입니다."

"하지만 자네는 몇 세기에 걸친 역사를 공부한 셈이야. 독립 전쟁에 관한 이야기도 들었나? 그때 모든 엘리어트 가문에 속한 사람들은 '인간이 영혼을 시험하는 시기'를 살았어."

사무엘 교수는 생각에 잠기면서 말했다.

"엘리어트 가문에 속한 사람들은 구식 총을 들고 벙커 힐에서 싸웠다고 알고 있습니다."

교수는 미소를 지어 보였다.

"그런데 내가 자네에게 한 가지 알려 줄 게 있어. 18세기의 엘리어트 가문에 속한 사람들은 일기를 훌륭하게 쓰는 사람들이었지. 우리는 그들이 독립 전쟁이 벌어지는 동안 무엇을 보았고 어떻게 행동했지를 그들이 남긴 기록만으로도 알 수가 있네. 그것도 상당히 많은 부분을……."

"엘리어트 가문의 한 사람으로서 저는 그 당시 하버드대학 졸업생들이 무슨 일을 했는지 연구하는 데 큰 흥미를 느끼고 있습니다. 그것은 대학 3학년 학생에게는 무척 흥미로운 과제니까요."

이 대목에서 앤드류는 자신의 생각을 사실대로 고백해야만 했다.

"저의 학업 성적이 별로 좋지 않다는 사실을 말씀드려야만 하겠군요. 그래서 학위 논문을 쓸 수 없게 될 것 같습니다."

위대한 역사가 엘리어트는 미소를 지었다.

"앤드류 군, 그렇다면 참된 교육의 본질을 알아야 하겠군. 나에게 개인 지도를 받도록 하게. 우린 함께 엘리어트 가문의 일기를 살펴볼 수 있을 거야. 물론 학점에 관계되는 것은 아니야. 그러나 그러한 일기들을 한 번 읽어 보는 것은 조상들에게 조금은 보답이 될걸세."

앤드류가 사무엘 교수의 연구실을 나올 때 그는 의기양양한 표정을 짓고 있었다. 이제는 학위를 받을 수 있게 되었을 뿐만 아니라 참다운 교육을 받을 기회까지도 얻은 셈이었다.

대니 로시는 기분이 좋지 않았다. 대니는 〈아르카디아〉의 준비 연습을 빨리 끝내고 싶었다. 그 발레가 어서 공연되어 막이 내리기를 바랬던 것이다. 그렇게 되면 마리아 파스토레를 두 번 다시 볼 필요가 없게 될 것이다.

그러나 대시는 다른 한편으로 공연의 준비 과정이 영원히 계속되었으면 하고 기원했다. 2월과 3월에는 주일마다 오후 시간을 이용해 여섯 번씩 피아노 앞에 앉아 있어야만 했다. 그것도 서너 시간씩이나 말이다.

그동안 마리아는 열심히 발레를 하면서 다른 댄서들에게 맹연습을 시켰다. 그러다가 이따금씩 피아노 앞에 다가와서 작곡가의 의견을 묻

기도 했다.

한 가지 문제가 되는 것은 마리아가 입고 있었던 파란 타이츠였다. 아니, 타이츠를 탓할 필요는 없을 것이다. 대니의 마음을 마구 흔들고 그의 애간장을 태우는 것은 마리아의 몸매였으니까…….

가장 참기 어려운 순간은 발레 연습에 대한 의논을 끝내고 나서 식사를 하러 갈 때였다. 마리아와 다른 댄서들간의 대화는 몇 시간씩이나 계속되곤 했다. 마리아는 부드러우면서도 정열적인 여자였다. 괴롭게도 그러한 저녁 시간은 점점 데이트의 성격을 띠어 가고 있었던 것이다.

마리아가 독감에 걸렸을 때, 대니는 학교 구내 진료소로 그녀를 찾아갔다. 대니는 마리아의 침대 곁에 앉아서 실없는 이야기를 늘어놓으면서 그녀의 원기를 북돋아 주려고 노력했다.

마리아 파스토레는 웃음을 터뜨리며 대니의 말을 받아주었다. 대니가 떠나려고 자리에서 일어설 때 마리아가 이렇게 말했다.

“대니, 고마워요. 당신은 나의 진정한 친구예요.”

제기랄! 나는 고작 친구밖에 안 되는군.

대니는 그렇게 생각했다. 하지만 그렇다고 해서 달리 어떠한 표현을 쓸 수 있었을까?

마리아는 아름다울 뿐만 아니라 자신에 넘쳐 있었고 키도 컸다. 그러나 대니는 그러한 조건들 가운데 하나도 갖추지 못하고 있었다. 발레 공연이 다 끝나고 나면 어떠한 구실을 붙여서 마리아를 다시 만날 수 있을 것인가?

마침내 발레 공연일이 다가왔다. 각기 저마다의 개성을 갖고 있는 하버드인들이 마리아 파스토레의 안무와 대니 로시의 행운을 점치기 위해 래드클리프 애거시즈 극장에 구름처럼 모여들었다.

대니는 열중한 나머지 상황이 어떻게 돌아가는지 전혀 알 수가 없었다. 그러나 청중들은 몇 번씩 환호성을 지르며 갈채를 보내고 있었다. 그러한 갈채는 대니의 음악 때문이었을까 아니면 발레 때문이었을까?

대부분의 배우들이 공연 이전에 절식을 했기 때문에 리허설 룸에서는 간단한 파티가 개최되었다. 음료로는 소금기가 있는 쿨에이드 펀치가 제공되었다. 몇몇 배우들은 맥주를 마시기도 하였다.

하버드 극장의 무대도 역시 브로드웨이나 다를 바가 없었다. 하버드 대학의 여배우들도 한결같이 자신들이 공연한 발레에 대한 관객의 평가를 기다리고 있었던 것이다.

그러나 브로드웨이와 딱 한 가지 다른 점이 있었는데, 케임브리지에서는 《크림슨》지의 평가를 밤새워 기다린다는 것이다.

11시경이 되었을 때 어떤 사람이 내일자 《크림슨》지에 실릴 소냐 레빈 양의 기사를 가지고 돌아왔다. 오만하면서도 절대적인 정책에 의해 움직이고 있었던 그 신문의 논평은 격찬의 말로 시작하고 있었다. 마리아의 안무에 대해 '동적이면서도 환상적이었고 안정된 기교에 의해서 공연되었다'는 것이다. 그리고 그 다음으로 소냐 레빈은 대니 로시에 관한 기사를 쓰고 있었다. 그것은 혹평이라고 하는 편이 타당할 것이다.

공연의 음악은 야심적이고 정력적이었다. 하지만 일반적으로 말해 전래적인 성격을 띠고 있었다. 모방이 대가들에 대한 가장 큰 아첨이 될지는 모른다. 그러나 스트라빈스키나 아론 코플랜드 같은 음악가들이 대니 로시에게 저작권료를 내라고 한다 해도 결코 지나치지 않을 것이다.

무대 감독은 대니가 깜짝 놀랄 정도의 커다란 목소리로 그 기사를 읽고 있었다. 감독이 기사를 읽어 내려감에 따라 대니는 점점 더 불안해하는 것 같았다. 대니는 마음이 몹시 아팠다. 어째서 《크림슨》지의 여기자는 대니를 희생시키면서 자신을 돋보이게 하려는 것일까? 그녀는 그러한 기사가 자신의 마음을 얼마나 아프게 만들 것이라는 점에 대해 조금이라도 생각해 보았을까?

대니는 갑자기 그 방을 뛰쳐나가고 싶은 충동을 느꼈다. 하지만 대니는 그 자리에 가만히 버티고 서 있었다. 그러자 대니의 어깨 위에 손을 얹는 사람이 있었다. 바로 마리아였다.

"대니……."

"더 이상 나를 화나게 하지 마."

대니는 쓴웃음을 지으면서 중얼거렸다. 대니는 너무나 괴로운 나머지 고개를 돌려 마리아의 얼굴을 똑바로 쳐다볼 수도 없었다. 대니는 무대 뒤에 있는 의자 위에 자기의 양복 상의를 벗어 놓았다는 것도 잊은 채 방을 뛰쳐나갔다.

계단에 이르렀을 때 대니의 걸음은 더욱 빨라졌다. 대니는 그곳에서 최대한 빨리 빠져 나가고 싶었다. 사람들의 동정 어린 시선을 어서 피하고 싶었던 것이다.

대니가 1층으로 내려왔을 때, 공중전화 박스 표지판이 눈에 띄었다. 대니는 문득 랜도우 박사에게 전화를 걸기로 했던 약속이 생각났다. 공연이 끝나자마자 전화를 걸기로 약속했던 것이다.

하지만 《크림슨》지 여기자의 혹평을 어떻게 다시 입에 담을 수 있을 것인가? 어떻게 스승에게 전화로 그런 이야기를 할 수 있겠는가?

대니는 처참한 패배자였다. 대중 앞에서 적나라하게 공표된 실패자였던 것이다. 마치 고등학교 시절에 운동장에서 맛보았던 패배처럼…….

대니는 현관문을 열고 차가운 3월의 밤공기 속으로 걸어 들어갔다. 거친 바람이 대니의 얼굴을 때리면서 지나갔지만, 대니는 아무런 느낌도 없었다.

대니는 예상하지 못했던 결과가 존경하는 스승의 총애까지 빼앗아 가 버렸다고 생각할 뿐이었다. 대니는 랜도우 박사가 가장 아끼던 제자였다. 랜도우 박사는 대니를 가장 총애했던 것이다.

대니는 더 이상 걸음을 옮길 수가 없었다. 대니는 돌계단 위에 앉아 두 손으로 머리를 감싼 채 괴로워하고 있었다.

"로시, 여기서 뭐하는 거예요? 이러다간 감기에 걸리겠어요."

마리아가 대니의 위쪽 계단에 서 있었다.

"저리 가! 나 같은 이류 인생과 당신이 무슨 상관이 있어?"

마리아는 대니의 말을 무시한 채 계단을 내려와서 발치에 앉았다.

"내 말 좀 들어 봐요, 대니. 소녀의 비평에 너무 신경 쓰지 말아요. 상관할 필요 없어요. 나는 당신의 음악이 아주 훌륭했다고 생각했어요."

"모든 학생들이 내일 아침에 그 기사를 읽게 될 거야. 그렇게 되면 나는 엘리어트 하우스에 있는 모든 학생들에게 웃음거리를 제공하는 셈이 되는 거야."

"바보 같은 소리 하지 말아요. 대부분의 학생들은 그런 기사를 읽지 않아요. 당신은 내가 당신만큼이나 괴로워하고 있다는 걸 알아야 해요."

마리아가 부드러운 음성으로 말했다.

"왜? 당신은 좋은 평가를 받았는데……."

"왜냐하면 당신을 사랑하기 때문이에요."

"설마……. 당신은 키가 무척 큰데도?"

대니는 반사적으로 말했다.

마리아는 그런 어처구니가 없는 말에 웃지 않을 수가 없었다. 그러자 대니도 따라서 웃기 시작했다. 대니는 두 팔을 벌려 포옹하면서 마리아의 입술에 키스했다.

잠시 후에 마리아는 대니를 응시하면서 미소를 지었다.

"이제는 당신 차례예요!"

"내 차례라니?"

"당신도 나를 사랑하고 있는지 알고 싶어요."

"마리아, 물론 나도 당신을 사랑해."

사랑을 확인하는 두 사람은 차가운 바람이 피부를 스치는 것도 느끼지 못했다. 그들은 포옹을 풀지 않고 그대로 있었다.

26

하버드대학의 춘계 휴가는 모든 학생들에게 많은 의미가 부여되는 시기이다. 4학년 학생들은 학위 논문을 완성하기 위해 각자 자기 자리를 지킨다. 학위 논문은 강의가 다시 시작되는 날까지 제출하기로 되어 있기 때문이다.

부유한 대학원 학생들은 '대학주간' 이라고 알려진 의식을 즐기기 위해 멀리 버뮤다까지 비행기를 타고 날아간다. 휴가 계획에는 일광욕과 항해, 수상스키, 춤, 그리고 그들과 비슷한 이유로 그곳에 몰려든 아가씨들을 유혹하는 일이 포함되어 있다.

케임브리지를 방문하는 봄은 대개 그 이름뿐이다. 근육은 앞으로 다가올 중요한 시합에 대비해 봄의 따스함을 필요로 한다.

육상 선수들은 비행기를 타고 푸에르토리코로 전지 훈련을 떠나야만 한다. 하지만 이것은 실제로 그다지 낭만적이지 못하다. 버뮤다 해변을 찾는 관광객과 달리 육상 선수들은 아침 5시에 일어나서 아침식사를 하기 전에 10마일을 달려야 하고, 다시 달려야 할 오후가 될 때까지 잠을 잔다.

그렇게 저녁이 되면 선수들은 아가씨를 찾아 나설 기력이 없어질 뿐만 아니라 욕망조차 갖지 못하게 된다.

테니스와 골프, 그리고 야구부의 선수들은 몸을 유연하게 하기 위해 지방대학 선수들과 시합을 하면서 남부의 여러 주를 여행한다. 이 팀들은 육상 선수들보다는 비교적 덜 고된 일과를 보내기 때문에 밤의 향연을 즐길 만한 정력을 비축할 수 있다.

저녁식사 후에 선수들은 남부의 아름다운 여대생들이 결코 저항할 수 없는 하버드대학의 당당한 약자인 'H' 자가 새겨진 매혹적인 스웨터를 입고 멋진 캠퍼스의 경치를 즐기면서 이리저리 걸어다닌다.

노드 캐롤라이나대학과의 시합에서 가까스로 승리를 거둔 후에 제이슨 길버트와 그의 팀 동료들은 채플 힐의 여자들을 유혹하기 위한 준비를 하고 있었다. 선수들이 샤워를 하고 옷을 갈아입으려고 하고 있을 때였다.

코치인 다인 올리버가 선수들에게 시합에 대한 비평을 시작했다. 시합에 이기기는 했지만 코트에서 다소 동작이 활발하지 못했던 제이슨이 항의하고 나섰다.

"너무나 지쳐 있었기 때문이에요, 코치님. 여행하면서도 연습을 계속하고 게다가 시합까지 하다니……. 이건 코치님이 소풍 같은 여행이라고 말한 것과는 전혀 다르잖아요."

"이봐, 길버트. 너는 후반전에 몸에 힘이 너무 들어가 있었어. 오늘은 반드시 숙소에서 쉬어야만 한다는 사실을 잘 알고 있겠지?"

다인 코치가 익살을 부리면서 제이슨을 꾸짖었다.

"이봐요, 코치님. 오늘 내가 이겼다는 사실을 잊었나요?"

"나도 알고 있어. 그렇지만 자네 다리는 잠자고 있었단 말이야. 그러니까 좀더 자중해야만 할 거야. 그렇지 않으면 자네에게 야간 통행금

지령을 내리겠어. 내 말 알아듣겠나, 길버트?"

"네, 알았습니다. 죄송합니다, 어머님."

길버트의 익살로 인해 샤워실에서 웃음 소리가 터져나오고 있을 때, 희끗희끗한 머리에 양복을 차려입은 학자풍의 남자가 나타나 코치와 몇 마디 이야기를 나누고 싶다고 요청해 왔다.

"저 사람은 누구야?"

제이슨이 작은 목소리로 뉴얼에게 물었다. 뉴얼은 제이슨의 옆 탈의실에서 몸의 물기를 닦고 있었다.

"아마도 너를 쫓고 있는 FBI 요원일 거야, 길버트. 너는 이번 주까지 이미 네 번이나 '여성 밀반출 금지법'을 위반했으니까……."

뉴얼이 제이슨을 놀리면서 말했다. 제이슨이 그 말에 대답하기도 전에 코치가 팀 전원에게 주목하라고 말했다. 샤워를 하던 선수들이 알몸으로 순순히 코치 앞에 모였다.

"여러분, 이분은 노드 캐롤라이나대학의 힐렐협회 회장인 랍비 야베츠 씨입니다. 이분께서는 오늘 밤이 유월절의 첫날밤이라고 합니다. 그래서 팀의 모든 유대인 선수들이 야베츠 씨가 주최하는 의식에 참여하는 것을 환영한다고 합니다."

코치는 모여든 선수들에게 이렇게 말했다.

"그 의식은 간단하고 흥겨운 축제가 될 것입니다. 약간의 먹음직스러운 음식과 노래가 있는 간단한 행사일 뿐입니다."

야베츠 씨의 말에는 남부 억양이 짙게 스며들어 있었다.

"초대에 응할 사람 있나?"

코치가 선수들을 돌아보면서 물었다.

"가겠습니다. 그것은 저의 부모님에게 큰 위안이 되는 일이 될 겁니다. 부모님들은 제가 집에 오지 않은 것에 대해 다소 실망하고 있으니까요."

팀에 일곱 번째로 들어온 2학년 학생 래리 웩슬러가 말했다.

"그 밖에 다른 사람은?"

다인 올리버 코치가 물으면서 제이슨 길버트를 바라보았다.

"고맙습니다. 하지만 저는 사실 그런 일에 별로 취미가 없어요."

제이슨이 코치를 바라보면서 공손하게 대답했다.

"생각이 달라지면 언제든지 오세요. 환영하겠습니다."

랍비가 제이슨에게 말하고 나서 래리 웩슬러에게 몸을 돌렸다.

"6시 반에 학생이 묵고 있는 숙소로 우리 회원 한 사람을 보내겠어요."

야베츠가 떠나간 다음에 뉴얼은 호기심을 갖고 웩슬러에게 물었다.

"이봐, 웩슬러. 그건 뭘 하는 축제지?"

"그냥 조촐한 축제예요. 유대인들이 이집트를 탈출한 것을 축하하는 거예요. 모세가 '나의 형제들을 가게 해주시오' 라고 말한 것을 알고 있잖아요?"

순진한 2학년 학생이 대답했다.

"유색 인종들의 야단법석처럼 들리는군."

뉴얼이 냉소적인 얼굴로 평가했다. 그러자 웩슬러가 반박하고 나섰다.

"내 말 좀 들어 봐요. 이스라엘을 반대하는 어떤 사람이 예전에 어느 영국의 고집불통에게 이렇게 말했다고 해요. '우리 조상들이 성경을 읽고 있을 때, 자네 조상들은 여전히 나무에 매달려 있었지' 라고……."

1시간 후에 래리 웩슬러는 학교 대표팀을 상징하는 넥타이를 조심스럽게 매고 있었다. 래리는 거울이 비치는 그림자를 발견하고 등을 돌렸다.

제이슨이었다. 점잖은 푸른색 블레이저 코트에 특색 없는 옷차림을 하고 있었다.

"이봐, 웩슬러. 만약 내가 이런 꼴로 간다면 완전히 멍청이처럼 보이지 않을까? 정말 어떻게 해야만 할지 모르겠어."

제이슨이 불안한 듯이 말했다.

"걱정하지 마세요, 길버트. 형은 그저 앉아서 듣고 있기만 하면 돼요. 내가 형 대신에 책장을 넘겨 줄 테니까요."

축제에 모인 사람은 50명쯤으로 모두 학생회관 식당의 긴 탁자에 자리를 잡고 앉아 있었다.

야베츠가 유월절에 대해 간단한 소개의 말을 꺼냈다.

"유월절은 유대인에게 있어서는 정말로 중요한 휴일입니다. 왜냐하면 이날은 구약 출애굽기 제13장에서 말씀하신 바와 같이, 주께서 우리를 이집트의 억압으로부터 구해 주셨음을 우리의 모든 자손들에게 일깨워 준 날로 우리 믿음의 중심인 율법을 실현시킨 날이기 때문입니다."

축하객들이 교대로 성서를 읽고 찬송가를 부를 때, 제이슨은 묵묵히 듣고만 있었다.

제이슨은 한 가지 의문이 나는 점을 래리에게 작은 목소리로 물어 보았다.

"어떻게 모두가 그 곡을 알고 있지?"

"이 노래는 기원전 5천년 초부터 내려온 거예요. 형의 조상들은 매우 느린 낙타를 타고 있었을 거예요."

제이슨은 저녁식사가 나오자 마음이 안정되었다. 식사 시간에 오간 화제는 다시 20세기의 대학생활로 돌아갔다. 그렇기 때문에 제이슨은 다른 사람들로부터 고립되어 있다는 느낌을 갖지 않아도 되었던 것이다.

식사를 하는 동안 래리가 제이슨에게 속삭였다.

"이 모임이 무엇인가 형에게 중요한 의미를 가져다 준 것이 있나요? 문화적으로 말이에요."

"약간."

제이슨은 예의상 그렇게 대답했을 뿐이었다. 사실 이러한 의식이 자신과 어떤 관련이 있는지 정말로 이해할 수 없었다. 그러나 저녁 행사가 끝날 때쯤에 제이슨은 비로소 이 의식을 이해하게 되었다.

의식이 계속되고 있을 때였다. 야베츠가 모두 일어나 구세주의 왕림을 위해 기도하도록 사람들을 이끌었다. 야베츠는 이 부분에서 비극적인 역사에 관해 말했다.

"우리 모두는 고대 이집트인들만이 우리 민족을 파멸시키려고 했던 사람들이 아니었다는 사실을 알고 있습니다. 최근 1943년 유월절에는 바르샤바의 게토에 살고 있는 용감한 유대인들이 그들을 포위하고 있었던 나치군들에게 용감하게 대항하였습니다. 그들은 비록 굶주렸고 무기라곤 거의 지니고 있지 않았지만 최후의 사람까지 영웅적으로 항거하였습니다. 이러한 일은 우리의 먼 조상들에게서 일어난 일이 아닙니다. 이 일은 바로 우리 자신의 가족과 친지들에게 일어났던 것입니다. 그 사람들은 바로 우리의 아저씨, 아주머니, 할아버지, 할머니, 그리고 우리들 가운데 어떤 사람들에게는 형제와 자매에 해당되는 사람들이었습니다. 그들 가운데 6백만 명이나 되는 우리의 친척들이 히틀러에 의해 살해되었습니다. 우리는 지금 이 순간에 그것을 생각하고 있는 것입니다."

잠시 후에 그들은 다시 자리에 앉아서 축제의 노래를 불렀다. 그런 다음에 의식은 곧 끝났다.

다음에는 아름다운 여학생들과의 다소 비공식적인 사교 활동이 있었다. 여학생들은 하버드에서 온 두 손님을 환영하려고 모여들었다.

11시가 되기 조금 전에 래리와 제이슨은 어두운 캠퍼스를 지나 숙소로 돌아가고 있었다.

"나는 형에 대해서 잘 몰라요. 그러나 형이 그곳에 가줘서 정말 기뻐요. 진정으로 형은 우리가 자기 자신의 근본을 아는 것이 중요하다고 생각하지 않으세요?"

래리가 차분한 목소리로 물었다.

"그렇다고 생각해."

제이슨 길버트가 약간 큰 소리로 대답했다. 제이슨은 신중하게 생각에 잠겼다. 나 자신의 뿌리는 우리 가문의 성을 바꾸었던 시절로 되돌아갈 뿐이야. 나의 아버지는 미래의 안전을 보장하기 위해 어느 친절한 판사에게 우리의 모든 과거를 저당잡혔으니까.

제이슨은 계속해서 걸음을 옮기면서 지난 일을 곰곰이 생각해 보았다. 왜 아버지는 그런 일을 했을까?

이 친구 웩슬러는 사정이 나보다 나쁘지는 않다. 사실 이 친구는 어떤 의미에서 나보다 오히려 더 부자가 아닌가? 이 친구는 분명한 자기

주체성을 가지고 있으니까…….

제이슨이 봄의 전지훈련을 마치고 돌아왔을 때, 그는 공직자로 변신하게 되었다. 버지니아 퀸티코에서 해병대에 복무하고 있는 과거의 대학 선수들과 시합을 가진 후에 제이슨은 설득력 있는 어느 장교의 권유로 소대장 교육반에 들어가기로 합의하고 서류에 서명했던 것이다.

제이슨은 이것이 ROTC 교육 과정과는 달리 두 해 동안 여름에만 복무하기 때문에 병역의 의무에서 해방되는 좋은 방법이 될 것이라고 생각했다.

이 결정으로 인해 제이슨은 학교를 졸업한 후 곧바로 해병대에 입대해 장교로 2년간 근무하게 된다. 기본 훈련을 받은 후에는 특수 부대로 전속되어 테니스를 하면서 근무 여행을 다닐 수도 있다.

그러나 제이슨에게는 우선적으로 치러야 할 또 하나의 전투가 눈앞에 닥쳐 있었다. 5월에 있는 예일대학과의 시합이 그것이다. 게다가 뉴헤이븐의 무리들이 복수를 하려고 나와 있었다.

“안 돼!”

“제발…….”

“안 돼!”

마리아 파스토레는 자세를 꼿꼿하게 하고 앉았다. 마리아의 얼굴은 붉게 상기되어 있었다.

“왜 안 된다고 하는 거야?”

“제발 대니……. 내 말대로 해. 우리는 언제까지 이래야만 하는 거야?”

“마리아, 그건 말도 안 돼.”

“아니야, 대니. 자기는 잔인하고 무감각해. 나에게는 내 원칙이 있다는 걸 왜 이해하지 못하는 거야?”

대니 로시와 마리아는 육체적 관계를 가지는 것에서 뜻이 일치하지 않았다. 처음 몇 주 동안 두 사람은 케임브리지의 군중들 사이에서 천국에 있는 듯한 행복감 속에서 살았지만, 그들은 곧 중대한 도덕적인 차이점에 봉착하고 말았다.

마리아는 대니가 이제까지 만난 여자들 중에서 가장 멋있고 친절하고 총명하고 아름다운 여자였다. 그리고 무엇보다도 마리아는 대니를 몹시 좋아하고 있었다.

그러나 문제는 마리아가 대니와 함께 자지 않으려는 것이었다. 사실 마리아는 그 이하의 것에 대해서는 상당히 허용하고 있는 편이었다. 침대에 누워 있을 때 두 남녀는 서로를 포옹하면서 정열적인 키스를 나누었다.

하지만 대니가 마리아의 스웨터 밑으로 손을 넣기라도 하면, 그녀의 열정은 갑자기 경직된 공포로 변해 버렸다.

“제발, 대니. 이러지 마.”

대니는 끈질기게 그녀를 설득했다.

“마리아, 이건 결코 무책임한 하룻밤의 불장난이 아니야. 우리는 정말 서로를 사랑하고 있잖아. 나는 너를 사랑하고 있어. 그렇기 때문에 널 만져 보고 싶은 거야.”

마리아는 자리에서 일어나 스웨터를 끌어내리면서 자기의 감정을 이해해 달라고 애원했다.

“대니, 우리 두 사람은 가톨릭 신자야. 결혼하기 전에 이런 짓을 한다는 것은 나쁘다는 걸 왜 이해하지 못하는 거야?"

"어떤 종류의 일인데? 남자는 여자의 가슴을 만질 수 없다는 구절이 성서에 씌어 있기라도 하단 말이야?"

대니는 벌컥 화를 내면서 말했다.

"제발 그러지 마, 대니. 성서의 내용과 지금 대니가 하려는 행동과는 전혀 다르다는 것을 알고 있잖아? 만지는 것만으로 끝나는 일이 아니잖아."

마리아는 조용한 어조로 말했지만, 마음 속으로는 분명히 고민하고 있었다.

"그 이상을 요구하지는 않겠다고 맹세할게."

마리아는 대니를 바라보았다. 마리아의 뺨은 붉게 달아올라 있었다.

"이봐, 대니……. 아마 자기는 만지다가 중단할 수 있다고 생각하겠지만 나는 나 자신을 잘 알고 있어. 일단 우리가 거기까지 도달하면 내가 거기서 멈출 수 없다는 것을 스스로 잘 알고 있단 말이야."

마리아는 자신의 심정을 솔직하게 고백했다. 마리아의 고백을 듣고 대니는 잠시 동안 우쭐한 기분을 느꼈다.

"그렇다면 너는 진정으로 우리 관계가 계속 이런 식으로 지속되기를 원하는 거야?"

마리아는 부끄러운 표정을 지으면서 고개를 끄덕였다.

"대니, 나는 여자야. 나는 자기를 사랑하고 있어. 그리고 나는 많은 격정을 가슴 속에 쌓아 놓고 있어. 하지만 나는 또한 종교적으로 가톨릭 신자야. 수녀님께선 그런 일을 하는 것은 커다란 죄를 짓는 것이라고 가르쳐 주셨어."

"이것 봐. 개화된 래리클리프의 젊은 여성들 중에 지금 시기에 사랑

하는 남자와 잠자리에 든다고 해서 지옥에 떨어질 것이라고 진정으로
믿고 있는 사람이 과연 있을까?"

대니는 마치 대학 토론회에서 논쟁이라도 하듯이 주장했다.

"결혼 전에 우리가 육체적으로 사랑을 나눈다면, 난 그렇게 될 거라
고 믿어."

마리아 파스토레는 주저하지 않고 대답했다.

"맙소사! 나는 그렇게 믿지 않아."

대니는 더 이상 참을 수 없다는 듯이 말했다. 그러자 더 이상 논쟁할
여지가 없어지고 말았다.

대니는 이처럼 시대에 뒤떨어져 있는 보수주의자를 설득시키려는 욕
망에 압도되어 있었다.

"마리아, 우리는 언젠가는 결혼할 거 아냐? 그거면 충분하잖아?"

마리아는 마음이 너무나도 혼란해져 있었기 때문에 대니가 실제로
결혼을 하겠다고 말했다는 사실을 알아차리지 못했다. 어쨌든 마리아
는 계속 순결을 고집했다.

"대니, 제발 날 믿어 줘. 난 결코 내가 자라온 방식을 버릴 수가 없어.
나를 돌봐 준 성직자, 나를 길러 준 부모를 잊을 수가 없어. 또한 내 책
임을 회피하고 싶지도 않아. 그들을 비난하고 싶지도 않고. 그것이 내
믿음이야. 난 내 남편될 사람에게 내 순결을 주고 싶어."

"맙소사! 그건 너무나도 시대에 뒤떨어진 생각이야. 킨제이를 읽어
보지도 않았어? 아마 오늘날에는 그렇게 생각하는 여성이 전체의 10퍼
센트도 되지 않을 거야."

"대니, 내가 비록 이 지구상에서 그렇게 하는 마지막 여성이 된다고
할지라도 상관없어. 나는 내 결혼식 날 밤까지는 정조를 지킬 작정이

야.”

이 말에 대니는 더이상 할말이 없었다. 한계에 도달한 것이다. 대니는 거의 무의식적으로 한 마디를 내뱉었다.

“제기랄!”

그런 다음에 대니는 자신의 격정을 제어하려고 애쓰면서 말했다.

“좋아. 자, 모든 것을 잊어버리고 저녁이나 먹자.”

대니는 다시 넥타이를 매기 시작했다.

“싫어!”

마리아가 완강한 목소리로 말했다. 대니는 마리아가 외치는 소리를 듣고 깜짝 놀랐다.

대니는 뒤로 돌아서면서 소리쳤다.

“지금 뭐라고 했지?”

“대니, 우리 정직해지자. 우리 두 사람은 이런 상태로는 관계를 계속해 나갈 수 없어. 우리는 서로에 대해 화를 내기 시작하고 있어. 그것은 우리의 애정이 불가피하게 사라져 가고 있다는 것을 뜻하는 거야.”

마리아는 자리에서 일어섰다. 마리아는 대니를 도덕적으로 뿐만 아니라 육체적으로도 불리한 입장으로 몰아넣고 있었다.

“대니, 나는 정말 자기를 좋아해. 그러나 더 이상 자기를 보고 싶지 않아.”

“더 이상?”

“모르겠어. 어쨌든 당분간은 그래. 자기는 금년 여름에 탱글우드에 가게 되어 있잖아. 나는 클리블랜드에 돌아가서 일을 할 거야. 아마도 헤어져 있는 것이 우리에게 도움이 되겠지. 우리는 두 사람 다 생각할 시간을 갖는 게 좋을 것 같아.”

마리아가 진지하게 말했다.

"그렇지만 내가 방금 너와 결혼하고 싶다고 한 말, 못 들었어?"

마리아는 고개를 끄덕이고 부드럽게 말을 꺼냈다.

"들었어. 하지만 그것이 진정인지를 확신할 수가 없어. 그래서 우리는 헤어져 있는 시간이 필요한 거야."

"적어도 편지는 주고받을 수 있겠지?"

대니가 안타까운 마음으로 물었다.

"제발 그렇게 해줘."

그런 다음에 마리아는 문을 향해서 걸어갔다. 문 앞에 선 마리아는 돌아서서 잠시 동안 아무런 말도 없이 대니를 바라보다가 입을 열었다.

"이렇게 하는 것이 얼마나 마음이 아픈지 자기는 모를 거야."

마리아는 그 말을 남기고 방에서 나가 버렸다.

마침내 3학년 시절도 끝나게 되었다. 운동 선수로서의 영광을 차지하기 위한 제이슨 길버트의 전진은 아무런 방해도 받지 않고 계속 이어졌다. 제이슨은 지난 2년 동안 계속해서 IC4A(전미대학 경기자 협회) 테니스 타이틀 경기에서 우승했다. 하지만 그것만으로는 충분한 영광이 되지 못하기라도 하다는 듯이 팀 선수들은 제이슨을 팀의 주장으로 선출해 각별한 존경을 표시했다.

'올드 블루'의 학생 사감인 트럼불은 제이슨이 현재까지 이룩한 비범한 스포츠 업적을 평가하는 기사를 《크림슨》지에 보내지 않을 수 없었다.

제이슨은 트럼불이 《크림슨》지에 보낸 기사에 걸맞게 되기 위해 더욱 노력할 수밖에 없었다. 그 찬사의 말은 이렇게 결론을 내리고 있다.

제이슨 길버트가 이제 곧 다가올 내년에는 얼마나 더 높은 고지에 다다를 것인지 누가 감히 예측할 수 있겠는가?

테드와 사라의 사랑은 깊이 무르익어서 단 두 달을 떨어져 있는 것도 도저히 참을 수 없는 지경에 도달했다. 그래서 사라는 부모님을 설득해서, 하버드의 여름학교에 다닐 수 있도록 케임브리지의 아파트에 임시로 세를 들었다.

사라의 어머니는 딸이 갑자기 대학 공부에 열을 올리는 일에 대해 다소 의아함을 느끼고 있었다. 그러나 그녀의 아버지는, 어머니의 의심이 사실은 옳다고 생각하면서도 관대하게 사라가 소원대로 할 수 있도록 후원하고 도와 주었다.

길고도 열정적인 여름이었다. 그들이 아파트 생활을 중단해야만 하는 날이 다가왔을 때, 사라는 결국 울음을 터뜨렸다.

대니 로시에게 있어서 그해 여름은 그의 음악의 생애에서 가장 높은 곳에 도달하는 일종의 서곡이었다.

먼치는 대니가 10월 12일에 보스턴 교향악단과 협연할 수 있도록 출연 계약을 주선해 주었다. 그날 대니는 베토벤 제3피아노 콘체르토를 연주하기로 되어 있었다.

처음 시작하는 마당에서 그러한 곡을 연주한다는 것은 음악계에 파장을 남기는 일이 될 것이었다. 대니가 무척 기뻐하면서 그 소식을 랜도우 박사에게 전하려고 전화를 걸었을 때, 그는 음악회에 참석할 목적으로 비행기 요금을 저축해 왔다는 스승의 말에 감격하고 말았다.

그러나 대니의 데뷔는 그가 항상 꿈꾸고 있었던 것에 비하면 그다지 만족스럽지 않았다. 만약 대니가 3학년 때 이러한 일이 있었다면 그 기쁨은 더욱 컸을 것이다. 그의 발레곡에 대한 《크림슨》지의 모욕적인 혹평은 아직도 그의 마음에 남아 그를 괴롭히고 있었다. 게다가 그 당시에는 마리아와도 괴로운 관계에 있었다.

대니는 여름 동안 서로 헤어져 있으면 자신의 생각을 깨끗하게 정리도 하고, 자신의 남성적인 상징을 강화하기 위해 탱글우드에서 아름다운 아가씨들을 유혹할 수 있을 것이라고 내심 기대하고 있었다.

그러나 그 모든 것을 커다란 덮개로 씌워 버리는 비극이 갑자기 발생했다. 대니가 탱글우드에 도착하던 바로 그날 밤, 그의 어머니는 그에게 랜도우 박사가 치명적인 심장마비를 일으켰다는 소식을 전화로 전해 주었다.

정신이 몽롱해질 정도로 슬픔에 빠져 버린 대니는 짐을 꾸려 자기 스승의 장례식에 참석하기 위해 비행기를 탔다. 스승의 무덤에서 그는 창피한 줄도 모르고 소리를 내면서 엉엉 울었다.

간단한 장례식이 끝난 뒤 조문객들이 흩어지기 시작했을 때, 3년 동안이나 만나 보지 못한 어머니는 그에게 집으로 돌아오라고 애원했다. 어머니는 그가 아버지와 화해하는 것이 랜도우 박사님의 마지막 소원일 것이라고 했다. 그래서 방탕한 아들은 마침내 그가 비참한 사춘기를 보내야만 했던 집으로 다시 돌아갔다.

대니의 아버지는 내적으로나 외적으로 변화를 일으킨 것 같았다. 그의 감정은 이제 많이 누그러져 있었다. 또한 그 얼굴에는 깊은 주름이 잡혀 있었고 옆머리는 완전히 희어져 있었다. 일시적이었지만 대니는 양심의 가책을 느꼈다. 아버지의 육체적인 쇠퇴가 모두 자신의 잘못 때문인 것만 같았기 때문이다.

그러나 처음 얼마 동안 서로 어색한 표정을 지으면서 서로 아무런 말도 없이 바라보고 있을 때, 대니는 이분이 자신을 얼마나 냉정하게 대했던가를 되새겨 보지 않을 수가 없었다. 그러나 대니는 이제 더 이상 아버지를 미워하는 마음을 가질 수 없었다. 그럼에도 불구하고 역시 사랑할 수도 없었다.

"건강해 보이는구나, 애야."

"아버지 역시 그렇게 보입니다."

"정말 오래간만이로구나, 그렇지 않니?"

그것이 아버지가 말할 수 있는 전부였다. 대니가 오랫동안 마음 속에 그리워하고 있던 아버지의 사과의 말은 그것뿐이었다. 대니는 이제까지 유치한 꿈을 꾸고 있었던 것이다.

대니는 그들 부자간의 싸움이 마침내 끝이 났다는 것을 알리는 뜻에서 손을 내밀었다. 두 사람은 서로를 다정하게 끌어안았다.

"나는 정말 기쁘다, 내 아들아. 이제 우리 과거는 잊도록 하자."

아버지가 작은 목소리로 중얼거렸다.

하지만 그게 무슨 소용이 있단 말인가? 대니는 생각했다. 그런 것은 이제 전혀 중요하지 않다. 이제까지 내게 진정한 아버지의 역할을 해 주었던 유일한 분은 이미 돌아가셨으니까…….

27

8월 8일

여름 내내 나의 한 발은 과거에, 또 다른 한 발은 미래에 디딘 채서 있었다. 과거와 미래 중에서 어느 쪽을 더 좋아하는지 나에게 묻지 말았으면 좋겠다. 벌써 내년 7월이면 졸업이다. 물론 운이 좋아야 졸업이 가능하겠지만…….

아버지는 내가 지금까지 해온 육체 노동을 그만두고 대신에 가문의 금융업과 친숙해지기 시작하는 것이 좋겠다고 생각한 모양이다. 메인 주에 있는 아버지는 당신이 죽마고우로 생각하는 조니 윈드롭에게 나를 특별히 당부하셨다. '죽마고우'라는 말이 암시하고 있는 것처럼, 조니 아저씨는 아버지가 아주 신뢰하는 사람이다.

조니 아저씨는 나를 만난 자리에서 대뜸 이런 말부터 했다.

"눈과 귀를 항상 열어 놓도록 해라. 중요한 것은 바로 타이밍이다. 살 때와 팔 때, 그리고 가지고 있어야 할 때를 정확히 알아야만 실패가 없다. 앞으로 내가 어떻게 하는지 잘 지켜보도록 해라. 너 정도면 금방 비결을 배울 수 있을 거야. 자, 커피나 한 잔 하러 갈까?"

보스턴 중심가에 위치한 우리 사무실은 '역사의 전당'에서 조금밖에 떨어져 있지 않았다. 내가 진짜 읽을거리를 찾은 곳은 그 역사의 전당이었다. 나는 그곳에서 우리 엘리어트 가문의 큰 별인 앤드류 엘리어트(1737년도 하버드 졸업생)와 그의 아들 존 엘리어트(1772년도 하버드 졸업생)의 일기를 읽느라고 시간가는 줄 몰랐던 것이다.

두 사람의 일기는 우리 나라와 우리 가문의 생생한 역사를 기록하고 있었다. 그 일기에 의하면, 몇 가지 개선된 점을 제외하고는 하버드대학의 생활이란 옛날이나 지금이나 별로 달라진 것이 없었다.

존 엘리어트 할아버지가 신입생이었을 때 적은 일기의 내용 중 재미있는 부분을 골라서 그대로 소개하면 다음과 같다.

1768년 9월 2일

대학으로 출발하다. 필요한 짐을 꾸림. 파란색 코트, 삼각 모자, 그리고 가운이 필요함. 또한 포크, 스푼, 그리고 침실용 변기 역시 신입생 각자가 가지고 가기로 되어 있다. 아버지는 찰스타운 여객선을 타고 갈 것을 권유했다. 비용이 가장 싸게 먹히는 교통편이기 때문이다. 그리고 무엇보다도 가장 중요한 점은 그 수익금의 일부가 하버드로 돌아가기 때문이다.

학비는 어떠한 형태로 지불해도 상관없다. 예를 들어 감자나 땔감도 괜찮다. 양을 끌고 온 학생도 한 명 있었다.

교내 펀치는 '플립'이라는 것으로서 맥주 3분의 2에 당밀과 럼을 섞어 만든 음료다. 길고 커다란 원통형 잔에 담겨서 나온다.

1768년 9월 6일

교내 식당에서 나오는 음식에 관해 몇 자 적어 보기로 한다.

학생들은 각자 하루에 1파운드의 고기를 제공받는다. 하지만 그것은 어찌나 맛이 없는지 도대체 무슨 고기인지 갑을 잡을 수조차 없을 정도다. 가끔 야채 요리가 식탁에 올라오는 경우도 있다. 씀바귀는 가뭄에 콩나듯이 구경할 수 있다. 버터는 도저히 버터라고 할 수 없을 정도이다. 학생들이 버터에 불만을 품고 과격한 시위를 한 적도 여러 번 있었다. 하지만 최소한 목 말라 죽지는 않을 것이 분명하다. 사과주 하나만큼은 무한정 공급되기 때문이다. 각 식탁에는 사과주가 담긴 큰 컵들이 여러 개 놓여 있다. 우리는 마치 옛날 영국인이 술좌석에서 그랬던 것처럼 잔을 서로 돌려가면서 사과주를 마시고 또 마신다.

사과주가 없다는 것을 제외하면 '엘리어트 하우스'의 상황을 그대로 적어 놓은 것 같다. 특히 식사 때의 잡담 내용은 더욱 그렇다. 소위 대학생이라는 속물들에게는 시공을 초월한 어떤 공통점이 있는 모양이다.

하지만 모든 것들이 재미있고 흥미진진한 것은 아니었다. 영국과의 관계가 악화됨에 따라 당시 캠퍼스의 분위기도 긴장 일변도로 바뀌어 갔다. 왕당파와 혁명파 학생들 사이에는 유혈극마저 벌어졌고 마침내 전쟁이 터지게 되었다. 1773년 말, 보스턴 차 사건이 발생한 지 얼마 지나지 않아 학생 식당에서 왕당파와 혁명파 학생들 사이에 난투극이 벌어졌다. 그것은 단순히 음식에 대한 불만을 둘러싼 시위가 아니라 죽음까지도 불사하는 치열한 접전이었다. 유혈극을 멈추게 하려고 죽어간 사람들은 불쌍하게도 교수들이었다.

어느 날 오후에 나는 흥미로운 사실을 한 가지 알아내었다. 영국군이 한때 하버드대학을 지도상에서 지워 버리려고 했다는 사실이다.

롱펠로 교수의 유명한 시 「1775년 4월의 열여덟 번째 날」에서도 나타나 있는 것처럼 폴 리비어는 영국군이 쳐들어온다는 사실을 렉싱턴과 콩코드의 시민들에게 알려 주기 위해 밤새도록 말을 달렸다.

그러나 영국군의 또 다른 주력 부대가 케임브리지를 향해 다가오고 있었다. 존 엘리어트 할아버지의 4월 19일 일기는 당시 하버드대학의 공포 분위기를 그대로 적고 있다. 하버드대학이 그토록 두려움에 떨었던 것은 영국인들이 하버드를 '불순분자의 온실'이라고 생각했기 때문이었다. 적군이 찰스 강 위에 세워진 다리를 통해 쳐들어올 것을 두려워한 행동파 학생들은 다리를 거두어 버렸다. 그리고 숲 속에 숨어 사태를 지켜보았다.

정오 무렵, 서쪽 제방 위에서부터 군인들이 모습을 나타내기 시작했다. 그 부대의 인솔자는 퍼시 경이었다. 퍼시 경은 아름다운 백마를 타고 위풍당당하게 부대를 지휘하고 있었다.

퍼시 경은 하버드대학생들이 그를 저지하기 위해 다리를 거두어 버린 것을 발견하고 상당히 당황한 것 같았다. 그러나 약삭빠른 영국군은 목수들을 몇 명 데리고 왔기 때문에 1시간도 채 되지 않아서 다리를 완전히 복구할 수 있었다.

영국군은 그 후 케임브리지 중심가로 곧장 진군해 들어왔다. 케임브리지의 모든 창문들은 굳게 닫혀 있었다.

퍼시 경은 이미 렉싱턴 쪽으로 출발한 영국군을 지원하러 가는 길이었다. 그러나 그곳으로 가는 길을 모르고 있었다. 그래서 가장 가능성 높은 정보원, 바로 하버드대학 쪽으로 말머리를 돌렸던 것이다. 부하 몇 명을 인솔하고 캠퍼스에 곧장 진입한 퍼시 경은 텅 빈 것 같은 건물을 향해 누구든 빨리 나와서 자기에게 협조하라고 소리쳤다.

아무도 나오는 사람이 없었다. 그 당시의 대학생들은 근성이 있었던 것이다. 존 엘리어트 할아버지와 룸메이트들은 덧문의 틈을 통해 바깥 상황을 초조하게 지켜보았다. 퍼시 경이 사격 명령을 내리지나 않을까 몹시 초조해 하기도 했다. 충분히 그럴 수 있는 상황이었다.

하지만 퍼시 경은 우선 다른 술책을 한 번 더 이용했다. 이번에는 라틴어로 조금 전과 같은 요구를 했던 것이다. 바로 그때 이삭 스미드 교수가 홀리스 홀에서 불현듯 걸어 나와 퍼시 경에게 다가갔다.

학생들은 두 사람이 나누는 대화의 내용을 들을 수 없었다. 하지만 스미드 교수가 렉싱턴 쪽을 가리키는 모습이 시야에 들어왔다. 퍼시 경은 손을 한 번 흔들고 나서 부하들과 함께 떠나갔다.

퍼시 경이 그곳을 떠나자마자 여기저기서 이삭 스미드 교수를 향해 야유가 쏟아지기 시작했다. '영국군의 간에 붙어 알랑거리는 병신보다 못한 인간' 이라고…….

영문을 모르는 스미드 교수는 어리둥절한 표정을 짓고 있었다고 한다. 책을 보지도 않고 키케로와 플라톤의 글을 모조리 인용할 수는 있었지만 학생들의 이름은 단 하나도 외우지 못하는 인간이 바로 스미드 교수였다. 스미드 교수는 더듬거리면서 국왕의 이름으로 정보 제공을 요구받았다고 말했다. 충성스러운 백성으로서 국왕의 명을 어떻게 거절할 수 있겠는가? 스미드 교수는 또한 퍼시 경이 경의를 표하기 위해 다시 한번 하버드를 방문할 예정이라고 덧붙였다.

학생들의 분노는 극에 달했다. 퍼시 경이 스미드 교수에게 그날 밤늦게 '불 옆에서 고급 머디어러 백포도주를 들 생각' 이라고 말했다고 했다. 생각해 볼 때, 그것은 영국군이 렉싱턴을 화염에 휩싸이게 만들어 버리겠다는 뜻으로 '불' 이라는 단어를 사용했던 것이다. 그런데 어처구니가 없게도 병신보다 못한 스미드 교수는 그것을 전혀 깨닫지 못했다.

일부 학생들은 공부가 지나쳐서 단세포 동물로 역진화해 버린 그 멍텅구리 교수의 몸에 타르 칠을 한 뒤 새털을 꽂아 떠메고 다니면서 서서히 죽여 버리기를 원했다.

그러나 하버드의 전통이 그러하듯이 모두들 나름대로의 의견을 내놓았다. 학생들이 의견의 대립을 보이고 있는 동안, 스미드 교수는 슬그머니 자리를 피했다. 그리고 두 번 다시 나타나지 않았다.

그날 저녁에 폴 리비어가 케임브리지로 달려와서 렉싱턴과 콩코드의 끔찍한 참상을 전해 주었다. 민병대는 영국군의 공격에 대비하자는 의도에서 급히 케임브리지 외곽 지대에 바리케이드를 설치하기 시작했다. 일부 학생들도 거기에 가담했다. 그러나 영국군은 케임브리지에 나타나지 않았다.

1747년도 졸업생 이삭 가드너가 이끄는 브룩클린 민병대는 와트슨에 매복해 있다가 접근하는 영국군을 공격했다. 이 기습은 비록 무위로 끝나 버리고 말았지만, 그것은 케임브리지로 가는 길목 요소에 그처럼 용감한 민병대가 매복해 있을지도 모른다는 공포심을 야기함으로써 영국군의 진로를 바꾸게 만들었다.

이삭 가드너 같은 사람들 덕분에 하버드대학의 캠퍼스에서는 싸움이 벌어지지 않았던 것이다.

존 엘리어트 할아버지의 일기를 처음 읽었던 그 무더운 날 오후에 나는 만약 지금의 대학이 총칼의 위협에 앞에 직면하게 된다면 오늘날의 대학생들은 과연 어떻게 행동할 것인가에 대해 의문을 제기하지 않을 수 없었다. 우리는 과연 어떻게 할 것인가? 적군에게 플라스틱 원반이

나마 던질 수 있을 것인가?

점심식사를 하러 나갔다가 사무실로 돌아왔을 때에는 이미 오후 5시가 다 되어 있었다. 나는 조니 아저씨에게 사과하기 위해 달려갔다.

조니 아저씨는 책상에 앉아서 이상한 눈으로 나를 올려다보았다. 조니 아저씨는 그동안 내가 없었다는 것조차 깨닫지 못했던 것이다.

나라는 인간이 지금까지 살아온 것은 항상 그런 식이었다.

28

학생들이 마지막 남은 1년 동안의 대학 생활을 마무리짓기 위해 케임브리지로 돌아왔을 때, 그들은 대학 생활이라는 모래시계에 지극히 소량의 모래밖에 남지 않았다는 사실을 뼈저리게 느끼고 있었다. 이제 정확히 9개월 후면 하버드라는 안락한 태내에서 냉혹하고 험난한 세계로 내동댕이쳐질 것이기 때문이었다.

모든 것이 급속히 지나가 버리는 것 같았다. 4학년이란 언덕길을 하강하는 스키 선수와도 같았다. 학생들 가운데 일부는 강렬한 가속도에 기겁해 끝이 눈앞에 보임에도 불구하고 중심을 유지하지 못했다.

지난 3년 동안 3건의 자살 사건이 있었다. 유감스럽게도 모두 하버드에서 살아 남으려는 압력 때문에 빚어진 일이었다. 이제 마지막 1년을 남겨 놓고 졸업 예정자 가운데 두 명이 더 목숨을 끊게 된다. 그러나 이번에는 졸업에 대한 두려움 때문에 발생한 사건이었다.

마지막 장은 또한 다른 의미에서도 서글프다. 처음 3년 동안의 풍토병과 같았던 냉소가 이제는 서서히 그리고 놀랍게도 향수로 변해 버린다. 6월이 되면 향수병은 후회, 시간의 낭비, 기회의 상실, 다시는 돌아오지 않을 학창 시절의 자유에 대한 미묘한 감정으로 바뀐다.

물론 예외적인 것도 있다. 4학년이라는 가혹한 시련에서 살아 남을
수 있는 사람이란 동기생에게 영광을 안겨 줄 가능성이 가장 높은 존
재이다. 그리고 그들 가운데 가장 화려하게 출발한 사람은 보스턴 교
향악단과의 협연을 성공리에 끝낸 피아노 독주자였다.

그러나 청중이 운집한 연주회장에서 피아노를 향해 초조하게 걸어가
는 대니 로시는 지난봄에 엘리어트 하우스를 떠났을 때의 두터운 안경
낀 젊은이가 아니었다. 대니는 이제 안경을 쓰고 있지 않았다.

비록 안경을 벗었기 때문에 외모는 엄청나게 세련되었지만 시력이
좋아진 것은 결코 아니었다. 지난여름 탱글우드 음악제에서 만난 사랑
스러운 여인 마리아 파스토레의 충고에 따라 대니의 변신이 이루어졌
던 것이다.

우연히 대니가 안경을 벗은 모습을 보게 된 마리아는 매력적인 대니
의 초록색 눈동자가 청중들의 마음을 사로잡을 것이라고 말했다. 그리
고 안경 때문에 청중들이 그처럼 신비스러운 눈동자를 보지 못한다는
것은 참으로 유감스러운 일이라고 말했다. 바로 그 다음날 대니는 안
경을 벗고 대신 콘택트 렌즈를 맞추었다.

심포니 홀의 무대에 올라선 그 순간부터 대니는 마리아의 충고가 얼
마나 올바른 것이었는지를 피부로 느낄 수 있었다. 열광적이면서도 품
위 있는 환호 속에서 '어머나, 정말 귀여운 청년이네요' 라고 하는 귀부
인들의 찬사를 들을 수 있었던 것이다.

대니는 거의 완벽에 가까운 연주를 했다. 대니의 연주는 항상 열정적
이었다. 그리고 연주의 마지막 악장에 이르러 머리카락 몇 가닥 이마
위로 흘러 내렸다.

기립 박수가 연주회의 끝을 장식했다.

대니는 청중들의 환호가 얼마 동안이나 지속되었는지 알 수 없었다. 대니는 환호의 흐름에 실려 모든 시간 감각을 상실해 버린 것 같았다. 먼치가 어깨에 다정하게 손을 얹고 대니를 대기실로 데려가지 않았다면 그는 언제까지라도 무대에 그냥 머물러 있었을 것이다.

대니가 대기실로 들어가고 나서 얼마 지나지 않아 대니의 부모가 나타났다. 그리고 곧바로 요란한 발소리를 내면서 대니 로시라는 태양의 둘레를 돌기 시작한 새로운 위성들이 몰려왔다.

바로 기자들이었다. 가장 먼저 먼치와 악수를 나누는 대니의 모습에 플래시 세례가 터졌다. 다음으로 카메라는 대니의 부모를 여러 각도에서 잡았다. 그리고 대부분 뉴욕에서 온 음악계의 저명 인사들과 함께 또다시 서너 장의 사진을 찍었다.

마침내 대니가 짜증이 날 지경에 이르렀다.

"이것 보세요, 기자분들. 지금 저는 몹시 피곤합니다. 여러분도 아시겠지만, 전 어젯밤에 별로 잠을 못 잤어요. 그러니 이제 그만 돌아가 주세요. 원하는 걸 얻었다면요."

대니는 거의 애원하는 어조로 말했다. 대부분의 기자들이 만족했는지 하나 둘씩 떠나기 시작했다.

그러나 마지막 한 명의 사진 기자가 상업용 사진을 한 장 더 찍기 위해 남아 있었다.

"대니 씨, 미안합니다만 여자 친구분과 함께 포즈를 좀 잡아 주시겠습니까? 딱 한 장이면 됩니다."

대니는 차분한 복장을 한 마리아가 계속 몸을 숨기고 있던 곳을 바라보았다. 대니는 그냥 '친구' 자격으로라도 좋으니까 이번 연주회에 꼭 좀 와 달라고 마리아를 설득하는 데에 몇 주일이 걸렸다.

대니는 마리아에게 자기에게 오라고 몸짓했다. 그러나 마리아는 고개를 저었다.

"싫어, 대니. 난 사진 찍히고 싶지 않아. 그리고 오늘은 대니를 위한 밤이야. 난 청중의 한 사람으로서 이곳에 왔을 뿐이야."

대니는 실망하지 않을 수 없었다. 대니는 자기에게 정말로 매혹적인 애인이 있다는 것을 전세계에 알리고 싶었다. 하지만 그 희망이 무참하게 박살나 버리는 순간이었다.

대니는 할 수 없이 사진 기자에게 양해를 구했다.

"이런 일에 익숙하지 못해서 좀 어색한 모양입니다. 다음에 찍기로 합시다. 괜찮겠죠?"

사진 기자는 서운한 표정을 지었지만 별수 없이 그곳을 떠날 수밖에 없었다. 대니와 그의 부모, 그리고 마리아는 리츠 호텔로 가기 위해 리무진에 올라탔다.

리츠 호텔에는 교향악단측에서 이미 대니를 위해 방을 예약해 놓고 있었다. 대니는 호텔까지 가는 동안 꿈속을 헤매었다. 운전 기사까지 딸린 고급 승용차의 푹신한 의자에 푹 파묻힌 대니는 마음 속으로 중얼거렸다.

'이건 정말로 믿을 수가 없어. 내가 스타가 되다니! 그것도 대스타가!'

대니 로시는 자신이 그토록 행복감을 느끼게 될 것이라곤 전혀 생각하지 못했었다. 애초에 대니는 조촐하게 파티를 꾸며줄 것을 부모님께 부탁했었다. 왜냐하면 연주회가 끝난 후에 오늘 이 자리에서 기쁨을 함께 나누지 못한 한 스승을 추모하기 위해서였다.

그러나 대니는 아직도 연주회의 환호에 도취되어 있었기 때문에 이 순간 자기 자신 이외의 다른 사람에 대해서는 전혀 생각할 수 없었다. 먼치와 교향악단의 수석 악사가 파티에 잠깐 참석해 샴페인 한 잔을 마시고는 곧 떠났다.

그들은 다음날 오후에 또 한 차례의 공연이 남아 있었기 때문에 집에 돌아가 휴식을 취해야만 했던 것이다. 보스턴 심포니 오케스트라의 전무 이사는 대니를 만나기 위해 단 하루도 기다리지 못하겠다고 성화를 부리는 세계적인 저명 인사를 데리고 나타났다.

전혀 예상하지 못했던 그 손님은 바로 세계에서 가장 유명한 연주단의 대표인 허로크였다. 허로크는 대니에게 정말로 멋진 연주회였다고 칭찬을 하고 난 다음에 대니의 매니저가 되고 싶다는 제안을 내놓았다.

허로크는 빠르면 내년에 유명한 교향악단과 협연할 수 있도록 주선해 보겠다는 약속까지 했다.

"하지만 허로크 씨, 저는 전혀 유명하지 않아요."

"그 문제라면 걱정 말아요. 나는 그런 것에 개의치 않으니까……. 그리고 내가 계약하게 될 교향악단장들은 대부분 이름보다는 재능을 높이 사는 사람들이에요."

허로크는 여유 있게 미소를 지었다.

"그렇다면 혹시 그 사람들 가운데 몇 명이 오늘 밤 연주회에 왔었다는 말씀인가요?"

"그런 건 아니에요. 하지만 먼치 씨가 오늘 저녁의 연주회 실황을 녹음해 두면 좋을 것 같다고 해서 그렇게 해놓았어요. 대니 군이 승낙해

준다면 그 실황 테이프를 아주 유용하게 사용할 수 있습니다.”

허로크는 시종일관 미소를 잃지 않았다.

“이건 정말…….”

대니는 깜짝 놀라고 말았다.

“안녕하십니까, 허로크 씨. 나는 대니의 아버지입니다. 괜찮다면 내일 아침에 식사나 함께 하는 게 어떻겠습니까?”

대니의 아버지가 두 사람의 대화에 끼여들었다. 대니는 아버지를 날카롭게 쏘아보고 나서 허로크에게 다시 시선을 돌렸다.

“제게 너무 과찬의 말씀을 해주신 것 같습니다, 선생님. 언제 다시 만날 기회가 있다면 그때 가서 이야기하지요.”

“좋습니다, 좋아요. 그럼, 대니 군이 조금 한가해졌을 때 다시 이야기를 계속하도록 합시다.”

허로크는 충분히 이해할 수 있다는 듯이 고개를 끄덕였다. 그리고 나서 허로크는 정중히 작별 인사를 한 다음 전무이사와 함께 자리를 떠났다.

이제 남은 사람은 대니와 그의 부모님, 그리고 마리아뿐이었다.

“자, 이제 우리만 남았구나. 이탈리아인들만 말이야.”

대니의 아버지가 마리아를 향해 미소를 지어 보이면서 유쾌하게 말했다. 하지만 대니의 아버지는 아들의 시선을 의식적으로 피하고 있었다. 왜냐하면 바로 조금 전에 자신이 부자 관계의 새로운 경계선을 넘었기 때문이었다. 그리고 혹시라도 자신의 경솔한 행동으로 인해 대니가 화를 내지 않을까 두렵기도 했다.

“모두 괜찮다면 오늘 밤 이 자리를 가장 기뻐할 사람을 위해 건배했으면 좋겠어요.”

대니의 어머니가 처음으로 말문을 열었다.

대니는 고개를 끄덕이면서 다른 사람들과 함께 잔을 들었다.

"대니 로시를 위하여!"

대니의 아버지가 제일 먼저 건배를 시작했다.

그런데 바로 그 순간, 대니의 아버지는 그만 멈칫하고 말았다. 최대의 자제심이 담긴 아들의 목소리가 귓가에 들렸기 때문이었다.

"참으세요, 아버지. 오늘 밤만큼은 그러시면 안 됩니다."

한참 동안이나 무거운 침묵이 흘렀다. 대니의 어머니가 나지막한 소리로 말문을 열었다.

"구스타브 랜도우를 기념하여! 대니의 음악이 천국에까지 울려 퍼져서 그토록 훌륭한 분이 자랑스럽게 여길 수 있도록 하느님께 기도를 드리도록 해요."

네 사람은 모두 엄숙한 표정으로 잔을 들었다.

"그분은 대니의 선생님이었어요."

대니의 어머니가 마리아에게 말했다.

"저도 알고 있어요. 그분에 관해서는 대니에게 이야기를 많이 들었어요. 대니가 그분을 무척 흠모했다고 하더군요."

마리아가 나지막한 목소리로 말했다. 그러다가 갑자기 말을 멈췄다. 모두들 무슨 말을 해야 될지 모르고 있는 눈치였다.

조금 후에 마리아가 다시 말문을 열었다.

"파티의 흥을 깨고 싶진 않지만, 시간이 너무 늦었어요. 그만 래드클리프로 돌아가야 할 것 같아요."

"잠깐만, 마리아. 나와 함께 가는 게 어떻겠어? 마리아를 태워다 준 다음에 엘리어트로 가면 되니까……."

하지만 마리아는 대니를 만류했다.

"그건 안 돼. 교향악단측에서 이렇게 훌륭한 호텔을 잡아 놨는데 그러면 안 되지. 대니는 여기서 자도록 해. 하버드의 기숙사보다는 훨씬 나을 거야. 금속 침대보다야 이곳이 훨씬 더 아늑하잖아. 왜 사서 고생하려고 그래?"

마리아는 마지막 말을 해놓고서 갑자기 쑥스러운 생각이 들었다. 금속 침대 운운하는 것을 듣고 혹시 대니 부모가 마리아가 대니의 침실에 간 적이 있다는 사실을 알게 되지나 않을까 하는 걱정에서였다.

아무튼 마리아가 미처 깨닫기도 전에 대니의 부모는 어느 사이에 복도 저편에 있는 침실로 걸어가고 있었다. 대니와 마리아는 엘리베이터를 타고 아래층으로 내려가면서 똑바로 앞만 바라보고 서 있었다.

엘리베이터 문이 열리자 대니가 마리아의 팔을 가볍게 잡았다.

"잠깐, 마리아. 오늘 밤은 가지 말아 줘. 너와 함께 있고 싶어. 이 특별한 밤을 내가 진실로 사랑하는 사람과 함께 보내고 싶어서 그러는 거야."

대니가 나지막한 목소리로 속삭였다.

"피곤해, 대니. 정말이야. 금방이라도 쓰러질 것만 같아."

마리아는 대니의 부탁을 부드럽게 거절했다.

"마리아, 제발. 나와 함께 올라가자. 오늘 너와 나는 한 몸이 되는 거야."

대니의 목소리도 애원조로 바뀌어 있었다.

"대니. 너의 말이 무슨 뜻인지는 알겠어. 하지만 우린 같은 세계 속에 속해 있지 않아. 특히 오늘 밤 이후로는……."

마리아는 침착성을 잃지 않았다.

“그게 무슨 말이야?”

“대니는 변했어. 대니가 크게 성공한 것은 기쁘지만, 대니는 내가 전혀 아늑함을 느끼지 못하는 완전히 새로운 세계로 들어간 거야.”

대니는 화를 내지 않으려고 안간힘을 썼지만, 목소리가 커지는 것을 어쩔 수가 없었다.

“그게 나하고 같이 있기 싫다는 이유야?”

“그렇지는 않아. 오늘 밤, 나는 대니의 인생에 그 누구도 끼여들 만한 여지가 없다는 걸 알게 되었어. 조명은 대니 혼자서 받기에도 충분하지 않아.”

마리아는 어둠에 잠긴 로비를 가로질러 출구 쪽으로 걸어가기 시작했다.

“마리아, 기다려!”

대니의 목소리가 대리석 홀에 울려 퍼졌다. 마리아는 잠시 걸음을 멈추고서 말했다.

“제발, 대니. 더 이상 아무 말도 하지 말아 줘. 난 대니와의 행복했던 기억을 지금 이대로 간직하고 싶으니까…….”

그런 다음에 마리아는 거의 들리지도 않을 만큼 조그마한 목소리로 한 마디 덧붙였다.

“안녕.”

그것이 끝이었다. 마리아의 모습은 회전문을 통해 어둠 속으로 사라져 버렸다.

대니는 자신의 인생에 있어서 가장 큰 성공을 거둔 날 밤에 텅 빈 로비에 홀로 남겨지게 되었다. 대니는 기쁨과 상실감이 서로 엇갈리는 묘한 기분을 느껴야만 했다.

대니는 어둠 속에서 한동안 홀로 서 있었다. 대니는 마침내 이것이 자신이 치러야만 할 대가라고 스스로를 위로했다. 이것은 바로 대니의 명성을 위한 대가였던 것이다.

테드와 사라는 이제 떨어질 수 없는 관계가 되어 있었다. 그들은 거의 모든 과목을 함께 들었으며, 섹스를 할 때만을 제외하고는 주로 고전에 관한 대화를 나누었다.

두 사람은 졸업 논문도 일맥상통하는 내용을 주제로 잡았다. 사라는 휘트먼 교수를 지도교수로 선택해 헬레니즘 차원에서의 에로스에 대한 고찰을 시도해 볼 예정이었다. 그리고 테드는 핀리 교수의 지도 아래에서 호머의 작품에 나오는 등장 인물 가운데 완전히 상반되는 두 명의 여인, 즉 헬렌과 페넬로페에 관한 비교 논문을 쓸 생각이었다.

두 사람은 매일 오후에 와이드너 도서관에서 서로 마주보고 앉아 라틴어와 그리스어로 된 노트를 주고받으면서 공부에 열중했다. 그리고 오후 4시 무렵에는 연습을 하러 가는 운동 선수들의 대열에 끼곤 했다. 물론 그들 두 사람의 운동장은 바로 앤드류의 방이었다.

4학년이 되어서 다시 하버드로 돌아온 후에 테드와 사라는 사람의 순조로웠던 대학 생활도 이제 막바지에 접어들었다는 것을 피부로 느낄 수 있었다. 막연한 서운함도 느껴졌다.

테드는 대학원에 진학해 고전문학을 계속 전공할 생각이었다. 사라의 경우에도 테드와 같은 길을 가려고 생각하고 있었지만, 사라의 부모는 1년간의 유럽 유학비를 기꺼이 대줄 용의가 있다는 뜻을 비쳤다.

사라는 그 선택의 기로에서 갈등하고 있었다. 사라의 부모가 사라와 테드의 관계를 못마땅하게 여기고 일부러 유학 이야기를 꺼낸 것은 아니었다. 사실 사라의 부모는 테드를 만난 적도 없었고, 테드에 대해서도 전혀 모르고 있었다.

그 반면에 사라의 경우에는 일요일 저녁마다 테드의 집에 초대되어 식사를 함께 하면서 마치 한 집안의 식구처럼 지냈다. 그리고 테드의 어머니는 사라가 진짜 한가족이 될 수 있도록 주일마다 기도를 드렸다.

사라와 테드 두 사람은 미래에 대해 상반된 감정을 갖고 있지 않았다. 너무나 서로를 사랑했던 것이다. 결혼에 대한 말은 꺼낸 적도 없었다. 상대방의 결혼 의사가 부정적이지나 않을까 하는 두려움 때문이 아니라, 두 사람의 결혼을 너무나 당연한 것으로 여기고 있었기 때문이었다.

그들은 결혼식이 단지 형식에 지나지 않는다고 여겼다. 그들 두 사람은 남자와 여자를 나타내는 그리스어가 남편과 아내라는 뜻도 동시에 지니고 있다는 사실을 알고 있었다. 따라서 정신적으로 뿐만 아니라 육체적으로도 그들 두 사람은 이미 결혼한 것이나 다를 바가 없었다.

4학년이 되어서 다시 엘리어트 하우스로 돌아온 제이슨은 반가운 친구들을 만났다. 해병대 하계 훈련장에서 지냈던 제이슨은 훨씬 더 몸이 좋아졌고 전신은 햇볕에 검게 탄 상태였다.

제이슨은 캠퍼스에 도착하자마자 이인용 기숙사에서 함께 생활하게 된 앤드류와 뉴얼을 만나기 위해 찾아갔다. 오랜만에 만난 친구들은 서로 할말이 많았다.

해군 ROTC에 지원한 뉴얼은 항공모함을 타고 태평양을 순회하면서 여름을 보냈다. 집으로 돌아오기 전에 뉴얼은 호놀룰루에서 기막힌 일주일을 보냈다고 떠벌렸다.

작렬하는 남부의 태양 아래에서 여름을 보낸 제이슨은 다소 다른 나날을 보냈다. 우선 모든 아이비리그 대학생들을 못마땅하게 여기는 훈련 담당 상사로 인해 결코 편안한 여름이 되지 못했다. 한 번은 별일도 아닌 것을 가지고 트집을 잡아 완전 무장한 상태로 뜨거운 뙤약볕 아래에서 1시간 동안이나 구보를 하게 만든 적도 있었다.

"절반 가량 죽었겠구나."

앤드류 엘리어트가 맥주를 따면서 말했다.

"별로……. 그런 대로 할 만했어. 이 몸을 가지고 못 할 일이 뭐가 있겠어? 그렇지만 항상 곧 쓰러질 것처럼 행동했지. 그래야 편하니까……."

제이슨이 대수롭지 않게 받아넘겼다.

"그래, 아주 좋은 아이디어야. 해병대 놈들이 지독하다는 이야기는 나도 들은 적이 있어."

뉴얼이 고개를 끄덕였다.

"그 상사라는 녀석은 진짜 우릴 싫어했어."

제이슨이 불쑥 예상하지 못했던 이야기를 꺼냈다.

"왜?"

"나는 녀석이 훈련장에서나 그렇게 심하게 구는 줄 알았어. 공연히 군기를 잡으려고 그러는 것으로만 알았단 말이야. 훈련이 끝나고 외출만 하면 버지니아도 그런 대로 지낼 만한 곳이야. 그래서 우리는 훈련이 아무리 지독해도 거기에 희망을 걸고 참았지. 그런데 한 번은 이런 일이 있었어. 토요일이었는데 훈련을 마치고 모두들 아이스크림을 사먹으려고 시내 쪽으로 갔어. 하워드 존슨이라는 스낵코너에서 얼마 동안 휴식을 취하고 있는데, 글쎄 그 상사 녀석이 우연히 그 근처를 지나가더라구……. 그래서 그를 불렀어. 우리와 합석하자고 말이야.”

“그런데 뭐가 문제였어?”

앤드류가 궁금한 듯이 다가앉으면서 물었다.

“너희들은 정말 믿지 못할 거야. 그 빌어먹을 놈의 상사 자식이 어떻게 했는지 알아? 우리를 보고 손가락만 까딱까딱하고는 그냥 가버렸어. 그러더니 월요일에 기합을 주는데, 말도 마라. 팔굽혀 펴기를 얼마나 했는지 나중에는 땅에 엎어져서 일어날 힘도 없었어.”

“이해가 안 돼. 어떻게 그럴 수가 있지?”

앤드류가 고개를 갸웃거리면서 말했다.

“이해가 안 돼도 할 수 없어. 하지만 내가 직접 당했으니까 믿지 않을 수 없잖아? 아무튼 군대만큼 인종차별이 심한 곳도 드물어. 제기랄! 빌어먹을 자식들!”

그러자 뉴얼이 한마디하고 나섰다.

“그래도 넌 좀 낫다. 유대인이라는 사실밖에 흠잡힐 게 없잖아. 그나마도 넌 다른 애들에 비해 행복하다는 거야.”

제이슨은 친구라고 여겼던 사람으로부터 모욕에 가까운 말을 듣게 되자 참을 수가 없었다.

“뉴얼, 네가 멍텅구리라는 것은 이미 오래 전부터 다 알고 있었으니까 마지막 말은 못 들은 걸로 해두겠어.”

제이슨이 인상을 찌푸리면서 말했다.

분위기가 이상한 방향으로 흐르자 세심한 앤드류가 급히 화제를 바꾸었다.

"자, 그건 그렇고……. 최근의 신입생 등록명단을 입수했는데 쓸 만
한 애들이 있는지 한 번 검토해 보는 게 어때?"

"그거 좋지. 이봐, 제이슨. 넌 어때? 사랑스러운 신입생 여학생들에
게 새로운 마음으로 접근해 볼 생각이 없어?"

다시 분위기가 원만한 상태로 돌아간 것을 기뻐하면서 뉴얼이 말했
다.

"뉴얼, 넌 정말 넉살도 좋은 놈이다. 그래서 내가 널 좋아하는지도
모르겠지만……. 아무튼 이 몸께서는 어제 이미 하나 낚아 올렸어. 상
대는 모린 맥카베라고 하는데 오늘 밤에 노럼베가 공원에 함께 가기로
했지."

제이슨이 가볍게 미소를 지으면서 대답했다.

29

우리는 문자 그대로만큼이나 상징적인 의미에서 앤드 존의 치욕 속에서 대학생활을 시작한다. 하지만 우리의 진보는 우리를 행복한 정상으로 인도한다. 우리는 4학년이기 때문에 총장이나 매우 뛰어난 졸업생들과 가까운 거리에 있게 된다. 다시 말하자면 축구장의 50야드 선 오른쪽에 앉게 되는 것이다.

물론 내년 가을이 되면 우리는 졸업생으로서 이 앤드 존에 다시 올 것이다. 그래서 우리 예비졸업생 일행은 금년의 하버드대학 대 예일대학의 정기전을 멋진 고별식으로 만들기로 했다.

뉴얼과 나는 뉴헤이븐에 있는 대학 예비학교의 동창생 몇 명과 만났다. 우리 모두가 누워서 잘 수 있는 소파도 준비해 두었다. 우리는 길버트가 누울 자리도 마련했다. 길버트는 자기 동생 줄리에게 브라이어클리프의 아주 멋진 여자아이들을 우리에게 소개시켜 줄 것을 부탁했었다.

줄리가 다니는 학교는 매사추세츠의 케임브리지에 있는 학교와는 달리 아름다움과 매력에 중점을 두는 매우 실속 있는 여자대학이었다. 그 여자대학에서 머리는 별문제가 되지 않는다.

그런데 그놈의 래드클리프의 여대생들은 너무나 똑똑해서 하느님이 왜 여자를 창조했는지 잊게 만들 지경이다. 물론 내가 래드클리프에 대해 반감을 갖고 있는 것은 아니다. 만약 나에게 딸이 있다면 내 딸을 그곳에 보내고 싶다. 그러면 그 애가 나중에 결혼을 하게 될 때, 나의 마음이 편할 테니까……

줄리 길버트는 뉴얼과 나를 위해 음식을 준비해 주었다. 우리는 예일대학에 다니는 찰리 커싱이라는 아주 멋진 녀석을 줄리에게 소개시켜 주었다. 찰리는 머리가 좋다기보다는 아주 예의 바른 녀석이었다.

— 앤드류 엘리어트

예일과의 시합장에서 우리는 아주 좋은 자리에 앉았다. 우리는 생일 파티에서 뿌려지는 색종이처럼 여기저기 흩어져서 세계의 명사들과 함께 50야드 선 가까이에 앉았다.

내가 앉은 곳에서 네 줄 아래에는 퍼세이 총장과 학장들이 앉아 있었다. 그들은 우리 학교의 학생들에게 박수를 보내고 있었다. 내 왼쪽으로 10야드쯤 떨어진 곳에는 매사추세츠 주의 상원의원이 앉아 있었다.

하버드가 거칠고 건장하며 아주 잘 싸우는 예일 선수들에게 점수를 허용할 때마다 그들은 크게 고함을 쳤다. 불행하게도 미국 상원의원의 커다란 고함 소리도 그날 우리 선수들에게는 크게 도움이 되지 못했다. 예일은 우리를 54대 0으로 완파했다.

빌어먹을!

시합을 마친 후에 브랜포드대학 후원회에서 마련한 축제를 즐기며 나는 예일 놈들은 자랑할 만한 것이 아무것도 없으니까 그까짓 시합에서라도 이기도록 해주어야 할 거라고 생각했다.

12월 초의 어느 날 오후, 사라 해리슨은 베개 맞은편을 바라보면서 미소를 짓고 있었다.

"테드, 우리 부모님께 날 달라고 해야 할 때가 되지 않았어?"

"싫다고 그러시면 어떡하지?"

"그럼 결혼식 파티에서 좌석 두 개를 빼면 되지, 뭐."

"그러면 안 돼. 부모님들이 어떤 생각을 하고 있는지 생각해 봤어?"

"어떤 것도 날 테드에게서 떼어놓을 수는 없어"

사라는 그렇게 말하고 나서 걱정스러운 목소리로 덧붙였다.

"아버지가 테드를 좋아했으면 좋겠어. 하지만 엄마는 내가 누굴 데려가든 아무도 인정하지 않을 거야."

테드는 신경이 날카로워졌다. 테드는 사라를 기쁘게 해주기 위해서 그녀의 아버지에게 호감을 사고 싶었다. 그래서 테드는 사라의 집에 가기 며칠 전부터 그녀가 그렇게 존경하는 아버지가 어떤 사람인지 알아보는 데에 많은 시간을 보냈다.

인명 사전에는 필립 해리슨이 33년도 하버드 졸업생이며, 훈장을 받은 해군 장교로서 이 나라에서 가장 성공적인 은행가라고 씌어 있었다. 게다가 필립 해리슨은 가끔 백악관에 경제 문제에 대해 조언을 하러 다녔다. 그리고 그럴 때마다 《뉴욕 타임스》에 그의 이름이 등장하기도 했다.

필립 해리슨은 아들 셋을 낳았다. 그의 눈에 딸은 사과와도 같을 것이었다. 그리고 사라의 말에 의하면 필립 해리슨은 모든 덕망의 화신이었다.

무슨 일이 왜 이렇게 자꾸만 어려워져 가는 거지?

무수히 수많은 생각들이 테드의 머릿속을 계속 맴돌고 있었다.

"지금 입고 있는 그 푸른색 옷은 크리스마스 만찬에나 어울릴 것 같아, 테드."

앤드류가 테드를 바라보면서 말했다.

앤드류와 사라는 앤드류의 옷장을 뒤적이고 있었다. 그들은 될 수 있는 대로 좋은 인상을 줄 수 있는 알맞은 옷을 찾고 있는 중이었다.

"저녁식사 때에는 회색 옷을 입고 푸른색 옷은 교회에 갈 때 입는 게 어떨까?"

테드가 사라를 바라보면서 말했다.

"테드, 그건 중요한 게 아니야. 아버지는 옷을 보고 너를 판단하진 않을 거야."

"난 사라의 옷을 보고 말한 거야."

테드가 미소를 지었다. 그리고 조심스럽게 말을 이었다.

"하지만 너의 어머니는 어때? 내가 어머니에게 다가갈 기회를 잡아야 한다고 생각하지 않아?"

친구의 입장에서 앤드류는 테드를 모든 환상으로부터 끌어내는 것이 좋겠다고 생각했다.

"정신 차려, 램브로스. 사라의 어머니는 네가 신랑으로서가 아니라 웨이터로서 자기 딸의 결혼식에 나타나는 것을 좋아할 거야. 내 옷을 몽땅 입어 보라고. 좀 나아 보인다면 이 넥타이도 한 번 매어 봐. 하지만 네가 머리에 왕관을 쓰지 못하는 한 데이지 해리슨 부인에게 좋은 인상을 남길 수는 없을 거야. 하지만 난 왕관을 빌려줄 수가 없어."

"넌 내 자신감에 대해 의구심을 품고 있군, 앤드류."

테드가 투덜거리면서 대답했다.

앤드류는 앞으로 다가서서 친구의 어깨를 잡았다.

"이봐! 지난 3년 반 동안 하버드는 너에게 무엇을 가르쳐 주었지? 중요한 것은 네가 누구냐가 아니라 네가 지금 무슨 일을 하고 있는가라는 것을 가르쳐 주지 않았어?"

"그렇다고 할 수도 있겠지, 앤드류. 하지만 넌 아마 메이플라워 호에서 받은 모든 딱지를 아직도 옷가방에 붙여 놓고 있는지도 몰라."

"테드, 난 언젠가 너와 지위를 놓고서 흥정할 날이 있을 거야. 내가 새해를 맞이하는 날에 데이트를 하지 못한다면, 우리 조상들이 대서양을 건너왔다는 게 무슨 소용이 있겠어? 내가 한 말이 무슨 뜻인지 알겠어?"

"그래, 나는……."

"좋아. 이제 네가 고른 옷을 들고 사라의 부모님을 만나러 가는 거야."

테드와 사라는 12월 23일에 기차를 탔다. 기차는 조금 후텁지근했다. 기차의 객실은 재미있게 떠들어대는 사람들과 캐럴이나 '블루 수에드 슈즈' 같은 연가를 부르는 학생들로 붐비고 있었다.

"그리니치에서 누가 우리를 마중 나오게 되어 있어?"

스탬포드 역을 지나갈 무렵에 테드가 마침내 입을 열었다.

"아마 오빠들 가운데 한 사람이 나올 거야. 아버지는 휴일 전날에는 늦게까지 일하시거든."

"가족들이 날 좋아하게 될 가능성이 정말로 있을까?"

"그건 뭐라고 말할 수가 없어. 피피와 에반은 분명히 테드에게 질투심을 느낄 거야. 테드는 하버드생이지만, 두 사람은 모두 하버드에 떨어졌으니까……."

사라가 확실하다는 말투로 대답했다.

"농담하지 마. 아버지의 영향력이 있는데도 떨어졌단 말이야?"

"아빠는 연금술사가 아니야. 게다가 오빠들은 학교 점수가 형편없었어, 테드……. 테드와 아빠만이 하버드 출신이야. 그 사실이 테드의 입장을 조금 나아지게 하지 않을까?"

사라가 웃으면서 대답했다.

"그래, 분명히 그럴 거야."

테드가 맞장구를 쳤다.

8시가 막 지났을 때 두 사람은 희미한 플랫폼에 내려섰다. 사라는 도착하는 승객들을 기다리고 있는 사람들 사이를 훑어보면서 오빠를 찾아다녔다. 그러던 사라가 갑자기 기쁨의 탄성을 질렀다.

"아빠!"

테드는 사라가 주차장의 불빛에 의해 밝게 빛나는 흰 머리칼에 양가죽 코트를 입은 신사의 품속으로 달려가는 동안 꼼짝도 하지 않고 그대로 서 있었다.

몇 분이 지나자 그들 부녀가 팔짱을 끼고 테드가 있는 곳으로 다가왔다. 필립 해리슨이 먼저 손을 내밀었다.

"만나서 반갑네, 테드 군. 사라에게 얘기 많이 들었네."

"좋은 이야기였으면 좋겠군요. 초대받게 되어 정말 기쁩니다."

테드는 가까스로 미소를 지으면서 대답했다.

그들은 메리트 파크웨이를 따라 자동차를 타고 가고 있었다. 세 사람이 탄 차가 좁은 숲길로 접어들더니 초록색 대문이 있는 멋있게 생긴 하얀 집으로 방향을 바꾸었다.

데이지 해리슨이 문에서 그들은 맞이했다. 그녀는 자기 딸에게 키스를 하고 나서 손님을 향해 돌아섰다.

"테드 군인가요? 우린 정말 테드 군을 만나고 싶었어요."

데이지 해리슨이 테드와 악수를 하면서 말했다.

잠시 후에 테드는 벽난로의 이글거리는 불꽃 앞에서 해리슨의 집안 식구들에게 둘러싸여 뜨거운 커피를 마시고 있었다. 마치 《뉴욕 타임스》에 나오는 삽화의 한 장면과도 같았다.

사람들은 모두 간편한 옷차림을 하고 있었다. 테드는 자신이 입은 앤드류 엘리어트의 정장이 이 분위기와는 어울리지 않을 것이라는 생각을 하고 있었다.

"안녕"이라고 말하는 피피의 인사와 "만나서 반갑네"라는 에반의 인사는 우호적이기는 했지만 진정으로 테드를 반기는 말투는 아니었다. 하지만 열네 살인 네드의 인사는 정말로 따뜻했다.

"저어 테드 형. 예일이 금년 축구 시합에서 하버드를 묵사발 낸 거 끔찍하지 않아요?"

네드가 조심스럽게 말했다.

"네드, 한 가지 알아야 할 게 있어. 우리는 매번 예일대학에 져주어야 할 사회적인 의무를 갖고 있어. 내 말뜻은 그렇게 함으로써 그들의 열등감을 회복시켜 줄 수가 있다는 거야."

테드가 미소를 지으면서 말했다. 그것은 테드가 엘리어트 하우스에 자주 가면서 익히 들었던 이야기였다. 이 유명한 하버드의 자부심은 어린 네드를 완전히 사로잡았다.

"와! 그렇군요."

네드는 탄성을 질렀다. 그런 다음에 다시 물었다.

"하지만 54대 0은 너무 심했잖아요?"

"그렇지 않아. 뉴헤이븐에 있는 아이들은 금년에 아주 불안해 하고 있을 거야. 하버드가 로드 장학회에서 그들을 모두 물리쳐 버렸거든……."

사라가 두 사람의 대화에 끼여들었다.

"그게 축구보다 더 중요한 거란다."

필립 해리슨이 만족한 듯이 말했다.

"테드 군. 나의 친정 식구들은 모두 예일 출신이에요. 테드 군의 식구들은 모두 하버드 출신인가요?"

해리슨 부인이 가시가 돋친 말을 꺼냈다.

"물론입니다."

테드 램브로스가 자신 있게 대답했다. 사라는 마음 속으로 웃음을 짓고 있었다. 그리스인이 앵글로 색슨계 백인을 1대 0으로 이기고 있다고 생각했던 것이다.

첫날밤의 대화 방식은 일주일간 계속 이어졌다. 해리슨 부인의 태도는 테드에게 우호적인 것 같았다. 해리슨 내외가 사교 클럽에 나가고 없을 때에는 사라의 오빠들이 테드를 친절하게 대해 주었다.

하버드에 들어가는 것이 꿈이었던 네드는 누나의 친구에게 무척 호감을 갖고 있었다. 그래서 테드가 네드의 숙제를 1시간 동안이나 도와주었을 때, 네드는 기꺼이 테드를 자기 집안에 받아들일 수 있도록 자기가 두 형을 설득시키겠다고 말했다.

하지만 테드는 줄곧 해리슨 부인의 태도가 마음에 걸렸다.

어느 날 밤에 테드는 옆방에서 들려오는 해리슨 부부의 목소리에 잠을 깼다. 대화는 열띤 목소리로 점점 언성이 높아지고 있었다. 불안하게도 대화의 주제는 테드 자신임을 알 수 있었다.

"하지만 여보, 그의 집은 식당을 경영하고 있잖아요?"

"데이지, 당신의 할아버지는 우유마차를 끌지 않았어?"

"하지만 아버지를 예일대학에 보냈어요."

"테드 군은 하버드에 다니고 있어. 당신이 무엇 때문에 그러는지 모르겠군. 그 젊은이는 완벽한……."

"테드 군은 평범해요, 여보. 평범하다구요. 당신은 딸아이의 미래에 대해 전혀 염려하지 않아요?"

"여보, 나도 몹시 염려하고 있어."

해리슨이 언성을 낮추며 말했다. 해리슨 부부의 대화는 점점 들을 수 없게 되었다. 테드는 어둠 속에서 멍하게 침대에 드러누워 있었다.

새해 아침이 되어 테드와 사라가 케임브리지로 돌아갈 때가 되었다. 그들이 돌아가기 직전에 해리슨은 테드에게 함께 숲을 산책하자고 말했다.

"우린 서로에게 솔직해져야 한다고 생각하네."

해리슨이 무겁게 입을 열었다.

"네, 그렇습니다."

테드가 고개를 들면서 대답했다.

"난 내 딸아이가 자네를 어떻게 생각하고 있는지 잘 알고 있네. 하지만 자네도 그 아이의 엄마가 자네를 어떻게 생각하는지 알고 있을걸세."

"돌아가실 때까지 반대하실 겁니다."

테드가 조용히 말했다.

"글쎄……. 그건 조금 심한 표현인 것 같군. 아내는 사라가 너무 서두르는 것을 염려하고 있어."

"아, 그건 저도 이해합니다."

테드는 말을 잘못하지 않도록 주의하면서 대답했다.

두 사람은 아무런 말도 하지 않고 몇 걸음을 옮겼다. 마침내 테드가 먼저 용기를 내어 말을 꺼냈다.

"선생님께서는 어떻게 생각하십니까?"

"내 개인적으로 볼 때, 자네는 똑똑하고 예의 바르며 성숙한 젊은이야. 하지만 내 의견이 그 문제에 대해서 절대적인 것은 아니야. 사라는 자네를 사랑하고 있고 자네와 결혼하고 싶다고 말했어. 나에게는 그 정도면 충분해."

필립 해리슨은 잠시 말을 끊더니 다시 입을 열었다. 필립 해리슨의 목소리는 가늘게 떨리고 있었다.

"내 딸은 세상에서 가장 소중한 사람이야. 내가 바라는 것은 그 애가 행복해지는 거야."

"최선을 다하겠습니다, 선생님."

"테드 군, 자네가 내 딸에게 상처를 주지 않겠다고 맹세해 주었으면 좋겠네."

필립 해리슨이 조용히 말했다.

"네, 선생님. 약속드리겠습니다."

테드는 고개를 끄덕이면서 부드럽게 말했다.

두 사람은 서로 마주보고 서 있었다. 아무도 움직이지 않았지만 두 사람은 상상 속에서 서로 따뜻하게 끌어안고 있었다.

30

나도 미래에는 어떤 일을 하게 될 것이다. 아마 중매쟁이가 되어도 괜찮을 것 같다. 최소한 내가 처음으로 주선한 중매가 결혼까지 가게 되었으니까……

결혼식은 지난 토요일에 롱아일랜드의 시오세트 제일 연합교회에서 있었다. 아름다운 신부는 다름 아닌 제이슨 길버트의 누이동생이었다. 그리고 그녀를 아내로 맞이한 행운아는 다름 아닌 나의 오랜 친구인 찰리 커싱이었다. 그래서 나는 그 녀석을 아주 몹쓸 놈으로 단정지었다. 분명히 소개는 잘못된 것이었다. 왜냐하면 그들이 처음으로 함께 잠자리에 들었던 날 밤에 커싱은 줄리를 임신시켰기 때문이다.

다행스럽게도 임신한 사실이 일찍 알려져서 사태를 잘 수습할 수 있었다. 길버트 부인은 아주 우아하게 그리고 빨리 예식을 준비해서 쓸데없는 소문이 퍼지기 전에 아기가 태어날 수 있도록 손을 썼다. 사실 두 사람은 서로 잘 어울렸다.

찰리 커싱의 집안은 식민지 시대까지 거슬러 올라가는 조상을 가진 보스턴의 명문가였다. 그리고 길버트 가문은 족보에서 기우는 것을 산업 분야에서 보충할 수 있었다.

제이슨의 아버지는 첨단 산업기기의 선구자였고 자주 워싱턴에 들락거렸다. 게다가 결혼을 둘러싼 주변 문제 때문에 양가의 어느 한쪽이 긴장하고 있다 하더라도 그것은 뚜렷하게 대두되지 않았다.

그들은 잘 어울리는 멋진 한 쌍이었다. 줄리의 아버지는 커싱이 예일대학에서 공부를 제대로 마칠 수 있도록 우드브리지에 매우 아담한 집을 마련해 주었다.

찰리 커싱은 우리들 가운데 가장 먼저 결혼한 친구가 되었다. 언젠가는 나도 결혼이라는 모험을 할지도 모른다. 하지만 어떤 여자가 나하고 결혼하고 싶어할까?

— 앤드류 엘리어트

뉴얼과 앤드류는 결혼식이 끝나고 나서 곧장 케임브리지로 돌아온 제이슨의 군함으로 들어갔다. 앤드류는 제이슨이 우울해 보인다는 것을 알아차릴 수 있었다. 사실 제이슨은 모든 일이 벌어지고 있는 동안 전혀 웃지 않았다.

그들이 하트포드 다리 가까이에 다가갔을 때 앤드류가 말했다.

"이봐, 제이슨. 너 무척 화가 났구나."

"그래."

제이슨은 짧게 대답했다.

"네가 이번 결혼을 못마땅하게 생각하는 것 이해해."

"그럴지도 모르지."

제이슨이 이를 갈면서 말했다.

"무엇 때문에 그러는 거야?"

뉴얼이 끼여들면서 답답하다는 듯이 물었다.

"커싱이란 놈은 이제까지 내가 만난 놈들 중에서 가장 나쁜 놈이라는 생각 때문에 그러는 거야."

"이봐, 제이슨. 좀 심한 거 아냐?"

뉴얼이 이의를 제기했다.

"천만에! 내 동생은 이제 겨우 열여덟 살이야. 그런 결혼이 충분히 신중한 거라고 할 수 있겠어?"

제이슨이 목소리를 높이면서 말했다.

"그들은 서로 사랑하고 있어."

앤드류가 이 우울한 상황 속에서 실마리를 풀기 위해 말했다.

"이봐! 그 애들은 서로 상대방을 제대로 알지도 못한다고!"

제이슨은 한 손으로 계기판을 내리치면서 소리를 질렀다.

"양가 부모님들은 즐거워만 하던데, 뭘……."

뉴얼이 넌지시 말했다.

"물론이지. 그분들이 염두에 두는 것이 있다면 추문이 퍼지는 것에 대한 두려움뿐이니까……."

"내가 잘못 본 게 아니라면 너의 아버지는 정말로 커싱을 좋아하는 것 같았어."

뉴얼이 조심스럽게 말했다.

"그래, 하지만 그건 커싱의 조상이 벙커힐에서 싸웠기 때문이야."

제이슨은 비꼬듯이 대답했다.

"우리 조상도 그랬을걸? 그래서 네가 날 좋아하는 거 아닌가?"

뉴얼이 익살스럽게 말했다.

"아니야. 사실 난 널 전혀 좋아하지 않아."

제이슨이 농담 투로 대답했다.

"자네는 지금 엄청난 실수를 저지르고 있어, 대니."

피스톤 교수는 대니의 내년 계획에 대해 상의하기 위해 자기 방으로 불러서 이야기를 하고 있는 중이었다.

"죄송합니다, 교수님. 하지만 전 한 해를 더 공부하며 지낼 수가 없습니다."

"하지만 대니, 나디아 볼랜저와 함께라면 그렇게 고되지는 않을 거야. 어떤 사람은 그녀를 현대 음악가라고 말하기도 하지. 오늘날 중요한 작곡가들의 대부분이 볼랜저에게 수업을 받았다는 사실을 기억하게."

"하지만 어떻게 허로크 씨가 제안한 것을 일 년 이상이나 연기할 수 있겠습니까? 허로크 씨는 주요 관현악단이 제안한 아주 좋은 조건들을 제시했습니다."

"자네는 지금 대중들의 환호성에 목말라하고 있는 거로군, 대니. 난 자네가 그렇게 속물이 되지 않기를 바랐어. 자네가 일단 그 순회 연주 공연을 시작하게 되면 아마 급류에 휘말리게 될걸세. 그리고 두 번 다시 공부를 하지 않게 될 거야."

피스톤은 알겠다는 듯이 고개를 끄덕이면서 대답했다.

"하지만 그것은 제가 하고자 하는 일입니다. 어쨌든 제 말이 건방지게 들릴지 모르지만, 전 제 나름대로의 작품을 쓰게 될 수 있을 거라고 생각합니다."

피스톤 교수가 잠시 망설이는 동안 대니는 그가 설득하기를 포기했다고 생각하고 그 문제에 대해 더욱 강경하게 나갔다.

"교수님은 제가 그 일을 할 만큼 작곡가로서의 준비가 충분히 되지 않았다고 생각하십니까?"

피스톤 교수는 무슨 말을 꺼내야 할지 생각하며 조심스럽게 대답했다.

"글쎄……. 나디아에게 수업을 받은 사람들은 대부분 이미 성공한 작곡가들이었어. 예를 들자면 코플랜드 같은 사람들도 있었지. 그렇지만 나디아는 그들에게 더욱 많은 것을 불어넣어 주었어. 그들이 그 이후에 쓴 작품들을 아주 풍요롭게 해주었지."

"저는 교수님께서 제 질문에 대답했다고 생각하지 않습니다."

대니가 공손하게 말했다.

피스톤 교수는 눈을 내리깔았다.

"진실을 말하는 것이 선생의 임무라고 생각하네. 그건 교육의 필수 요건이지."

피스톤 교수는 잠시 멈추었다가 자신의 판단에 대해 말하기 시작했다.

"대니, 자네는 모든 사람이 다 아는 훌륭한 피아니스트야. 그리고 아주 훌륭한 작곡가로 성장할 거라는 사실을 의심해 본 적이 없어. 하지만 현재로서 자네의 작품은 아직 덜 익은 열매라고 할 수 있어. 아이디어는 훌륭하지만 아직 충분히 훈련받지 못했다는 거야. 그래서 자네에게 나디아와 함께 일 년을 보내라고 강력하게 권하는걸세."

대니의 자아가 심하게 동요하고 있었다. 피스톤 교수는 과거 《크림슨〉지의 한 평론가처럼 이야기하고 있었다. 대니는 월터 피스톤 교수를 쳐다보면서 마음 속으로 이렇게 생각했다.

'나디아 볼랜저가 무슨 소용이 있겠어요? 당신의 교향곡은 그다지 훌륭하지 못해요. 그리고 오케스트라가 마지막으로 당신에게 협연을 요청했던 때가 언제였죠? 피스톤 교수님, 당신은 나를 질투하고 있는 거예요. 난 나디아 볼랜저에게는 결코 가지 않을 겁니다.'

"자네 감정을 상하게 한 것 같군."

피스톤 교수가 걱정스러운 어조로 말했다.

"아, 아닙니다. 전혀 그렇지 않습니다. 교수님께서는 생각하고 있는 것을 그대로 말해 주었을 뿐입니다. 그리고 저는 솔직하게 말해 주신 것에 대해 무척 감사하고 있습니다."

"그렇다면 그 문제에 대해 다시 한번 생각해 보겠나?"

피스톤 교수가 조심스럽게 물었다.

"물론 그렇게 하겠습니다."

대니는 예의를 지키기 위해 의례적인 대답으로 얼버무렸다. 그리고 곧바로 일어나서 연구실을 걸어나갔다.

대니는 방으로 돌아갈 때까지 기다릴 수가 없었다. 대니는 곧장 하버드 광장에 있는 전화 박스로 달려가서 뉴욕에 전화를 걸었다.

"허로크 씨, 피아노를 연주할 수 있는 곳이라면 어디든지 좋습니다. 빠른 시일 안에 주선해 주십시오."

"브라보! 멋진 한 해가 되도록 해주겠소."

흥행주는 몹시 기뻐하고 있었다.

용기 있는 행동이었든 그렇지 않으면 성급한 행동이었든 간에, 대니 로시는 하버드 동창생들 중에서 누구보다 앞서가는 사람으로 뽑혔다.

대니는 안락하고 안전한 하버드에서 얼음같이 차갑고 상어가 득실거리는 현실 세계 속으로 뛰어든 첫 번째 사람이 되었던 것이다.

퓌그 형식의 음악이 흘러나오는 스테레오 전축처럼 봄학기는 벌써 끝나가고 있었다. 5월은 4월이 끝나기도 전에 시작되는 것 같았다.

4학년 과정을 막 끝낸 학생들은 다가온 졸업 시험을 마치기 전까지는 숨을 돌릴 겨를이 없었다. 몇몇 학생들은 이 시험으로 인해 편집증 증상을 보이기도 했다.

역사 시험과 문학 시험이 있던 날 오후였다. 워싱턴의 시애틀에서 온 노만 고든은 찰스 강둑을 거닐고 있었다. 근처에 있던 노만 고든의 지도교수가 그를 발견했다.

"노만, 자네는 시험을 일찍 끝냈나?"

"아뇨, 저는 저의 전공을 전혀 좋아하지 않았습니다. 사실 저는 졸업하지 않기로 했습니다. 서부로 가서 목장을 시작해 보려고 합니다."

지금까지 줄곧 A학점만을 받아온 이 4학년생은 이상스러운 눈빛으로 말하고 있었다.

"세상에!"

지도교수가 탄식하면서 노만 고든을 보건소로 데리고 갔다. 그리고 정신과 의사는 그를 교육과 차단되는 곳으로 옮겨 놓았다.

하지만 어떤 의미에서 젊은 고든은 자신의 무의식적인 열망을 달성한 것이다. 왜냐하면 사방이 벽으로 둘러싸인 방에서 나가야만 한다는 것을 회피할 수 있었기 때문이었다.

"정말 멋진 작품이로군. 이것을 읽어 본 사람이라면 누구든지 나와 똑같은 견해를 표명할 것이 분명해."

세드릭 휘트먼 교수가 마지막 수업을 하던 보일스턴 홀에서 사라에게 큰 소리로 말했다.

"감사합니다. 하지만 저는 대학원에 진학하지 않을 생각이에요."

사라가 겸연쩍은 듯이 미소를 지었다.

"저런! 학생은 아주 독창적인 두뇌를 갖고 있는데?"

휘트먼 교수가 말했다.

"식구들 가운데 학자는 한 사람이면 충분하다고 생각해요."

"그렇다면 무엇을 염두에 두고 있는 거지, 사라?"

"아내가 되는 거예요. 그리고 저는 어머니가 될거예요."

"그것 때문에 모든 것을 그만두겠다는 건가?"

"글쎄요. 전 할 수 있는 데까지 테드를 내조할 생각이에요. 그렇게 고되지 않은 직업을 갖는 게 나을 것 같아요. 금년 여름에 카티에 깁스에서 속기를 배울 거예요."

휘트먼 교수는 실망의 표정을 감출 수가 없었다. 사라는 그것을 눈치 채고 재빠르게 말을 이었다.

"테드가 그걸 원하는 건 아니에요. 그것은……."

"사라, 굳이 설명할 필요는 없어. 잘 알고 있으니까……."

휘트먼 교수가 부드러운 목소리로 말했다. 그렇지만 마음 속으로는 분명히 테드가 그것을 원하고 있는 것이라고 생각했다. 휘트먼 교수는 일어서서 사라에게 악수를 하고 나서 그녀의 건투를 빌었다.

"학생과 테드가 케임브리지 근처에 계속 있을 거라니까 반갑군. 아마 우리가 자네들을 집으로 초대할 기회가 있을 거야. 그리고 한 가지 예언을 하겠어. 자네들 두 사람은 곧 우수한 성적으로 졸업하는 학생의 클럽에 가입하게 될 거야.”

5월 28일. 휘트먼 교수의 예언은 적중했다. 미국에서 가장 오래된 학술 협회는 연례 행사로 4학년생 중에서 회원을 뽑았다. 그 가운데에는 테드와 사라도 포함되어 있었다. 물론 대니 로시도 포함되어 있었다.

제이슨 길버트는 아무런 학문적 영예도 받지 못했다. 하지만 테니스 코트에서의 뛰어난 경력을 여전히 지니고 있었다. 제이슨은 3학년 때에 예일을 묵사발 내는 일에 큰 공헌을 했었다. 그래서 스포츠와 지적인 업적의 상대적 중요성이 감안되어서 4학년 대표로 선출되었다. 제이슨은 졸업식날 행진을 인도하기로 예정되어 있었다.

제이슨은 또한 가장 용기 있는 운동 선수로 선정되어서 〈빙검 상〉을 받았다. 그것이 너무 지나치다고 생각하는 하버드대학생은 아무도 없었다. 그리고 제이슨은 특별한 업적을 쌓은 학생에게 주어지는 〈셸던 연구비〉도 받았다.

그것은 공식적인 연구를 하지 않고도 1년간 여행할 수 있도록 보조해 주는 연구비였다. 셸던 씨는 학부생의 환상을 채워 주는 방법을 알고 있었던 것이다. 심지어 해병대까지도 제이슨이 받은 여러 가지 상에 탄복해서, 그가 셸던 연구비를 사용할 수 있도록 입대를 연기해 주었다.

이러한 훌륭한 성과들로 인해서 제이슨의 이름은 《크림슨》지의 스포츠 난을 읽지 않는 학생들의 입에도 오르내리게 되었다.

졸업시험 성적표가 게시될 때, 앤드류 엘리어트는 이미 사학과 사무실 밖에서 기다리고 있었다.

사학과 사무원이 학장실에서 나와 게시판에 결과를 붙이기 위해 걸어가자 일제히 학생들이 몰려들었다. 다행스럽게도 앤드류는 키가 컸기 때문에 학생들 머리 위로 게시판을 볼 수 있었다.

앤드류의 눈에 들어온 것은 깜짝 놀랄 만한 것이었다. 앤드류는 정신없이 엘리어트 하우스로 돌아와서 아버지에게 전화를 걸었다.

"도대체 무슨 일이냐?"

"아버지에게 제일 먼저 알려드리고 싶었어요."

앤드류는 말을 제대로 잇지 못했다.

"어서 말해 보거라."

"제가 졸업 시험에 합격했어요. 드디어 졸업하게 되었다구요."

그 말을 듣고 앤드류의 아버지는 잠시 동안 아무런 말도 하지 않았다. 그러다가 마침내 입을 열었다.

"정말 좋은 소식이구나. 솔직히 난 네가 졸업 시험에 합격할 거라고 생각하지 못했다."

31

상징적인 재탄생의 고통에 대한 일종의 진통제로서, 하버드는 졸업 주간 동안 일련의 축하식을 연다. 그것은 목요일의 성스러운 예식으로 절정을 이룬다. 일요일에 메모리얼 교회에서 있었던 고별 훈사는 정말로 지겨운 것이었다. 사실 나는 그곳에 갔던 친구에게서 들은 것에 불과했지만, 정말 대단한 행사가 못 되었던 것 같다.

그보다는 '4학년 연회'라 불리는 월요일의 댄스 파티가 훨씬 더 좋은 것이었다. 졸업생의 절반 정도가 흰색 야회복을 입고 로웰 하우스의 정원을 가득 메운 채 레스 앤드 래리 엘가트 오케스트라의 감미로운 색소폰 연주에 맞추어 춤을 추었다. 하버드의 모든 행사에 교육적 목적이 가미되어 있다고 한다면, 그 댄스 파티는 우리에게 중년이 된다는 것이 어떤 것인지 보여 주려는 것이라고 할 수 있을 것이다.

밴드는 가끔 한두 곡의 차차차 음악과 엘비스 프레슬리의 곡을 연주했다. 엘비스의 곡은 주로 〈러브 미 텐더〉같이 부드러운 것들이었다.

—앤드류 엘리어트

우리는 여학생들과 데이트를 즐겼다. 좀 부끄러운 이야기지만 뉴얼과 나는 제이슨을 상대로 과거에 내가 테드 램브로스와 함께 펼쳤던 교환 작전 비슷한 것을 하기로 하고 제이슨에게 승낙을 얻어내었다. 하지만 제이슨에게 승낙을 얻어내기 위해서는 아주 멋진 여학생을 찾아내야만 했다.

제이슨이 멋진 금발 미인과 춤을 추고 있는 동안 우리는 나의 상대자로 내정된 루시와 뉴얼의 상대자가 된 멜리사가 우리의 영웅 제이슨과 단독으로 춤을 추었으면 하는 바람으로 줄곧 그가 보이는 자리에 앉아 있는 것을 감수해야만 했다.

두말 할 필요도 없이, 뉴얼과 나는 우리 자신의 매력으로는 그 계집애들의 손조차 잡아 볼 수 없었던 것이다. 하지만 우리는 그날 저녁 아름다운 여자를 품에 안았다. 낭만적으로 즐기고 있는 많은 사람들 중에 테드와 사라도 섞여 있었을 것이다.

내일 밤에 우리는 보스턴 항구에서 멋진 항해를 즐길 것이다. 제이슨 길버트가 이미 나를 호위해 주기로 약속했다.

하지만 뉴얼은 혹시 배멀미를 하지 않을까 하는 두려움 때문에 참석하지 않겠다고 말했다. 만약 뉴얼이 해군 장교로 임명된다면 그 다음 날 아침에 그는 과연 어떤 표정을 지을까?

이 인위적인 축제가 계속되는 가운데, 나는 왜 아무도 이 축제를 정말로 즐기고 있지 않은지 의문스러웠다. 그리고 나는 내가 생각하기에 깊은 결론이라는 것에 도달하게 되었다.

동창생들은 정말로 동창이 아니다. 우리는 형제도 아니며 그렇다고 그 문제에 대해 그렇게 집착하고 있지도 않다는 것이다.

사실 우리가 얼마 동안 즐기면서 보낸 시간은 일종의 휴전 상태였다.

권력과 명예를 쟁취하기 위한 전쟁에서 잠시 동안의 휴전. 그리고 며칠이 지나면 다시 총소리가 들리게 될 것이다.

졸업식이 예정되어 있던 그 주의 초에는 계속 비가 내렸다. 하지만 6월 12일 목요일은 운이 좋게도 활짝 개인 날씨로 인해 졸업식을 하기에 아주 알맞은 날씨였다. 분명 하버드는 저 높은 하늘과 어떤 관계가 있는 것이 분명했다.

검정색 학사모에 가운을 입은 학부생에서부터 분홍색 줄무늬 가운을 걸친 박사 학위 수여자들에 이르기까지 모든 사람들이 멋지게 옷을 차려 입었다. 게다가 말을 타고 행진의 선두에 선 사람은 18세기 미들섹스 군의 복장을 하고 있었다.

제이슨 길버트와 다른 두 명의 대표를 선두로 하버드대학의 졸업생들이 운동장을 지나 대학 강당을 돌아서 메모리얼 교회와 와이드너 도서관 사이의 넓은 광장에 도착했다. 해마다 이곳에는 몇 시간 동안 많은 나무 의자들이 배열된다.

지난 3세기 동안 해왔던 대로 졸업 의식은 라틴어로 하는 선서로 시작되었다. 아마도 그것을 알아듣는 사람은 열여섯 명뿐이고 나머지 사람들은 단지 알아듣는 척했을 것이다.

금년의 발표자는 국문과에 의해 두 주일 전에 선정된 매사추세츠 케임브리지의 테드 램브로스였다. 테드의 연설 제목은 「행복의 가장 숭고한 형태에 대하여」라는 것이었다.

테드는 졸업식에서 라틴어로 서열에 따라 내빈들에게 인사했다. 우선 퍼세이 총장에게 그리고 그 뒤를 이어서 매사추세츠의 주지사, 학장, 신부 등의 순으로 인사를 한다. 하지만 군중들이 기다리고 있는 것은 맨 나중에 나오는 래드클리프 여학생들에 대한 전통적인 인사였다.

우리는 그대들을 잊지 않을 것이다.
우아한 래드클리프의 여성들이여!
삶과 기쁨을 위해
그대들을 우리의 동반자로 갈구하노라.

그 자리에 모여 있던 수천 명의 사람들이 일제히 박수를 보냈다. 하지만 어느 누구보다도 더욱 열성적으로 박수를 보낸 사람들은 자랑스러운 테드 램브로스의 가족들이었다.

모든 인사가 끝나면 연설자는 간단한 설교를 한다. 테드는 최고의 행복이란 동료에 대한 참되고 이타적인 우정 속에서 발견된다는 내용의 연설을 하고 설교를 마쳤다.

그런 다음에 퍼세이 총장이 58년도 졸업생들을 모두 일어서게 했다. 학생 대표들은 '지성인의 우정'을 나누기 위해 메모리얼 교회의 계단을 올라갔다.

첫 번째 대표인 제이슨 길버트가 모든 학생을 대표해 학위증을 받기 위해 단상으로 걸어갔다. 졸업생 가족을 위해 마련된 자리에 앉아 있던 제이슨의 아버지는 갑자기 들려오는 한 여자의 커다란 목소리를 들을 수 있었다.

"저 애는 스코트 피츠제랄드보다 훨씬 나아 보여요."

길버트의 아버지는 고개를 돌려 자기 아내에게 너무 크게 이야기하지 말라고 주의를 주었다. 하지만 그때 그는 아내가 울고 있다는 사실을 알게 되었다.

그들 부부는 옆에 앉아 있는 다른 사람들로부터 많은 축하 인사를 받았다. 제이슨의 아버지는 미소를 지었다. 이곳에서 자기보다 더 자랑스러워하는 아버지는 없을 것이라는 생각을 하면서…….

물론 제이슨 1세의 생각은 옳지 않았다. 여기에는 이번에 졸업하는 학생들의 아버지가 천 명이 넘게 참석해 있었다. 그리고 그들 모두가 무한한 영광과 자부심을 느끼고 있었던 것이다.

4년 전에 1천 1백 62명의 젊은이가 하버드대학에 입학했다. 오늘은 그들 가운데 1천 31명이 학위를 받았다. 10퍼센트가 조금 넘는 수의 학생들이 탈락된 것이다. 옛날 로마의 표현을 빌자면, 그들은 열 명 중 한 명 꼴로 죽은 것이다.

도중에 탈락한 사람들 가운데 일부는 그 다음해에 다시 돌아와 학위를 수여 받을 사람도 있을 것이다. 하지만 나머지 사람들은 정신착란을 일으켰거나 자기 자신의 인생에서 하버드인이 되기를 포기해 버린 사람들이다.

하지만 오늘은 아무도 그들을 생각하지 않았다. 지금은 축하의 시간이지 동정의 시간이 아니었기 때문에……. 심지어 제이슨조차도 지금은 매사추세츠 정신병원에서 미래의 영광을 꿈꾸고 있는 1학년 시절의 룸메이트였던 데이비드슨에 대해 생각하지 않았다.

30분 가량 후에 졸업생들은 삼삼오오로 짝을 지어서 점심식사를 하기 위해 흩어졌다.

닥터 로시와 지셀라 로시는 엘리어트 하우스로 돌아와 대니와 함께 식사를 하고 있었다. 대니가 부모들과 함께 한 이 식사는 곧 작별 인사와도 같은 것이었다.

대니는 다음날 아침에 있을 피아노 연주를 위해 탱글우드로 떠날 계획이었으며, 그런 다음에 그는 허로크가 주선한 유럽 연주 여행을 떠나야 하는 것이다.

어머니 지셀라 로시는 대니가 마리아와 함께 있지 않다는 것에 대해 물어 보지 않을 수 없었다. 지셀라는 마리아를 정말 좋아했던 것이다.

좀더 이해심이 깊은 아버지 닥터 로시가 아내에게 주의를 주었다.

"여보, 마리아는 그냥 지나치는 여자였어. 대니는 아직 젊어. 그리고 그렇게 빨리 낚시 바늘에 걸릴 만큼 어리석지도 않고……."

아버지의 말에 대니는 어깨를 으쓱해 보이고는 엷은 미소를 지었다. 하지만 마음 속에는 데이트를 거절하던 마리아에 대해 미련이 여전히 남아 있었다.

오후 늦은 시간이 되자, 사람들이 뿔뿔이 흩어졌다. 이제 그들은 수천 개의 원자로 흩어진 채, 제각기 다른 방향으로 그리고 다른 속도로 멀어져 갈 것이다.

과연 그들이 다시 모일 날이 올까?

그들이 정말로 하나였던 적이 있기나 했던 것일까?

진정한 인생의 의미

인간은 너무나 무거운 진실의 무게를

도저히 감당할 수가 없다.

— T. S 엘리어트

32

드디어 테드 램브로스와 사라 해리슨이 결혼했다. 나는 테드의 들러리를 섰다. 내가 들러리가 된 것은 아마도 오랫동안 그들에게 방을 빌려주었기 때문일 것이다.

"지금이 만약 중세시대라면 당신은 첫날밤 나와 잘 수 있는 권리를 가졌을 거예요."

사라가 나를 쳐다보면서 초야권에 대한 농담을 던졌다. 결혼에 있어서 약간의 복잡한 문제가 있었다. 우선 사라는 성공회 신자였는데 테드의 종교는 물론 그리스 정교였다.

램브로스 가문의 사람들이 종교 의식에 관해서 이러저러한 말을 하지는 않았지만 신경을 많이 쓴 것은 사실이었다. 그러나 데이지 해리슨은 결혼식이 최소한 중립적인 장소에서 거행되는 것이 정당하다고 생각한 것 같았다.

결국 결혼식은 하버드의 교목인 조지 라이먼 버트릭의 주례로 애플톤 교회에서 열리게 되었다. 좀 서운한 일이기는 했지만 그것은 많은 골치 아픈 문제들을 해결해 주었다.

데이지 해리슨은 당연히 하나밖에 없는 딸의 결혼식을 그리니치에 있는 장엄한 성공회 교회에서 치르기를 희망했다. 하지만 두 가지 문제가 그녀의 화려한 꿈을 실현시키는 것을 방해했다. 그 가운데 하나는 사라의 어머니가 사위를 그렇게 마음에 들어하지 않았기 때문에 그리니치의 사람들에게 자랑하고 싶은 열의가 없었다는 것이다. 그리고 다른 하나는 사라가 죽어도 그리니치에서는 결혼식을 올리지 않겠다고 고집을 부렸기 때문이다.

이렇게 해서 결국 대학 합창단의 뛰어난 찬송과 재학생들만이 참가한 가운데 고색 창연한 하버드대학 내의 교회에서 조촐한 결혼식이 거행되었다.

이 기록을 읽게 될지도 모를 후손들을 위해 내가 결코 반지를 잊어버리지 않았다는 것을 강조하고 싶다. 사실 나는 나에게 맡겨진 결혼 반지를 24시간 동안 목숨을 걸고 보관했다. 그것은 램브로스 가문의 가보로서 구대륙으로부터 건너온 것이었기 때문이다.

양가의 참석자들을 고루 볼 수 있는 특별한 위치에 서 있었기 때문에 나는 그들의 감정들을 보다 주의 깊게 관찰할 수가 있었다. 램브로스 부인이 가장 많이 울었다는 것은 놀랄 만한 일이 아니었다. 또한 사라의 가족들 중에서는 단 한 사람만이 울음을 억제하지 못하고 흐느꼈다. 그 사람은 바로 필립 해리슨이었다.

나는 사라의 어머니에게서는 감상적인 태도를 전혀 기대하지 않았고 실제로 그러했다. 사라의 어머니는 테드의 가족을 결혼식에 초대받은 가난한 먼 친척처럼 대하고 있었다. 나는 그녀가 램브로스 부인에게 이렇게 말하는 것을 들었다.

"댁의 아드님이 미국에서 가장 유서 깊은 가문들 중의 하나와 결혼했다는 것을 감사해야 할 거예요.”

다프네가 어머니에게 그 말을 통역해 주었고 어머니의 대답을 다시 통역했다.

“어머니는 부인이 그렇게 나이가 많이 드신 줄은 몰랐다고 합니다.”

통역하는 도중에 어떤 말이 빠졌는지는 모르지만 하여튼 호의적인 대답은 아니었다.

데이지 해리슨은 결혼 피로연을 위해 리츠 호텔에 호화스러운 방을 하나 예약했다. 또한 결혼에 가톨릭적인 성격을 부여하기 위해 돈 페리뇽 샴페인을 선택했다. 어쨌든 돈 페리뇽의 거품이 모든 사람의 잔을 채웠고 곧 그들을 취하게 했다.

나는 해리슨 부인이 그날 오후에 몇 가지 놀라운 일을 경험했을 것이라고 생각한다. 첫 번째는 램브로스가의 모든 가족이 양복을 입고 참석했다는 사실이었다. 사라의 말에 의하면 해리슨 부인은 램브로스가의 사람들이 바부시카를 입거나 그리스 농민들의 의상을 입고 나타날 것이라 예상하고 있었다고 한다. 두 번째는 그날 피로연에서 가장 무례한 행동을 한 것이 바로 자신의 아들이었다는 사실이다.

나는 비교적 술에 취하지 않은 채, 들러리로서의 의무를 무사히 끝마쳤다. 그래서 나는 우연하게도 우리가 졸업하는 해에 졸업 25주년 동창회를 맞이하는 해리슨 씨와 이야기를 나눌 수 있는 기회를 가졌다. 해리슨 씨는 정말로 감개가 무량하다고 말했다.

나는 지금으로부터 25년 뒤에 내가 어디에 있게 될 것인지 짐작조차 할 수 없다. 나는 아직도 내 인생을 위해 무엇을 해야 될지를 모른 채 계속 혼란 속을 헤매고 있는 상태다.

나는 테드와 사라가 신혼 여행을 어느 곳으로 가는지 알고 있었다. 테드와 사라의 사양에도 불구하고 나는 메인 주에 있는 우리 가족의 여름 별장으로 신혼여행을 꼭 가야 한다고 우겼던 것이다. 나는 그 별장이 그렇게 가치 있는 목적에 씌어지는 것에 기쁨을 느꼈다.

그렇다고 해서 내가 항상 테드 램브로스에게 무엇인가를 베풀기만 한다고 생각하면 그것은 오해일 것이다. 실제로 사라는 신부의 들러리를 서기 위해 시카고에서 온 사촌 키트를 나에게 소개했고 그녀를 돌봐 달라고 나에게 부탁했다.

며칠 동안 나는 사라의 말대로 키트를 기꺼이 돌봐 주었다. 낮은 물론이고 밤에도……. 결혼식 때에는 그런 일이 종종 일어날 수 있다.

— 앤드류 엘리어트

대니 로시는 어렸을 때 앓은 천식이 음악가로서 성공하는 과정에 아주 유용하게 작용할 것이라고는 꿈에도 생각하지 못하고 있었다. 징병 연기 신청을 하지 않은 하버드의 동급생들 대부분이 병역의 의무를 완수하기 위해 행진과 경례를 되풀이하고 있는 동안에 대니는 징병 검사에서 4-F급 판정을 받았다. 따라서 대니는 병역의 의무에서 면제되어 자유롭게 전세계를 돌아다니면서 새로운 음악계의 스타로서 각광받을 수 있게 되었다.

언뜻 보기에도 대니의 매니저인 허로크는 젊은 스타를 위해 그가 원하는 어떤 오케스트라와도 쉽게 연주 계약을 맺어 줄 수 있을 것처럼 보였다. 하지만 그 노련한 매니저는 매우 치밀하고 종합적인 계획을 세워 놓고 있었다.

허로크는 앞으로 엄격하고 비판적인 눈에 견딜 수 있게 하기 위해서 대니를 유능한 지휘자와 뛰어난 청중들 앞에 내놓기를 원했다. 쉽게 말하면 대니의 영혼을 단련시킴으로써 그의 음악적 기능을 연마한다는 것이다.

하지만 허로크가 미처 깨닫지 못한 점도 있었다. 그것은 대니가 기자들을 다루는 데에도 뛰어난 실력을 가지고 있다는 점이었다. 신문들은 한결같이 대니의 편이었다.

대니는 비첨의 지휘로 로얄 필하모니와 브람스를 협연함으로써 런던의 청중을 사로잡았다. 그리고 암스테르담으로 가서 하이틴크의 지휘로 모차르트를 협연했다. 그 다음은 파리로 가서 살레 플리엘에서 독주회를 가졌다. 대니는 바흐와 쿠프랑과 드뷔시를 연주했다. 《피가로》지는 대니 로시를 '위대한 피아노 연주자의 새로운 등장' 이라고 평가했다.

베를린에서의 마지막 연주가 끝난 뒤, 다음날 아침에 대니는 독일 그라모폰 레코드사와 다섯 장의 레코드를 취입하기로 계약을 맺었다.

"어떻게 생각하세요?"

젊은 피아니스트는 초상화들로 가득 찬 허로크의 사무실에 앉아서 매니저가 신문 평을 살펴보고 있는 것을 보면서 자랑스럽게 물어 보았다.

허로크는 신문에서 눈을 떼고 고개를 들면서 미소를 지었다.

"자네는 이제 막 뉴헤이븐을 통과한 거야."

"무슨 뜻이지요?"

"자네는 아직 음악계의 용어에 익숙하지 않군. 어떤 제작자가 뉴욕에서 쇼를 공연하려면 먼저 뉴헤이븐 같은 작은 도시에서 실험적으로 쇼를 상연해야 하네."

"런던, 암스테르담, 파리 같은 도시를 단지 실험장으로 생각하는 거예요?"

"그래, 뉴욕을 위해서는 지구상의 어떤 도시도 모두 뉴헤이븐이야. 뉴욕에서 성공했을 때 자네는 진정으로 성공한 것이 되는 거야."

허로크는 눈 하나 깜짝하지 않고 말했다.

"저는 언제쯤 뉴욕에 도전할 수 있죠?"

매니저는 그 질문이 나오기를 기다린 사람처럼 책상 위에 놓인 메모지를 들여다보면서 바로 대답했다.

"내가 정확한 시간을 말해 줄 수 있어서 매우 기쁘다네. 내년 2월 15일이야. 번스타인의 지휘로 뉴욕 필하모니와 협연을 할 때지. 번스타인은 자네가 베토벤의 협주곡 가운데 하나를 연주하는 게 어떠냐고 제의해 왔어."

"그건 거의 1년 후의 일이군요. 그동안에 나는 무엇을 하죠? 손톱이나 물어뜯고 있을까요?"

"대니……. 내가 자네의 매니저인가 아니면 유모인가? 자네는 계속 돌아다니면서 더욱 많은 뉴헤이븐을 치러야 해."

흥행주는 어린 대니의 질문에게 인내심을 가지고 대답했다.

연주회에 대한 적극적인 홍보가 성공한 덕분에 대니의 뉴욕 무대 데뷔 첫날밤의 카네기 홀은 청중들로 가득 찼다. 청중들은 대니의 음악에 대해 판단하기보다는 숭배하려는 경향을 띠고 있었다.

이윽고 연주가 끝나자 오랫동안 기립박수가 이어졌다. 번스타인은 대니를 무대로 끌고 나와 마치 승리한 권투선수의 팔을 들어 주듯이 양팔을 높이 치켜들었다. 실제로 대니는 새로운 세계의 챔피언이었다. 대니는 가장 값비싼 무대에서 챔피언에 오른 것이다.

뉴욕 필하모니의 후원자 가운데 한 사람이 소유하고 있는 호화로운 펜트하우스에서 축하연이 열렸다. 대니는 이제 어느 누구도 부정할 수 없는 스타가 되어 있었다.

하지만 대니 자신은 아무리 상상력을 발휘해 보아도 도대체 실감이 나지 않았다. 축하연에 모인 사람들 중에는 대니가 불과 몇 년 전에 수줍어하면서 사인을 부탁하던 유명한 영화 배우도 있었다. 또한 세계적으로 유명한 음악계의 거장들과 고위급 정치가들도 있었다.

잡지의 표지를 장식했던 아름다운 미녀들도 제복을 입고 캐비아를 나르는 하녀들만큼이나 많았다. 그리고 가장 믿을 수 없는 일은 그들 모두가 대니를 만나기 위해 그곳에 왔다는 것이다.

예상했던 대로 대니는 피아노 연주를 요청받았다. 그랜드 피아노가 홀의 중앙으로 실려 나온 다음에 뚜껑이 열렸다. 대니는 연주회에서 너무나 많은 정열을 쏟았기 때문에 클래식을 연주할 수 있는 최상의 컨디션을 유지할 수 없다고 판단했다. 그래서 미리 뮤지컬 음악 몇 가지를 준비해 두었다.

피아노 앞에 앉기 전에 대니는 먼저 청중들에게 짧게 인사말을 건넸다.

"신사 숙녀 여러분, 저를 위해 이런 자리를 마련해 주셔서 정말 감사합니다. 우선 특별히 두 분께 감사를 드립니다. 먼저 허로크 씨, 항상 저를 신뢰하고 지금까지 끊임없이 후원해 주셨습니다.”

“잠깐만 실례하겠네, 젊은이. 나를 먹여 살려 준 것은 바로 자네라네.”

대니의 매니저가 농담을 던졌다. 사람들 사이에서 한바탕 웃음이 터져나왔다.

“그리고 번스타인 씨가 괜찮으시다면 그분께 피아노를 통해 감사의 말을 전하고 싶습니다.”

대니는 그날 밤에 극장에서 연주한 협주곡의 도입부를 연주하다가 곧 번스타인이 작곡한 〈웨스트 사이드 스토리〉의 재즈곡을 메들리로 연주했다. 그곳에 모인 사람들은 대니의 피아노 소리에 완전히 매료되어 그 앞을 떠날 수가 없었다.

연주가 끝나자 커다란 박수가 끊이지 않고 이어졌다.

“이제 뭘 연주할까요? 밑천이 떨어졌습니다.”

대니가 미소를 지으면서 물었다. 그러자 번스타인이 활짝 웃으면서 제의했다.

“나에게 표시한 감사의 뜻을 다른 작곡가에게도 들려 주면 좋겠네.”

대니는 고개를 끄덕이고 나서 다시 의자에 앉아 약 반 시간 동안 〈마이 페어 레이디〉의 재즈곡과 콜 포터와 로저스, 그리고 어빙 벌린의 곡을 연주했다. 결국 지쳐서 이제 그만 끝내겠다고 간청을 한 다음에야 사람들은 대니를 피아노에게서 해방시켜 주었다.

축하연이 끝날 무렵, 말쑥한 중년 신사 한 사람이 대니에게 다가와 명함을 내밀었다. 그 신사는 그날 밤에 있었던 즉흥 연주를 그대로 레코드 앨범으로 만들면 좋겠다고 제의했다.

잠시 후에 그 신사가 떠나자, 갈색 피부의 아주 우아해 보이는 숙녀가 대니에게 다가와서 매혹적인 목소리로 말했다.

"대니 씨, 오늘 밤 연주는 정말 즐거웠어요. 당신을 백악관으로 초대해서 다시 한번 연주를 들을 수 있었으면 좋겠어요."

약간 흥분해 있던 대니는 무슨 뜻인지 알아듣지 못하고 그저 정중하게 고개를 끄덕이면서 말했다.

"그것도 좋겠습니다. 감사합니다."

그녀가 우아하게 몸을 돌려 저만큼 갔을 때에야 비로소 대니는 자신이 방금 미합중국의 영부인과 말을 주고받았다는 사실을 깨달을 수 있었다.

33

3월 10일

나는 하버드를 졸업한 후에 막연히 내가 해군에서 근무를 하게 될 지도 모른다고 생각했다. 그런데 정말로 나는 지금 미해군의 함정을 타고 대서양을 가로지르고 있다.

사실 나는 우리 선조들이 해군에서 혁혁한 전과를 세운 것을 알고 있었기 때문에 그들의 업적에 손상을 줄 수도 있는 해군에서 복무하지 않을 거라고 결심했었다.

그러나 육군으로부터 날아온 입영통지서를 받고 나는 당황하고 말았다. 그것은 3개월 후에 입대하라는 통보였다. 나는 곰곰이 생각한 끝에 2년 동안이나 진흙탕 속을 행진하면서 나의 인생을 보낼 수는 없다고 결심했다.

그래서 즉시 해군에 지원했다. 내 생각으로는 배 위에서 무슨 큰 실수를 저지를 까닭이 있겠나 싶었다. 적어도 그곳에는 도망칠 곳이 없으니까 말이다.

하지만 나는 금방 그렇지 않다는 것을 알았다. 수병 생활은 지옥과 같을 수 있었다. 나의 룸메이트였던 뉴얼이 해군 소위로 임관해

샌프란시스코에서 명령을 내릴 수 있는 부하들을 가득 태운 배를 기다리고 있을 때, 나는 특혜받지 않은 인생이 어떤 것인가를 알기 위해 나 자신을 시험 속에 던져 넣기로 작정했다. 그래서 나는 어리석게도 사병으로 해군에 입대했던 것이다.

어쨌든 신병 훈련이 끝난 후에 나는 세인트 클레어라는 구축함의 평범한 청소원으로 배속되었다. 우리 구축함의 임무는 항공모함 해밀턴 호를 마치 갓난아이 보호하듯 편안하게 인도하는 것이었다.

나의 주된 임무는 두 가지였다. 첫 번째는 세인트 클레어를 배답게 보이도록 할 것, 다른 말로 하면 갑판을 깨끗하게 청소하는 일이었다. 두 번째는 쩨쩨한 우리 병조장을 위해서 축구공 노릇을 하는 일이었다.

그는 어떤 이유에선지 처음 보는 순간부터 나를 싫어했다. 나는 스스로 하버드대학 졸업생이라고 말한 적도 없으며, 대학에 다녔다는 말조차 하지 않았다. 병조장이 나를 싫어하는 이유를 누군가가 나중에 말해 주었다. 그것이 무슨 뜻인지는 모르겠지만 병조장은 나를 '밉살스러울 정도로 정중한 녀석'이라고 생각한다는 것이었다.

어쨌든 그 병조장은 나에게 고통을 주는 것이 최대의 낙이었다. 근무 외에 나에게 부여한 많은 작업들을 하지 않았거나 보초를 게을리 섰을 때면 항상 선실로 달려와서 내가 읽고 있는 것은 그 무엇이든 '쓰레기'들이라면서 압수해 갔다. 나는 언젠가 그에게 반드시 복수를 할 거라고 결심했다.

어느 날 저녁식사 시간이었다. 나는 읽을 책이 있어서 빨리 가봐야겠다고 말한 다음에 선실에 들어와 성경책을 들고 병조장을 기다렸다. 예상한 그대로 몇 분 뒤에 병조장이 선실로 뛰어들어왔다. 그

리고 책표지는 볼 생각도 하지 않고 내 손에서 그것을 빼앗아 들고
욕을 하기 시작했다.

"앤드류 수병, 너는 네 영혼을 오염시키고 있어."

나는 두 명의 다른 수병들이 보는 앞에서 성경의 말씀으로 내 영
혼을 살찌우고 있는 중이라고 대답했다.

병조장이 책표지를 보았을 때, 그가 한 말은 '앗!' 하는 한 마디 외
침뿐이었다. 그는 조용히 성경책을 내 침상 위에 올려 놓고 선실을
나갔다.

물론 나는 통쾌하게 복수를 한 셈이었다. 그러나 불행하게도 나는
싸움에서 이기지 못할 운명이었다. 그 일이 있은 후부터 그 병조장
은 나를 밤낮으로 괴롭혔던 것이다. 어떤 때에는 너무나 절망한 나
머지 탈영까지도 생각했다. 그러나 우리는 가장 가까운 육지에서조
차 최소한 1천 마일은 떨어진 해상에 있었다.

결국 탈영을 할 수 없었다는 점에서 육군에 들어간 것보다 덕을
보기는 한 셈이었다. 만약 그런 것이 진짜 인생이라면, 나는 인생의
참맛을 충분히 본 셈이었다. 내가 해군에서 버티려면 우선 손과 무
릎으로 갑판을 비벼대는 일에서 탈출하지 않으면 안 되었다.

병조장이 확실히 배의 반대편에 있다고 생각되었을 때, 나는 대위
를 찾아가 다른 일을 시켜 달라고 요청했다. 나는 병조장에 대한 이
야기를 하지 않았다. 그 대신에 내가 해군을 위해 더욱 효과적으로
봉사할 수 있는 재능을 가지고 있다고만 말했다.

대위는 그것이 어떤 재능이냐고 물어 보았다. 나는 잠시 동안 그
것이 과연 어떤 재능일 것인가를 생각했다. 그리고 엉겁결에 글을
쓰고 싶다고 말했다. 그리고 그 말은 대위를 감동시킨 것 같았다.

그래서 나는 홍보실로 전속되었다. 물론 나를 배에서 뛰어내리게
하려고 했던 병조장에게는 섭섭한 일이었지만…….

홍보실에서 내가 맡은 일은 일종의 편집자이면서 기자 역할을 병
행하는 것이었다. 국내에 있는 많은 해군 신문들을 위해 기사를 쓰
고 워싱턴에 흥미 있는 이야깃거리들을 보내는 일이었다. 그리고 그
것은 무척 재미있는 일이었다.

물론 예외적인 경우도 있다. 한 번은 통신사의 관심을 끌 기회를
함장의 검열 때문에 놓쳐 버렸던 것이다. 나는 그 이야기가 매우 재
미있는 기사거리가 될 것이라고 생각했다. 매우 흥미롭고 스릴 있고
의외성이 있으며 심지어는 유머까지 있었다. 그러나 함장은 그렇게
생각하지 않았다.

지난주에 우리가 지중해로 진입할 때의 일이다. 그날 밤은 안개가
잔뜩 끼어 있었다. 시작부터 얼마나 극적인가. 그 위험한 상황 속에
서 우리는 다른 배와 충돌했던 것이다. 부상자는 없었다. 하지만 다
음 기항지에서 배를 몇 군데 수리하지 않으면 안 되었다.

내가 흥미를 느낀 것은 우리 배와 부딪친 배가 바로 미국의 구축
함이었다는 사실이다. 나는 이 기사가 사람들의 관심을 끌 것이라고
생각했다. 그러나 함장은 그렇게 생각하지 않았다. 그는 미국 함정
은 결코 그런 실수를 범하지 않는다고 주장했다.

진실을 보도하는 것이 저널리스트의 임무라고 믿고 있던 나는 실
제로 그런 일이 일어나지 않았느냐고 지적했다. 하지만 그 말을 들
은 함장은 벌컥 화를 내면서 내가 무식하다는 것을 강조하기 위해
사전에 나와 있는 어휘를 총동원했다. 결국 함장의 말은 미국 해군
이 가끔씩 실수를 저지를 수는 있지만 신문에 누설해서는 안 된다는

것이었다.

　나는 1년 3개월 11일 후에 제대를 하게 될 것이다. 행운이 따른다면 아마 명예로운 제대가 될 것이다.

　그것은 그리 짧은 기간이 아닌 것이 분명하다.

— 앤드류 엘리어트

　신혼여행에서 돌아온 후에 사라는 직장을 알아보기 시작했다. 케임브리지에는 너무나 많은 일자리가 있었다. 사라는 휴론 가에 있는 아파트로부터 걸어서 출근할 수 있는 직장을 쉽게 찾을 수가 있었다.

　사라는 두 번의 면접을 보았다. 모두 조건이 좋았기 때문에 둘 중에서 어느 하나를 선택해야 한다는 것은 너무 힘들었다. 하버드 트러스트의 부사장 비서직은 주급 278달러의 높은 봉급이었다. 그에 비해서 하버드대학 출판부는 더욱 많은 근무 시간에 초봉이 215달러에 불과했다. 하지만 하버드대학 출판부가 램브로스 부부에게는 더욱 매력적인 것임에 틀림없었다.

　무엇보다도 먼저 하버드대학 출판부는 집에서 매우 가까웠다. 폭설이 내릴 때에는 미끄러져서도 갈 수 있을 만한 거리였다. 두 번째로 그들이 생각한 것은 승진의 가능성이었다.

　인사담당자인 노튼 부인은 사라가 봉급에 대해 시큰둥한 반응을 보이자 사라 정도의 실력이라면 금방 편집부로 옮겨갈 수 있을 것이고 말했던 것이다. 그러나 두 사람이 즉시 깨달을 수 있었던 가장 매력적인 점은 그 직장이 학문 세계에 관한 고도의 정보를 다루고 있다는 것이었다.

사라가 만약 그곳에 들어간다면 모든 정보를 입수할 수 있는 원천에 접근하는 것이었다. 그곳에서는 누가 무엇에 관해 무슨 책을 쓰고 있고 그것이 받아들여질 것인지 아니면 거부될 것인지를 가장 먼저 알 수 있는 것이다. 그런 종류의 정보는 테드가 직장을 구하는 시기에 매우 훌륭한 가치가 있을 것이다.

대학원은 테드가 예상했던 것보다 훨씬 더 힘든 과정이었다. 철학박사 학위를 따기 위해서는 언어학과 비교문법, 작시법, 그리고 그리스어와 라틴어 문체론 등 엄청나게 난해한 세미나를 듣지 않으면 안 되었다. 그러나 다행스럽게도 테드에게는 만찬을 함께 하면서 그러한 난해한 문제들을 함께 토의할 만한 고객이 있었다.

두 사람이 함께 살기 시작했을 때부터 테드는 저녁식사를 항상 자기가 만들겠다고 주장했다. 그런데 더 큰 문제는, 테드는 부엌에 들어가기 전에 반드시 공부를 끝내야 한다고 믿고 있었다는 점이다. 그래서 사라는 남편이 저녁식사를 준비하기 시작하는 10시까지 잠들지 않고 기다려야만 하는 불편을 겪어야 했다.

그것은 몇 가지 미묘한 문제들을 불러일으켰다. 과연 어떤 여자가 고도로 숙련된 웨이터가 특별히 차린 그리스 포도주와 아름다운 음악, 그리고 부드러운 촛불이 곁들여진 멋진 저녁식사를 싫어할 수 있겠는가?

잠시 후면 그 웨이터는 옆에 앉아 사랑을 속삭이고 저녁식사가 끝나면 잠자리도 함께 할 텐데 말이다. 어떤 여자가 그런 남편에게 저녁식사는 무척 즐거웠지만 다음날이면 하루 종일 컴퓨터 앞에서 졸아야 한다고 불평할 수 있겠느냔 말이다.

사라는 그러한 고민을 해결하는 유일한 길이 시어머니로부터 램브로스 가문의 요리 비법을 배워 오는 것이라는 결론을 내렸다. 그렇게 되면 테드가 인도-유럽의 어원학과 씨름하고 있는 동안 저녁식사를 준비할 수 있을 것이다.

테레사 램브로스는 신바람이 나서 며느리에 대한 칭찬을 늘어놓으며 요리학 강의에 열중했다. 테드의 어머니는 어떤 것이든 마다하지 않았다. 사라의 요리 메모지는 점점 더 많이 쌓여갔고 사라는 그것을 부지런히 공부했다.

1월이 가까워졌을 때, 사라는 이제 저녁식사를 자기가 만들겠다고 나설 만큼 요리에 자신을 갖게 되었다. 그리고 때마침 테드는 봄학기 말의 어학 시험을 앞두고 있었기 때문에 저녁식사를 준비할 겨를이 없었다.

독일어 과목은 테드를 거의 초주검으로 만들었다. 빌어먹을! 왜 중요한 학문적 업적은 모두 살인적으로 난해한 독일어로 씌어 있단 말인가? 이런 점에서는 대학 시절에 독일어를 3년 동안 배운 사라가 많은 도움을 주었다.

그러던 어느 날 밤 독일어 개인 교습이 끝난 뒤에 테드는 애정 어린 목소리로 사라에게 말을 건넸다.

"사라, 당신이 없었으면 지금쯤 나는 어떻게 되었을까?"

"아마 지금쯤 매력적인 대학원 여학생을 유혹하기 위해 밖에 나가 있을 거예요."

"농담이라도 그런 소리는 하지 말아, 사라."

테드가 손을 뻗어 사라를 애무하면서 말했다.

사라의 도움과 격려에 힘입어 테드는 성공리에 모든 시험의 난관을 뛰어넘어 소포클레스에 대한 학위 논문 준비에 착수했다. 핀리 교수는 테드의 우수한 성적을 높이 사 그를 [인간학] 과목의 조교로 임명했다.

테드는 잠을 이루지 못하고 연신 몸을 뒤척거리고 있었다.

"테드, 무슨 일이에요?"

사라가 테드의 어깨에 가만히 손을 얹으면서 상냥하게 물었다.

"겁이 나서 그래. 내일 일이 너무나 불안해."

"테드, 그건 당연한 일이에요. 평생 처음으로 남을 가르치게 되었으니 초조하지 않다면 오히려 이상한 일이죠."

"초조한 정도가 아니야. 나는 지금 완전히 굳어 버렸어."

테드는 침대 한쪽 끝에 일어나 앉았다.

"하지만 테드, 그건 고전문학 토의 시간에 불과해요. 학생들은 당신보다 더 겁먹고 있을 거예요. 당신도 1학년이었을 때 토의 시간을 기억하고 있잖아요?"

"물론 그렇기는 하지만, 그래도 불안한 건 어쩔 수가 없어. 요즘 학생들은 우리보다 훨씬 더 영리하니까……. 그리고 내일은 아무런 예고도 없이 세계적으로 유명한 교수가 내 강의실에 들어올 것만 같은 괴상한 환상이 나를 괴롭히고 있어."

사라는 자명종을 힐끗 쳐다보았다. 새벽 5시가 가까워지고 있었다. 테드에게 아무리 잠을 자라고 해도 소용이 없었다.

"테드, 내가 커피를 끓일 테니 당신이 강의할 것을 나에게 이야기해 봐요. 일종의 예행 연습을 하는 거예요."

"좋아."

테드는 침대라는 감방에서 벗어나게 된 것이 기쁘다는 듯이 깊은 숨을 내쉬었다.

사라는 재빨리 인스턴트 커피를 끓여 식탁 위에 올려 놓았다. 7시 30분이 되었을 때, 사라는 커다랗게 웃음을 터뜨렸다.

"도대체 무슨 일이야, 사라? 내가 뭘 잘못했지?"

테드가 불안한 듯이 물었다.

"멍청한 그리스 양반! 당신은 지금 거의 2시간 동안이나 호머에 관해 아주 멋지게 이야기했어요. 하지만 당신이 강의할 시간은 단지 50분뿐이에요. 그런데 아직도 학생들을 대할 준비가 되지 않았다는 거예요?"

"사라, 당신은 정말 훌륭한 심리학자로군."

"그렇지 않아요, 테드. 다만 내가 당신보다 남편에 대해 더 많이 알고 있을 뿐이에요."

테드가 첫 번째로 강의를 했던 시간과 장소는 그의 기억 속에서 영원히 간직될 것이다. 9월 28일 금요일 오전 10시 1분에 테드는 앨스톤 벌 사이언스 빌딩에 있는 세미나실로 들어갔다.

세미나실로 들어간 테드는 테이블 위에 이상스러울 만큼 많은 책을 풀어놓았다. 그 책들에 조심스럽게 표시를 해놓은 문장들은 말이 막혔을 때 학생들에게 읽어 줄 것들이었다.

10시 5분에 테드는 칠판에 자기 이름과 강의 시간을 적어 놓은 다음 학생들을 마주보고 섰다. 참가한 학생들은 모두 열네 명이었는데, 남학생이 열 명이었고 여학생이 네 명이었다. 그들은 모두 두꺼운 노트를 펼쳐놓고 연필을 든 채 테드의 말을 받아 적을 준비를 갖추고 있었다.

맙소사! 내 말을 받아 적을 생각이군! 만약 내가 어처구니없는 오류를 범하고 학생들이 받아 적은 그 노트를 핀리 교수가 본다면 어떻게 하지? 최악의 경우에 어떤 너구리 같은 녀석이 나를 함정에 빠뜨린다면? 테드 램브로스, 이제는 시작해야 할 시간이다.

테드는 강의할 내용을 상세히 적은 메모지를 펼치고 나서 깊은 숨을 들이마신 다음 교실 안을 둘러보았다. 테드는 가슴이 너무나 크게 두 근거리고 있었기 때문에 혹시 그 소리를 학생들이 듣지나 않을까 걱정이 되었다.

"누군가 자신이 물리학 교실에 있는 것이 아닌가 하고 생각할지도 모르기 때문에 이곳은 고전문학 제2부의 교실이고 나는 학생들의 토론 지도자라는 것을 우선 말해 두고자 합니다. 내가 학생들의 이름을 익히는 동안 학생들은 나의 이름을 익혀 주기 바랍니다. 내 이름은 칠판에 써 놓았습니다. 그리스어로는 '우수하다'는 뜻입니다. 그러나 정말 그런지는 여러분이 몇 주일 후면 판단할 수 있을 것입니다."

학생들 사이에서 웃음이 터져 나왔다. 학생들은 벌써 테드를 좋아하기 시작한 것 같았다.

"이 강좌는 모든 서구 문명의 뿌리와 관계가 있는 문제를 다루고 있습니다. 호머가 쓴 두 개의 작품은 서구 문명에 있어서의 첫 번째 걸작이라고 할 수 있습니다. 앞으로 우리가 검토하게 되겠지만,『일리아드』는 서구 문명세계의 첫 번째 비극이고『오디세우스』는 그 첫 번째 희극인 것입니다."

그때부터 테드는 준비한 메모를 한 번도 보지 않고 강의를 이어 나갔다. 테드는 호머의 위대함과 그의 문체에 대해 설명하고 구전적 전통, 그리고 영웅주의에 대한 초기 그리스의 개념 등에 관해 열정적으로 이야기했다. 테드는 시간이 거의 끝날 때가 되어서야 정신을 차릴 수 있었다.

"내가 너무 이야기에 열중했던 것 같습니다. 여기서 내 이야기를 중단하고 여러분의 질문을 받겠습니다."

뒤에 앉아 있던 학생이 손을 들었다. 안경을 낀 학생이었다.

"호머를 그리스어로 읽은 적이 있습니까, 램브로스 선생님?"

"그렇습니다."

테드가 자랑스럽게 대답했다.

"그러면 그 중에서 한 부분을 원어로 인용해 주시겠습니까? 우리는 그리스어를 모르지만 그 느낌을 갖고 싶습니다."

테드는 미소를 지었다.

"한 번 읽어 보겠습니다."

테이블 위에는 옥스퍼드의 원서가 있었지만, 테드는 그것을 보지 않고 기억을 더듬어 『일리아드』의 첫 부분을 정열적으로 암송하기 시작했다.

테드는 학생들이 이해할 수 있도록 특별한 단어에 특히 힘을 주어 발음했다. 테드는 7절의 '신과 같은 아킬레스'를 '디오스 아킬레스'라고 힘을 넣어 발음했고 그곳에서 암송을 끝마쳤다.

놀랍게도 교실 안이 커다란 박수소리로 요란해졌다. 그리고 강의를 마치는 벨이 울렸다. 테드는 안도감과 만족감을 느끼면서 갑작스럽게 밀려오는 피로를 느꼈다. 테드는 학생들이 세미나실을 나가면서 속삭이는 소리를 들을 때까지 자기의 수업이 어떠했는지를 전혀 알 수가 없었다.

테드의 귀에 학생들 가운데 누군가가 말하는 것이 들려왔다.

"우리는 운이 좋았어."

"그래, 저 사람은 매우 열정적인 것 같아."

테드가 들은 마지막 말은 어떤 여학생의 것이었다.

"핀리 교수보다 더 잘하는데……."

하지만 테드는 그것이 그릇된 상상력이 빚어 낸 헛소리가 분명하다고 생각했다. 왜냐하면 존 핀리 2세 교수는 하버드의 역사상 가장 위대한 교수 중의 한 사람이었기 때문이었다.

34

　제이슨 길버트는 셸던 연구비를 받은 달에 곧바로 문화와 스포츠를 모두 즐길 수 있는 여행길에 올랐다. 제이슨은 될 수 있는 대로 유럽의 테니스 시합에 많이 참가했다. 그리고 또한 시합을 하는 데에 들이는 시간 못지않게 박물관 방문에도 많은 시간을 할당했다.

　공식적인 학문적 연구는 장학금 수여의 조항이 아니었지만, 제이슨은 국제 스키계의 비교 연구(오스트리아, 프랑스, 스위스의 경사면에 대한 특별 연구)에 관한 논문을 작성하면서 그해 겨울을 보냈다.

　스포츠에 대한 열의가 어느 정도 식어가기 시작했을 때, 제이슨은 무한히 감각적인 매력을 지닌 도시, 파리로 향했다. 제이슨은 프랑스어를 할 줄 몰랐지만 제이슨 특유의 ‘매력’ 이라는 국제적 언어를 갖추고 있었기 때문에 아름다운 여성 안내인을 찾아내는 데에는 그다지 커다란 어려움을 겪지 않았다.

　불과 몇 시간 만에 제이슨은 미술관에서 모네를 감상하고 있는 마르티느 펠레티에라는 미술학도를 알게 되었다. 미술관에서 제이슨은 마르티느의 늘씬한 다리를 감상하고 있었던 것이다. 마르티느와 함께 거리를 산책하면서 제이슨은 파리 시민들의 생활을 감탄의 눈빛으로 바라보았다.

　제이슨은 길거리에 잔뜩 나붙어 있는 문화행사의 광고 포스터 앞에서 갑자기 걸음을 멈추었다. 제이슨은 포스터들 가운데 특히 하나의 광고문안에 커다란 충격을 받았다.

　플레옐 회관

　세계적인 명성을 얻고 있는 미국의

　젊은 피아니스트, 프랑스 무대에 데뷔

　피아니스트 대니 로시

　"이봐요! 저 친구는 내 대학 동창이에요. 우리 저 친구의 음악을 한번 들어 볼까요?"

　제이슨이 마르티느에게 자랑스럽게 말했다.

　"좋아요."

　운명의 조화로운 운율에 의해 제이슨 길버트는 대니 로시가 파리 무대에 성공적으로 데뷔할 때 객석에 앉아 있게 되었다.

　연주회가 끝난 다음에 제이슨과 마르티느는 무대 뒤로 가 기자들과 대니의 열렬한 추종자들로 붐비는 인파 속을 헤치면서 대니의 주의를 끌 수 있는 거리까지 다가가려고 안간힘을 썼다.

　그날 저녁에 위대한 스타는 동창생을 보자 무척 반가워하면서 제이슨의 매력적인 동반자에게 능숙하고 품위 있는 프랑스어로 말을 걸었다. 제이슨은 저녁을 함께 하자고 제의했지만 대니는 유감스럽게도 그들을 초대할 수 없는 파티에 참석하기로 약속이 되어 있었다.

제이슨과 마르티느는 그날 밤 레잘레에서 양파 수프를 먹고 있었다.

"대니 로시라는 사람은 당신의 친구가 아닌 모양이죠?"

마르티느가 제이슨에게 물었다.

"왜 그가 내 친구가 아니라고 생각하는 거죠?"

"그가 나에게 오늘 밤 카스텔에 함께 가자고 했어요. 당신을 빼놓고서 말이에요."

"저런 미친 녀석! 그 녀석은 자신이 여성을 위한 신의 선물인 줄로 착각하고 있나 보군."

제이슨이 화를 내는 모습을 보면서 마르티느가 상냥한 미소를 지었다.

"아니에요, 제이슨. 그런 사람은 바로 당신이에요. 대니는 음악을 위한 신의 선물일 뿐이에요."

4월 하순이 되었을 때, 제이슨은 다시 테니스 코트로 돌아가고 싶은 열의를 느끼게 되었다. 제이슨은 될 수 있는 대로 많은 국제 경기에 참가했다.

제이슨의 여행은 어떤 면에서 매우 교육적인 것이었다. 왜냐하면 제이슨은 자신의 실력이 세계의 일류 선수들과 얼마나 많이 차이가 나는지를 깨달을 수 있었기 때문이다.

제이슨은 준준결승전까지 올라가 본 적도 없었다. 우선권을 받은 선수와 대결해서 한 세트라도 따냈다면 그것은 작은 승리로 생각될 정도였다.

7월 중순에 열린 가스타드 국제 테니스 대회에서 제이슨은 오스트레일리아의 로드 레이버와 1회전에서 만나게 되는 영광을 갖게 되었다.

제이슨은 무적의 왼손잡이에게 한 세트도 따내지 못하고 일방적으로 패배했다. 하지만 그것은 너무나 당연한 일이었다.

"로드, 당신에게 당한 것은 정말로 영광스러운 일입니다."

제이슨이 시합이 끝난 후에 로드와 악수를 하면서 말했다.

"고맙습니다, 친구. 당신도 잘했어요."

제이슨은 코트를 떠나면서 고개를 가로 저었다. 오늘따라 자신이 왜 그렇게 느리고 공은 또 왜 그렇게 빨랐을까?

그런데 그때였다. 밤색 머리를 길게 땋아 내린 커다란 키의 젊은 여자가 제이슨에게 다가왔다.

"당신은 오늘 그다지 운이 좋지 않았군요, 그렇지요?"

그녀의 영어에는 기묘하게 매력적인 억양이 있었다.

"지금까지는 그랬습니다만, 당신도 시합에 참가하고 있나요?"

제이슨이 상대를 바라보면서 대답했다.

"그래요. 내일 오후에 여자 단식에 출전하게 되어 있어요. 금요일의 혼합 복식에 함께 나갈 수 있을지를 당신에게 물어 보려던 참이에요."

"왜죠? 방금 내가 얼마나 형편없는 선수인지를 보았을 텐데?"

"나 역시 별로 잘 하는 편은 아니니까요."

그녀가 태연하게 대답했다.

"그 말은 우리 두 사람이 함께 묵사발이 되자는 이야기 같군요."

"그렇지만 재미있지 않겠어요? 즐기는 것이 중요하지 않나요?"

"나는 이기는 것이 중요하다고 배우면서 자랐어요. 하지만 이제부터 생각을 바꿔야겠군요. 좋습니다. 당신과 함께 뛴다면 지더라도 재미있을 것 같아요. 그런데 이름이 뭐죠?"

"패니 반 데 포스트라고 해요."

그녀가 손을 내밀면서 대답했다.

"네덜란드에서 온 대학 선수예요."

"나는 제이슨 길버트입니다. 당신도 봤다시피 나는 로드 레이버의 볼 보이가 되기에도 부족한 놈이에요. 오늘 밤에 저녁식사를 함께 하면서 작전을 토의해 볼까요?"

"좋아요. 저는 자아넨의 부우 호텔에 있어요."

"기막힌 우연이군요. 나도 그곳에 있습니다."

"알고 있어요. 어젯밤에 로비에서 봤거든요."

그날 밤 두 사람은 제이슨의 폭스바겐을 타고 클로에스텔리에 있는 300년이나 된 호텔로 갔다.

"맙소사! 이 호텔은 미국의 역사보다 더 유서가 깊은 곳이군요."

제이슨이 자리에 앉으며 말했다.

"제이슨, 세계에 있는 거의 모든 것이 미국보다 오래 되었다는 것을 당신은 모르고 있었나요?"

패니가 호기심 어린 눈으로 말했다.

"그래요. 이번 여행은 나의 이기심을 완전히 파괴해 버렸어요. 나는 이제 막 태어난 것 같아요. 조그만 갓난아기지요."

"제이슨, 정말로 조그맣다는 것이 어떤 것인지를 알고 싶다면 네덜란드에 한번 오세요. 한때는 우리도 세계의 열강이었어요. 우리는 센트럴 파크를 소유한 적도 있었지요. 하지만 지금 우리가 자랑할 수 있는 것은 램브란트를 가졌다는 정도예요."

"네덜란드인들은 모두가 그렇게 자기 비하를 하나요?"

"그래요. 그것이 오만함을 나타내는 교활한 방법이기도 하지요."

두 남녀는 거의 새벽이 가까워질 때까지 쉬지 않고 이야기를 나누었다. 그들이 작별 인사를 했을 때, 제이슨은 그 소녀가 매우 특별한 존재라는 것을 알 수 있었다.

패니는 2차 대전 초기에 그로닝겐 가까이에 있는 농장에서 태어나 전쟁이 끝날 때까지 비참한 기아 속에서 자랐다. 소녀 시절의 고난에도 불구하고 패니는 제이슨을 즐겁게 해줄 수 있을 만큼 쾌활한 유머 감각과 낙관주의를 가지고 있었다.

패니는 야심도 역시 가지고 있긴 했지만 그렇게 과대한 것은 아니었다. 패니는 라이덴의 의학도였다. 그녀는 훌륭한 의사가 될 수 있을 정도로 적당히 공부하고 평범한 선수로 남아 있을 정도로 적당히 연습하고 있었던 것이다.

제이슨이 하룻밤의 대화를 기초로 내린 결론은 패니가 그동안 만난 여자들 중에서 가장 알맞게 균형 잡힌 여인이라는 것이었다.

패니는 의과대학 교수가 되기 위해 안달하는 욕심 많은 래드클리프의 여대생이 결코 아니었다. 그렇다고 인생의 유일한 목적을 약혼반지에 두는 골 빈 롱아일랜드의 사교계 처녀도 아니었다.

패니는 제이슨이 데이트했던 미국의 어떤 여성에게서도 찾아볼 수 없는 재능을 갖고 있었다. 패니는 현재의 자기 자신에 행복을 느끼고 있었던 것이다.

다음날 오후에 제이슨은 패니의 경기를 스탠드에 앉아 지켜보면서 더욱 크게 감탄하게 되었다. 패니는 시합 전날 밤에 늦게까지 잠을 자지 않았을 뿐만 아니라 포도주까지 많이 마셨다.

제이슨은 패니와 대결하고 있는 플로리다 출신의 선수가 따뜻한 우유를 마신 뒤 밤 9시쯤에 잠자리에 들었을 것이라고 확신했다. 그러나 패니는 자신의 적수가 상대를 이기기 위해 부지런히 뛰어다녀야 할 만큼 훌륭한 체력을 유지하고 있었다.

2세트까지 패니의 서비스는 매우 강하고 정확했다. 패니는 결국 5-7, 6-3, 6-1로 패배했다. 하지만 패니는 상대였던 십대 소녀를 충분히 괴롭혔다. 제이슨은 수건과 오렌지 주스를 들고 코트 입구에서 패니를 기다렸다.

"고마워요. 하지만 전 차가운 맥주를 마시고 싶어요. 그 소녀는 공격적인 작은 악마였어요."

"그래요, 아마 그녀가 졌다면 그녀의 아버지는 틀림없이 엉덩이를 때렸을 거예요. 그의 아버지가 지르는 고함 소리가 들리지 않았나요?"

"못 들었어요. 시합 중에는 아무 소리도 들리지 않아요. 어쨌든 나는 나 자신을 즐기니까요."

두 사람은 탈의실 쪽으로 걸어가기 시작했다.

"당신은 열심히만 하면 성공할 수도 있겠어요."

"웃기지 말아요. 테니스는 게임이에요. 내가 테니스에 전념한다면 그것은 직업이 되어 버린다구요. 그건 그렇고 오늘 저녁은 어디서 하고 싶어요?"

"모르겠어요. 어디 좋은 곳을 알고 있나요?"

"퐁듀를 먹으러 루쥬몽으로 가면 어떨까요? 이번에는 제가 살 차례예요."

그날 밤에 두 사람은 복식 게임에 대한 전략을 간단하게 의논했다. 패니는 키가 작았기 때문에 전위를 서기로 했다.

"나는 당신이 백 코트에 공이 넘어오지 못하게 막아 주길 기대하고 있겠어요."

제이슨이 가볍게 농담을 던졌다.

"너무 기대하지 마세요. 경쟁에 길들여진 당신들 미국인의 머릿속 어느 구석엔가는 혹시 내일 이길지도 모른다는 기대감이 있을 거예요."

"글쎄, 내 마음 속에도 그런 생각이 있다는 걸 솔직하게 고백하겠어요. 우리 두 사람의 실력이 합쳐지면 더욱 형편없이 될지도 모르지만……."

제이슨이 솔직하게 자기 생각을 인정했다.

"이 시합에 참가한 선수 중에 우리보다 실력 없는 사람은 없어요."

"제기랄! 당신은 파트너로서는 빵점이군요. 당신은 나의 신념을 파괴하고 있는 중이에요."

"당신의 신념을 파괴할 수 있는 사람은 아무도 없어요."

패니는 의미 있는 미소를 던지고 있었다.

제이슨과 패니는 시합에서 거의 이길 뻔했다.

그들이 상대한 스페인 부부도 역시 그렇게 강하지는 않았다. 제이슨과 패니는 첫 세트는 쉽게 따냈다. 그러나 차츰 상대가 느린 타구를 패니의 머리 위로 정확하게 백 코트 했기 때문에 제이슨은 이리저리 뛰어다니다가 지쳐 버리고 말았다.

장시간에 걸친 대결 끝에 제이슨은 강렬한 태양과 스위스의 희박한 공기로 인해 숨조차 제대로 쉴 수 없었다. 제이슨은 옷을 갈아입으러 갈 기운도 없어 그대로 벤치에 앉아 피로를 풀고 있었다.

패니가 컵에 물을 따라서 들고 왔다. 패니는 제이슨의 옆에 앉아서 담담하게 말했다.

"져서 다행이에요. 다시는 이렇게 긴 시합을 못할 것 같아요. 하지만 제이슨, 우리는 처음 함께 한 것치고는 꽤 잘한 거예요. 아마 내년에는 점수 차를 좀더 줄일 수 있을 거예요."

패니가 수건으로 다정하게 제이슨의 얼굴을 닦아 주었다.

"그래요. 하지만 내년에는 참가할 수 없어요. 나는 다른 약속이 있으니까요."

"약혼이요? 당신은 약혼했나요?"

패니는 약속과 약혼을 오해를 한 것 같았다.

"그래요. 내 약혼녀의 이름은 미해병대예요. 9월에 시작해서 2년 동안 복무해야 해요."

"언제 돌아가죠?"

"아직은 3주일 남았어요. 그 시간을 당신과 함께 보내고 싶어요. 물론 테니스는 빼놓고……."

제이슨은 말하고 나서 패니의 눈을 들여다보았다.

"그렇게 할 수 있을 거예요."

"우리에겐 폭스바겐이 있어요. 어디 가고 싶은 곳이 있나요?"

"글쎄요. 전 항상 베니스에 가보고 싶었어요."

"그건 왜죠?"

"그곳에는 암스테르담 같은 운하가 있으니까요."

"그보다 더 좋은 이유가 생각나지 않는군요."

제이슨이 미소를 지으면서 대답했다.

제이슨과 패니는 여유 있게 스위스의 산길을 달렸다. 그리고 이탈리아로 들어가 며칠 동안 코모 호숫가에서 시간을 보냈다. 그동안 두 사람은 많은 이야기를 나누었다.

제이슨은 곧 패니의 친구들을 모두 아는 사람들처럼 가깝게 느낄 수 있었다. 심지어 그들의 얼굴과 이름을 연결 지을 수 있을 정도로…….

패니는 새로운 남자 친구가 혼잡한 로비에서 처음 보고 마음이 끌린 잘생긴 테니스 선수 이상으로 훨씬 복잡한 인간이라는 것을 깨달았다.

"당신은 어떤 종류의 미국인인가요?"

호숫가를 산책하고 있을 때 패니가 제이슨에게 물었다.

"무슨 뜻이죠?"

"내 말은 당신이 인디언이 아니라면 틀림없이 다른 나라에서 미국으로 건너갔을 거라는 거예요. 길버트라는 것은 영국 성인가요?"

"아뇨, 그건 만든 이름이에요. 우리 조부님께서 엘리스 섬에 왔을 때에는 그룬왈트라고 불렸어요."

"독일인인가요?"

"러시아인이에요. 러시아계 유대인이지요."

"아, 그럼 당신은 유대인이군요?"

"글쎄요, 좀 애매하군요."

"어떻게 애매모호한 유대인일 수 있지요?"

"미국은 자유국가예요. 아버지는 종교라는 것은 아무런 의미도 없다는 생각으로 모든 것을 버렸어요."

"그러나 그건 불가능한 일이에요. 유대인은 유대인이 아닌 다른 종족이 될 수 없어요."

"어째서 될 수 없다는 거죠? 당신은 개신교를 믿고 있나요? 하지만 당신이 원한다면 가톨릭 신자가 될 수도 있잖아요?"

패니의 얼굴에 도저히 믿을 수 없다는 표정이 스쳐 지나갔다.

"제이슨, 당신 같은 지식인이 그런 어리석은 질문을 하다니요. 당신이 유대인의 신앙을 부정했다고 해서 히틀러가 당신이나 당신의 가족들을 살려 두었겠어요?"

제이슨은 짜증이 나기 시작했다. 이 여자는 지금 도대체 무슨 말을 하려는 것일까?

"유대인이라는 것을 납득시키려고 할 때마다 왜 사람들은 모두들 히틀러를 끄집어내는 거죠?"

제이슨의 목소리가 커지고 있었다.

"맙소사! 그건 너무나 당연한 일이에요. 나도 아주 가까운 유대인 친구를 가지고 있어요. 그런데 그 친구는 고아였어요."

패니가 큰 소리로 대답했다.

"그녀는 어떤 사람인데요?"

제이슨이 물었다.

"에바 구드슈미트라는 여자예요. 우리는 마치 형제처럼 자랐어요. 그러다가 에바는 먼 친척이 이스라엘에 살고 있다는 것을 알게 되었죠. 그래서 그녀는 학교를 마치자마자 그 친척을 찾아 그곳으로 떠났어요. 우리는 아직도 서로 연락을 하고 있어요. 사실 2,3년에 한 번씩이지만 여름이 되면 나는 갈릴리에 있는 그녀의 키부츠를 방문하곤 해요."

그 대화가 있은 후에, 그리고 몇 주간 패니와 함께 지내면서 나누었던 비슷한 대화들로 인해 제이슨은 자기 운명에 대해 알고 싶다는 강렬한 욕망을 느끼게 되었다. 제이슨은 다른 유대인에 의해서가 아니라 나날이 애정이 깊어가는 기독교 신자였던 한 네덜란드 소녀에 의해서 그러한 결심을 하게 된 것이다.

제이슨은 패니를 암스테르담까지 태워 주고 그곳에서 비행기를 탈 생각이었다. 하지만 두 사람 모두 베니스에 반해 버렸기 때문에 제이슨이 입대할 날짜가 다가올 때까지 그곳을 떠나지 못하고 있었다.

공항에서 나눈 이별은 제이슨의 심정을 착잡하게 만들었다. 키스를 하면서 여러 차례 포옹을 하고 난 후에 제이슨은 최소한 일주일에 한 번 정도는 편지를 쓰겠다고 약속했다.

"공연히 부담 갖지 말아요, 제이슨. 그동안 정말 즐거웠어요. 언제까지라도 당신과 나누었던 달콤한 기억들을 기억할 수 있을 거예요. 하지만 우리 두 사람이 2년 동안 서로를 그리워하면서 기다린다는 건 무리예요. 그렇게 생각하는 것부터가 어리석은 일일지도 모르지요."

하지만 제이슨은 패니의 말을 받아들이려고 하지 않았다.

"마음에도 없는 소리 하지 말아요, 패니. 내가 당신에게 느끼는 것만큼의 강한 마음을 당신도 느끼고 있어요."

"제이슨, 당신은 지금까지 내가 만나 본 남자들 가운데 가장 멋진 사람이에요. 난 어느 누구보다도 당신에게 친밀감을 느꼈어요. 서두르지 마세요. 그냥 상황을 지켜보도록 해요. 만약 우리가 그릇된 환상에 사로잡혀 있지 않다면요."

"혹시 『오디세우스』를 읽어 봤나요? 오디세우스와 페넬로페는 서로 20년 동안이나 떨어져 지냈다고 하더군요."

"하지만 『오디세우스』는 단지 신화에 불과해요."

"아무래도 좋아요, 새침데기 아가씨. 내가 보내는 편지에 답장만은 꼬박꼬박 하겠다고 약속해요. 그런 다음에 어떻게 될지는 두고 보도록 합시다."

제이슨은 서부영화의 한 장면을 흉내내면서 강렬한 인상을 느끼게 하려는 듯 존 웨인처럼 말했다.

"좋아요. 약속할게요."

패니가 흔쾌히 대답했다. 마지막으로 다시 한번 포옹을 하고 나서 제이슨은 비행기 트랩 쪽으로 걸음을 옮겼다.

제이슨은 비행기에 올라타기 전에 전송대가 있는 쪽을 바라보았다. 그곳에 여전히 제이슨을 바라보고 서 있는 패니의 모습이 시야에 들어왔다. 비록 먼 거리이기는 했지만 제이슨은 패니의 뺨에서 흘러내리는 눈물을 볼 수 있었다.

대니 로시는 머리가 혼란한 상태로 잠에서 깨어났다. 대니는 자신이 매우 호화스러운 낯선 호텔에 있다는 것을 깨달았다. 빈틈없이 짜여진 연주 일정 때문에 대니는 침실 바꾸는 일을 마치 잠옷을 갈아입는 것처럼 익숙하게 해왔다.

대니는 항상 자신이 어디에 있는지 정확하게 알고 있었다. 어느 도시에 와서 어느 오케스트라와 협연을 하고 어느 호텔에서 잠을 잤는지를 항상 또렷하게 기억하고 있었던 것이다.

혼미한 정신을 가다듬으려고 노력하는 동안 대니는 침대 바로 옆에 있는 화장대 위에 반짝이는 다섯 개의 금상이 놓여 있다는 것을 깨달았다. 비로소 대니의 머릿속에 지난밤에 일어났던 일들이 하나 둘씩 떠오르기 시작했다.

어젯밤은 레코드업계 최대의 행사인 '그래미 상' 시상식이 열린 날이었다. 시상식은 로스앤젤레스 센트리 플라자 호텔의 그랜드 볼룸에서 거행되었다. 대니는 급히 비행기를 타고 로스앤젤레스로 날아온 후

정장을 갈아입고 시상식장까지 안내하기 위해 기다리고 있던 두 명의 PR요원들과 함께 리무진에 올라탔다.

대니가 최우수 클래식 독주자로 선정될 가능성은 매우 컸다. 그래미 상은 대중성과 예술성을 모두 고려하고 있었기 때문에 그 두 가지를 모두 갖춘 대니가 상을 받게 된 것은 결코 우연이 아니었다.

베토벤의 피아노 협주곡을 연상시키는 대니의 레코드가 타의 추종을 불허할 만큼 인기가 대단했다는 사실에는 논쟁의 여지가 있을 수 없었다. 비록 그 레코드가 그해 최고의 레코드인가에 대해서는 이의를 제기할 수도 있을지 모르지만…….

그러나 지난밤에 있었던 시상식에서 가장 놀라웠던 사실은 대니가 솔로 재즈 앨범 부문에서도 최우수상을 수상했다는 점이었다. 이것은 대니가 뉴욕 필하모니 오케스트라와 최초로 협연하던 날 밤에 이루어진 유쾌한 아이러니의 정점이다.

그 당시 대니는 협연이 끝난 후에 열린 축하 파티 석상에서 재즈 스타일의 즉흥곡을 연주했다.

그날의 파티 석상에서 대니의 즉석 연주를 들었던 한 노신사는 그 다음날 대니와 당장 계약을 체결했다. 나중에야 그 노신사는 콜롬비아 레코드사의 사장이었던 에드워드 카이저였음이 밝혀졌다. 아무튼 카이저는 대니의 음악이 솜사탕처럼 대중들에게 녹아 들어갈 것이라는 사실을 조금도 의심하지 않았다.

결국 콜롬비아 레코드사는 대니가 연주하는 베토벤 피아노 협주곡 앨범을 제작하기에 이르렀다. 〈브로드웨이의 로시〉라는 타이틀로 제작된 대니 로시의 레코드는 처음에는 느린 속도이기는 했지만 서서히 그러나 꾸준히 판매량이 증가했다. 그리고 대니의 인기와 비례하면서 점차 판매 추이가 상승하기 시작했다.

대니가 〈에드 설리번 쇼〉에 출연하고 난 다음부터 대니의 인기는 폭발적으로 급상승하기 시작했다. 그 일에 편승해서 레코드 판매량도 주당 3천 장에서 7만 5천 장으로 껑충 뛰어올랐던 것이다.

대니가 〈에드 설리번 쇼〉에 출현한 것은 또한 다른 의미에서도 시기가 아주 적절하게 맞아떨어진 것이었다. 바로 방송이 나간 그날 저녁에 우편에 의한 그래미 상 선정 투표가 이루어졌던 것이다.

처음에는 카운트 베이시의 승리가 확정적인 것처럼 여겨졌다. 하지만 대니에 대한 설리번의 짤막하면서도 극히 이례적인 소개가 있고 난 다음부터 투표의 양상은 완전히 바뀌게 되었다. 설리번은 대니를 미국의 음악계에 혜성처럼 나타난 천재 피아니스트라고 소개했던 것이다.

그 결과 대니는 단 하루 만에 클래식과 재즈 부문에서 그래미 상을 동시에 수상하는 영광을 획득함으로써 미국 음악사의 한 페이지를 장식하게 되었다. 사실 카운트 베이시가 중얼거린 것처럼 대니는 '엄청나게 운이 좋은 녀석' 이라고 볼 수 있었다. 그래미 상까지 수상한 대니의 레코드 판매량이 앞으로 얼마나 더 급증하게 될지는 어느 누구도 짐작할 수 없는 일이었다.

지난밤의 미스터리를 풀어 나가는 동안 대니는 새벽 햇살을 반사하면서 반짝이고 있는 다섯 개의 금상에 대해선 아직까지 답을 찾지 못했다.

두 개의 상은 그렇다고 하더라도 나머지 세 개는 도대체 어디에서 생긴 것인가? 대니는 자신이 지금 왜 이 이상한 호텔에 와 있는지를 알게 되면 그 모든 의혹이 풀릴 것만 같았다.

바로 그 순간이었다. 욕실에서 물이 떨어지는 소리가 들려왔다. 누군가 샤워를 하고 있었다. 그렇다면 대니는 누군가와 함께 이 호텔에 투숙한 것이 분명했다. 그리고 주위 상황으로 미루어 보아 침대까지 같이 사용한 것 같았다. 평소에는 그토록 명석하게 돌아가던 머리가 도대체 왜 이렇게 돌아가질 않는 것일까?

그때 욕실로부터 유리처럼 해맑은 여자의 목소리가 들렸다.

"안녕! 일어났어요, 대니?"

욕실에서 상큼한 모습으로 걸어 나온 사람은 다름 아닌 카알라 애킨스였다. 카알라 애킨스는 어젯밤 그래미 상 시상식에서 3개 부문을 석권한 여자였다.

"안녕, 카알라. 당신은 어젯밤에 정말로 대단했어요."

대니가 부드러운 목소리로 대답했다.

"당신 역시 마찬가지였어요."

카알라는 애교 띤 목소리로 말하면서 침대 위로 올라왔다.

"그 말은 그래미 상에 대한 이야기가 아닌 것 같은데?"

대니가 미소를 지으면서 물었다. 그러자 카알라가 대니를 살짝 꼬집으면서 웃음을 터뜨렸다.

"능청꾸러기! 저 따위 상들은 침대에서는 무용지물이에요. 아무튼 우리 두 사람 정도라면 특별상을 받을 만해요, 그렇죠?"

"그렇게 생각한다니 기쁘군요. 그건 그렇고 미국 최고의 여자 성악가와 함께 보낸 어젯밤 일에 대해서 기억을 되살리고 싶은데, 우리가 어제 술을 많이 마셨나요?"

"아래층에서 샴페인을 몇 잔 마시고 이곳으로 올라왔어요. 그리고 내가 애미를 몇 개 뜯었구요."

"애미라니?"

"있잖아요, 사람을 기분 좋게 만들어 주는 일종의 환각제 말이에요. 설마 처음 맡아 본 건 아니겠죠?"

"처음이었어요. 그런데 왜 그런 기억이 전혀 나지 않는 거지?"

대니가 솔직하게 말했다.

"그건 당신의 기분이 하늘에 닿을 정도로 좋았기 때문이에요. 제가 손을 썼기에 망정이지, 그렇지 않았더라면 아마 모르긴 해도 당신은 천장에 올라가서 춤추려고 했을지도 몰라요. 그건 그렇고 아침을 좀 들어야 할 텐데, 생각이 있나요?"

"그 말을 듣고 보니 배가 좀 출출하군요. 계란 여섯 개와 토스트를 먹어 볼까?"

"알겠어요."

카알라가 미소를 지으며 말했다.

카알라는 전화로 룸서비스를 부른 다음, '5중주 팀' 앞으로 식사를 주문했다.

"5중주 팀?"

카알라가 전화를 끊자 대니가 물었다.

"그래요, 틀림없어요. 바로 저쪽에 있잖아요."

그러면서 카알라는 나란히 서 있는 다섯 개의 그래미 상을 가리켰다.

비행기 안에서 스튜어디가 대니에게 샴페인을 권하고 있었다.

"아, 괜찮아요."

대니가 정중하게 사양했다.

"하지만 대니 씨, 그래도 축하는 드려야죠. 혹시 생각이 바뀌게 되면, 저를 꼭 불러 주세요. 진심으로 축하를 드리겠어요."

매력적으로 웃으면서 스튜어디스가 말했다. 그 스튜어디스는 상당한 미모를 지니고 있었다.

스튜어디스는 혹시 전화번호라도 물어 오지 않을까 하는 꿈에 젖어 잠시 머뭇거렸지만 대니는 아무런 동요도 보이지 않았다. 할 수 없이 그녀는 로스앤젤레스 발 뉴욕 행 비행기를 타고 돌아가는 1등석의 다른 스타들이 있는 곳으로 걸어갔다.

대니는 깊은 생각에 잠겼다. 자신이 카알라 애킨스의 호텔 방으로 따라 들어가고 난 다음부터의 기억을 되살리기 위해 사라진 기억을 짜내고 있었던 것이다.

잠시 후에 하나 둘씩 기억이 되살아나기 시작했다. 우선 전날 밤 최고의 여주인공과 함께 있다는 짜릿한 기분이 느껴졌다. 그리고 침대 위에서의 기억들과 카알라가 갖고 온 약이 생각났다.

대니가 걷잡을 수 없을 만큼 흥분했던 건 사실이었다. 생각만 해도 심장의 고동이 빨라질 정도였다. 확실히 그 약은 대니에게 활력을 불어넣어 주었다.

그러나 대니를 진정시키기 위해 카알라가 다시 사용한 마취제는 그의 정신을 혼미하게 만들어 버렸다. 대니는 그 마취제가 무엇이었는지를 그만 물어 보지 않았다.

35

12월 20일

내일은 나의 결혼식이다.

뉴얼의 부대는 하와이에 주둔하고 있기 때문에 나의 결혼 소식을 알릴 방법이 없다. 테드 램브로스와 사라, 그리고 조지 켈러 등 다른 친구들은 모두 나의 결혼식에 참석할 수 있을 것이다.

나는 제이슨 길버트를 너무나 좋아하기 때문에 그에게 들러리를 서 달라고 부탁했다. 제이슨은 나의 요청을 기꺼이 수락했다. 하지만 제이슨은 해병 군복은 절대 입지 않겠다고 말했다.

성당에서 결혼식이 끝나면 비콘 힐 클럽에서 샴페인으로 피로연을 베풀 예정이다. 피로연이 끝나면 우리는 곧장 바바도스로 신혼여행을 떠났다가 뉴욕으로 돌아올 생각이다.

나는 뉴욕에 있는 다운스 윈드십 투자은행에서 수습 사원으로 일하게 될 것이다. 그 일은 멋진 경험이 될 것이다. 특히 이 모든 것이 얼마나 빨리 일어나고 있는가를 생각한다면 더욱 그러할 것이다.

그것은 아버지의 압력 때문이었다고 말할 수 있다. 아버지는 우리에게 단지 이렇게 하는 것이 어떠냐고 제안하기만 하기 때문에 우리

집에는 압력 같은 것이 결코 존재하지 않는다고 할 수 있지만…….

지난여름 해군에 입대하기 위해 메인으로 갔을 때였다. 아버지는 내게 결혼하면 어떨까 하는 제안을 하셨다. 나는 단지 의무감 때문에 나도 그렇게 생각한다고 대답했다.

"남자는 절정기가 지날 때까지 기다려서는 안 된다."

아버지의 이런 말씀으로 우리의 대화는 끝나 버렸다. 솔직히 말해서 나는 해군 함대를 떠나게 된 이후로 도대체 세상이 어떻게 돌아가는지 전혀 알 수가 없었다. 또한 그렇게 많은 시간을 남자들만 우글거리는 바다의 갑판 위에서 보내고 났더니 여자와 함께 있고 싶다는 욕망이 점점 커지게 되었다. 그리고 결혼이 여자와 함께 있을 수 있는 가장 좋은 방법이라고 생각했다.

나는 얼마 전까지만 해도 결혼이라는 것이 사랑과 어떤 관계가 있을 것이라는 낭만적인 생각을 가지고 있었다. 그러나 처음에는 하버드에서 그리고 그 다음에는 광대한 바다에 갇혀 지내다 보니 인생이라는 것이 도대체 어떤 것인지를 알 수가 없었다.

사실 아버지는 사랑이라는 것에 비중을 두는 어떤 말도 나에게 해준 적이 없다. 아버지와 내가 며칠 동안 호숫가로 낚시를 간 적이 있었다. 그곳에서 나는 아버지에게 테드와 사라의 결혼에 깊은 감명을 받았다고 고백했다. 그리고 그 두 사람은 진정한 사랑의 표본을 보여 주었다고 말했다.

그러자 아버지는 눈썹을 치켜올린 채 나를 바라보면서 말했다.

"앤드류, 너는 사랑이라는 것이 허튼 소리라는 것을 아직 모르는 모양이구나."

해군에서는 더 심한 소리도 많이 들었지만 아버지에게서 그런 말을 들은 것은 그때가 처음이었다.

그런 다음 아버지는 당신의 어린 시절을 얘기하면서 가장 좋은 결혼은 하늘에서 내려주는 것이 아니라 클럽의 점심식사 중에 이루어지는 것이라고 차분하게 설명해 주었다. 그런 결혼이 이제 구식으로 취급받는 것은 참으로 안타까운 일이라고도 했다.

예를 들어서 아버지는 대학 동창생인 보스턴 시장 라이먼 피어스에게 아주 굉장한 딸이 있는데, 지금이 예전의 그 좋았던 시절이라면 나를 위해 멋진 약혼식을 마련할 수 있을 거라고 말했다.

나는 그 여자를 만나는 것에 대해 반대하지 않았다. 친구의 입장에서 만나는 것이라면 기꺼이 그녀에게 전화를 걸겠다고 말했다. 그러자 아버지는 내가 그 일에 대해 후회하지 않을 것이라고 말하고는 다시 낚시를 계속했다.

페이드 피어스라는 여자가 자원 봉사자로 일하고 있는 야생동물 보호협회에 전화를 걸 때까지만 해도 나는 그다지 커다란 기대를 하지 않았다. 내 생각에 그 여자는 아마도 지나치게 빼기는 속물 근성의 여자일 거라고 여겨졌기 때문이다. 물론 페이드 피어스는 어느 정도 그런 성격을 가지고 있다고 볼 수 있었다. 그러나 활기가 없는 여자는 아니었다. 우리가 처음 만났을 때 나를 깜짝 놀라게 한 것은 그 여자가 무척 아름다웠다는 점이었다.

페이드 피어스는 지금까지 내가 만난 여자들 가운데 가장 예쁜 여자였다. 나의 눈에는 그녀가 마릴린 먼로보다도 더 아름답게 보였다. 내가 드디어 사랑에 빠진 것이다.

페이드 피어스는 소위 명문가의 출신치고는 아주 희귀한 존재라고 할 수 있었다. 정말로 정열적인 여자였던 것이다. 찰스 강 강둑에서 축구공을 던지는 것이든 메트르 쟈끄 식당에서 멋진 식사를 하는 것이든 혼전 성교든 간에 그녀에게는 모든 일이 하나의 장난이었다. 지금까지 그녀의 생활은 전부 그런 식이었다.

페이드 피어스의 부모는 사이가 별로 좋지 않았다. 그들이 이혼한 이후 페이드 피어스는 여섯 살의 나이로 기숙 학교에 보내졌다. 그 것은 그녀에게 장난으로 여겨지는 첫 번째 일이었다.

스위스에서 학교를 마칠 때도 마찬가지였다. 그녀는 거기서 이상한 프랑스식 억양을 배우게 되었다. 스키, 승마, 항해, 그리고 섹스까지도 그녀에게는 장난이었다. 또한 페이드 피어스는 뛰어난 원예가이기도 했다.

나는 우리의 관계를 마치 질풍노도와 같은 것이라고 생각한다. 페이드도 그 말에 대해 이의를 제기하지 않을 것이다. 아무튼 나는 페이드 피어스와 결혼할 것이다. 왜냐하면 그녀는 나의 생애 동안 아무도 해주지 않았던 말을 나에게 했기 때문이다.

내가 청혼을 하기 바로 전에 페이드는 나에게 이렇게 속삭였다.

"당신을 사랑하는 것 같아요, 앤드류."

— 앤드류 엘리어트

어느 늦은 봄날 아침이었다. 대니는 침대에서 홀로 잠에서 깨었다. 대니는 침대에 혼자 있다는 쓸쓸함뿐만 아니라 생전 처음으로 낯선 공허감이 깊이 스며드는 것을 느꼈다.

"어떻게 이럴 수 있을까?"

대니는 스스로에게 물어 보았다. 나는 멀리 센트럴 파크와 5번가가 내다보이는 아파트에 살고 있다.

잠시 후에는 집사가 은제 식기에 아침식사를 담아 들고서 문을 통해 걸어 들어올 것이다. 또한 아침에 배달된 편지들도 가져올 것이다. 그것들 중에는 전세계로부터 온 파티 초청장이 적어도 열두 개는 끼여 있을 것이다. 그러나 대니는 갑자기 자신이 불행하다는 생각이 들었다.

불행하다니? 얼마나 웃기는 생각인가!

나는 비평가들이 가장 사랑하는 사람이다. 연주하는 도중에 내가 재채기를 한다고 하더라도 그들은 그 작품을 새로운 각도로 해석해 연주했다는 논평을 흥미진진하게 펼칠 것이다. 그리고 이곳에서 허로크의 사무실까지 걸어가는 동안 사람들은 나에게 인사를 하면서 사인해 달라고 달려들 것이다.

그런데 불행하다는 생각이 들다니…….

이 세상에서 활동하고 있는 관현악단 치고 나와 협연하고 싶어하지 않는 악단은 없다. 그리고 이제는 교향곡 작곡에 대한 수수료도 들어오기 시작했다.

모든 사람들이 나의 인격뿐만 아니라 나의 재능을 축복하고 있다. 그리고 수많은 미녀들 역시 나를 원하고 있다. 그런데 아파트의 창문으로 겨울의 햇빛이 밝게 비쳐 드는 환상적인 이 방에서 나는 왜 부모님의 다락방에서 꾸중을 듣던 때보다 더욱 비참한 느낌을 갖는 것인가?

대니가 이런 생각을 한 것은 사실 처음이 아니었다. 하지만 요즘에 들어서 대니는 그런 생각을 더욱 자주 하게 되었다. 이날 대니에게는 공식적인 약속이 전혀 없었다. 연주회도 리허설도 심지어 미용사와의 약속조차도 없었다.

물론 약속이 없다는 것은 대니가 의도한 것이었다. 대니는 이날 세인트루이스 교향악단에게서 위임받은 관현악 모음곡을 작곡하는 데에 전념할 생각이었던 것이다.

그렇지만 지금 텅 빈 오선지를 앞에 놓고 혼자 있어야 한다는 생각이 대니를 매우 침울하게 만들고 있었다. 무엇 때문에 이렇게 우울해지는 것일까?

대니는 아침식사를 마친 다음 청바지와 스웨터를 입고 위층에 있는 스튜디오로 올라갔다. 피아노 위에는 어젯밤에 쓰다가 놓아 둔 미완성의 악보가 놓여 있었다. 옆에 있는 안락 의자에는 휴식을 취하거나 잠을 청할 때 읽는 잡지 한 권이 놓여 있었다.

대니는 마치 일부러 피아노 앞에 앉는 것을 피하듯 곧바로 안락 의자로 걸어가서 잡지를 집어들었다. 그것은 어제 저녁에 펼쳐 둔 채로 놓아 두었던 《하버드 동창회보》였다.

그 따분한 녀석들은 무엇 때문에 동창들의 행적을 일일이 적어 놓는 것일까? 결혼을 했느니 자식을 낳았느니 하는 것이 도대체 무슨 관심거리가 된다는 것일까?

그렇지만 대니는 자신의 무관심한 태도에도 불구하고 의자에 주저앉아 전날 밤에 졸면서 읽던 결혼한 사람과 아이를 낳은 동창들의 목록을 다시 읽었다.

그때 멋진 스튜디오에 혼자 앉아 있던 대니는 스스로에게 고백하고 말았다. 이것은 진정 따분한 일이 아니다. 오히려 이것은 이제까지 내가 그리워하던 삶의 기쁨에 대한 모든 이야기들이다. 비록 청중의 환호는 마음을 사로잡을 수 있지만 그것은 얼마나 오래 지속되는가? 고작해야 5분이나 10분일 뿐이다.

모든 것이 끝나면 나는 혼자서 집으로 돌아와야 하고, 집에는 매니저 이외에는 아무도 나를 반겨주는 사람이 없다. 물론 여자와 함께 올 때에는 재미있는 시간을 보낼 수 있다. 하지만 육체적인 흥분이 가라앉고 난 다음에는 서로 이야기도 하지 않는다. 때로는 그러한 흥분 때문에 더욱 고독감을 느끼게 된다.

그래, 나에게는 아내가 필요하다. 나도 아내가 필요하다는 사실을 알고 있다. 하지만 나의 아내가 될 사람은 내 인생과 내 생각을 이해할 수 있는 성실한 여자이어야만 한다. 그리고 무엇보다도 가능하다면 나의 선전 기계가 만들어 낸 가짜 이미지가 아니라 진정한 나 자신을 좋아할 여자가 필요한 것이다. 그것에 대해 생각해 보자. 과연 내 인생에서 누가 나를 진정으로 사랑했는가?

그 사람은 오직 마리아뿐이었다.

그런데 대니 자신은 마리아와 관계를 맺을 수 있었던 기회를 손가락으로 떨쳐 버렸던 것이다. 그는 너무나 어리석었다. 그것도 마리아가 다른 여자들처럼 행동하지 않고 대니의 자아라는 제단에 몸을 바치지 않았다는 이유 때문에 그렇게 했으니까…….

대니가 마리아를 마지막으로 본 이후로 얼마나 시간이 지났는가? 2년인가? 3년인가? 지금쯤 마리아는 래드클리프를 졸업했을 것이다. 그리고 어쩌면 훌륭한 가톨릭 청년과 결혼해 아이를 키우고 있을지도 모른다. 분명히 그렇게 환상적인 여인이 가만히 앉아서 대니의 전화를 기다리고 있을 리는 없다.

아니야! 그렇지 않을지도 모른다. 마리아는 무척이나 지각 있는 여자니까…….

비로소 대니는 자기가 왜 그렇게 침울한지를 깨달았다. 그러나 그 문제에 있어서 대니가 할 수 있는 일은 아무것도 없었다.

아니, 어쩌면 있을지도 모른다. 마리아의 나이는 이제 기껏해야 스물세 살이나 스물네 살 정도에 불과하다. 모든 여자들은 그 나이에 결혼하지 않는다. 그리고 어쩌면 대학원에 갔을지도 모른다. 그렇지 않으면 수녀가 되었을지도…….

대니는 클리블랜드에 있는 마리아의 집 전화번호를 여전히 간직하고 있었다. 그것은 대니가 마리아에 대한 희망을 결코 포기하지 않았다는 사실을 나타내는 것인지도 모른다.

대니는 숨을 깊이 내쉬고 나서 다이얼을 돌렸다. 마리아의 어머니가 전화를 받았다.

"마리아 파스토레 양을 바꿔 주세요."

대니가 긴장된 목소리로 말했다.

"그 애는 지금 여기에 살고 있지 않아요."

대니의 마음이 무겁게 가라앉았다. 걱정했던 것처럼 때가 너무 늦은 것 같았다.

"하지만 아파트 전화번호는 가르쳐 줄 수가 있는데 누구시죠?"

"저는 대니 로시입니다."

"오, 맙소사! 어쩐지 목소리가 귀에 익었다 했더니 바로 자네였군. 우린 자네의 대단한 경력을 듣고 있어."

마리아의 어머니가 탄성을 질렀다.

"감사합니다. 그런데 마리아는 잘 있습니까?"

"그래, 그 애는 지금 여학교에서 무용을 가르치고 있어. 그 애는 그 일을 아주 좋아하고 있네."

"주소를 좀 알려 주시겠습니까?"

“물론이지. 하지만 마리아에게 전할 말이 있으면 나에게 말하게. 내가 기꺼이 전해 줄 테니까……."

“아닙니다. 제가 전화했다는 말은 하지 말아 주세요. 마리아를 놀라게 해주고 싶으니까요.”

“하나, 둘, 셋, 돌고, 이번에는 네 번째 위치예요. 몸을 뒤로 젖히도록 하세요.”

마리아 파스토레는 셔우드 여학교에서 십대 소녀들의 발레 수업을 지도하고 있었다. 그녀는 수업에 너무나 열중하고 있었기 때문에 뒤에서 연습실의 문이 열리는 것을 전혀 알아차리지 못했다. 그렇지만 무엇인가 알 수 없는 느낌이 마리아로 하여금 거울을 쳐다보도록 만들었다. 그리고 거울 속에는 자신이 한때 사랑했던 사람의 모습이 있었다.

마리아는 매우 놀랐다. 도저히 그 사실을 믿을 수가 없었다. 하지만 마리아는 뒤로 돌아서기 전에 냉정을 유지하면서 아이들에게 과제를 부여했다.

“그 동작을 계속 반복하도록 해요. 로리가 박자를 맞추도록!"

마리아는 말을 마치고 나서 몸을 돌려 손님에게로 다가갔다.

“오랜만이에요, 대니.”

“안녕, 마리아!"

두 사람은 무척 어색하게 느끼고 있었다.

“연주회 때문에 오셨나요?’

“아니야, 마리아. 오로지 당신을 보러 온 거야.”

대니의 노력에도 불구하고 대화는 점점 차갑게 식어갔다.

열 살짜리 꼬마 로리가 마리아의 등뒤에서 어린 무희들을 위해 박자를 세고 있는 동안 두 사람은 아무런 말도 없이 서로를 응시하고 있었다.

"내 소식 들었어, 마리아?"

대니가 부드럽게 물어 보았다.

"네, 어떻게 생각해야 할지 모르겠군요. 왜 이렇게 많은 세월이 지난 뒤에야……."

대니는 마리아의 질문에 대답하는 대신 클리블랜드로 오는 동안에 머릿속에서 계속 떠나지 않던 생각에 대해 물어 보았다.

"어떤 운 좋은 녀석이 벌써 마리아를 낚아챘나 보군?"

"전 어떤 건축가와 함께 지내 왔어요."

"깊은 사이야?"

"그 사람은 저와 결혼하기를 원하고 있어요."

"그 이후로 내 생각을 해본 적은 없었어?"

"있었어요."

마리아가 잠시 머뭇거리다가 대답했다.

"그랬었군. 당신은 항상 내 마음 속에 있었어."

"어떻게 그럴 시간이 있었죠, 대니? 당신의 애정 행각은 너무나 공공연하게 드러나 있어요. 전 슈퍼마켓의 계산대에서 신문을 사지 않고도 그 기사를 읽을 수 있었어요."

마리아의 질문에는 비꼬는 듯한 억양이 섞여 있었다.

"그건 다른 사람이야. 진짜 대니 로시는 계속 당신과 사랑에 빠져 있었어. 대니가 원하는 것은 마리아란 이름을 가진 아내와 저기에 있는 저 소녀들처럼 예쁘고 똑똑한 아이들이었어."

마리아는 어이가 없다는 듯이 대니를 쳐다보았다.

"왜 하필이면 저죠?"

“마리아, 그걸 설명하려면 시간이 너무 오래 걸려.”

“스물다섯 단어 내외로 간단하게 설명해 주실 수 있겠어요?”

대니는 지금 마리아를 설득시키지 못한다면 다시는 기회가 없을 것이라는 사실을 알고 있었다.

대니는 진지한 어조로 말했다.

“마리아……. 당신이 날 마지막으로 보았을 때, 나는 청중의 환호 소리에 취해 있었어. 당신에게 거짓말하지 않겠어. 이제는 그것이 싫어졌다고 말하지도 않겠어. 하지만 최소한 그것이 전부가 아니라는 것을 깨달았어. 내 연주회장은 청중들로 가득 찼는지 모르지만, 내 인생은 믿을 수 없을 만큼 공허했어. 내가 지금 제대로 말하고 있는 것 같아?”

“당신은 아직 저의 질문에 대답하지 않았어요. 왜 당신에게 필요한 사람이 저라는 거죠?”

“그건 설명하기가 어려워. 그래, 유명해지고 난 후에 내가 만나는 모든 사람들은 날 사랑한다고 말하고 있어. 하지만 나는 그 빌어먹을 말을 하나도 믿지 않아. 내가 신뢰할 수 있는 사람은 오직 당신뿐이었어. 어느 누구도 날 진정으로 걱정하는 것이라고 생각되지 않는 거야. 내 말이 다소 주제넘더라도 당신이 이해해 주리라고 생각해.”

대니는 말을 멈추고 마리아를 쳐다보았다.

“스물다섯 단어가 조금 넘는군요.”

마리아가 부드럽게 대답했다.

“내 말을 얼마나 믿지?”

“전부요.”

마리아의 대답은 거의 들리지 않았다. 금방이라도 울음을 터뜨릴 것만 같았기 때문이었다.

36

제이슨 길버트는 하버드에서 받았던 교육보다 군대에서의 새로운 교육이 재미있었다. 제이슨이 버지니아의 콴티코에 있는 해군 신병학교에서 받은 21주 동안의 교육 과정에는 지도력과 군사 기술, 독도법, 보병 전술, 그리고 해병의 역사와 전통 등에 관한 내용을 포함하고 있었다. 게다가 응급 처치, 전투 기술, 탱크 및 수륙 양용전차의 조작과 제이슨이 가장 좋아하는 신체 단련도 있었다.

대다수의 다른 대학 졸업자들이 매우 힘들어하면서 훈련이 빨리 끝나기를 기도했지만 제이슨은 모든 훈련과 운동에 점점 더 많은 흥미를 느껴갔다.

제이슨은 장애물 코스를 특히 좋아했다. 그래서 장애물을 통과하는 기술을 완벽하게 습득하기 위해 드물게 주어지는 자유시간을 장애물 통과 연습을 하면서 보내기도 했다.

제이슨에게 있어서 이제 총은 테니스 라켓보다 더욱 친숙한 것이 되었다. 제이슨은 학교에서는 결코 뛰어난 학점을 받지 못했지만 여기에서는 반드시 1등으로 모든 과정을 수료하겠다고 결심했다.

훈련 마지막 주가 되었을 때, 생도들은 군사 기술의 실제 시험과 군사 지식에 대한 필기 시험을 치렀다. 제이슨은 시험에서도 좋은 점수를 받았지만, 금메달을 따기 위해서는 좀더 스포츠에 가까운 시합에 사활을 걸고 있었다.

제이슨은 소총과 권총 사격에서 아주 높은 점수를 땄다. 그렇지만 어려서부터 총을 다루었던 몇 명의 시골 출신들이 제이슨보다 더욱 좋은 점수를 받았다. 그래도 제이슨은 육체적 적성검사에서 모든 생도들을 앞질렀다. 그리고 이것은 5등이라는 성적에 다소 위안을 주는 것이었다.

해병 소위로 임관한 제이슨 길버트는 첫 번째 휴가를 받았다. 제이슨은 가장 먼저 패니에게 편지를 써서 그동안 소식을 전하지 못했던 이유를 설명했다. 패니의 답장은 짧았지만 매우 다정다감한 것이었다.

당신의 편지를 받고 무척 놀랐어요. 아마 오디세우스라고 하더라도 그 편지보다 반갑지는 않았을 거예요.
이제부터는 제가 당신의 인내를 부탁해야 할 차례인 것 같아요.
전 자격시험 때문에 공부를 하고 있어요. 나중에 병원에서 일하게 되면 편지 쓸 시간이 생길 거예요.

사랑하는 패니로부터

추신: 당신을 그리워하고 있다는 말을 썼는지 모르겠군요.

크리스마스 시즌이 되자 제이슨 길버트는 아버지와 어머니에게 멋진 인상을 주기 위해 군복을 말쑥하게 세탁했다. 그렇게 인상적인 옷을 입고 돌아왔지만 집안은 침울한 사건 때문에 매우 우울했다.

제이슨이 집안에 들어섰을 때, 부모님과 동생이 식탁 주위에 앉아 있었다. 줄리는 손으로 얼굴을 감싼 채 식탁에 기대어 앉아 있었다. 다른 방에서는 사만다의 울음소리가 들려왔다.

아주 멋있는 옷차림으로 나타난 해병 장교를 바라보면서 아버지가 침울한 목소리로 말했다.

"잘 왔구나, 제이슨."

제이슨은 금방 무슨 일이 생겼다는 사실을 깨달았다. 제이슨은 식탁에 앉으면서 말했다.

"무슨 일이 생겼나요?"

"찰리 커싱과 줄리에게 문제가 생겼다."

어머니가 한숨을 쉬면서 대답했다. 그러자 제이슨의 아버지가 갑자기 버럭 소리를 질렀다.

"문제라니? 그 빌어먹을 자식이 줄리를 버렸어! 그냥 집을 나가 버리고 말았단 말이야. 아내와 한 살짜리 아이를 버리는 게 어른이 할 짓이냐?"

"저는 찰리가 그런 친구라고는 생각하지 않았는데……."

제이슨은 말끝을 흐리면서 얼굴을 돌려 줄리를 바라보았다.

"도대체 이유가 뭐야?"

"결혼 생활이 싫대요. 처음부터 결혼하고 싶지 않았었대요."

줄리가 울음 섞인 목소리로 대답했다.

"내가 너에게 그렇게 말했었잖아? 그때 그만두었으면 이렇게 슬퍼하지 않아도 되었을 거야. 너희 둘 다 너무 어렸어."

제이슨이 화를 내면서 말했다.

"그렇게 잘난 체하지 마라, 제이슨."

아버지가 제이슨을 향해 소리쳤다.

"죄송합니다."

제이슨은 아버지에게 대답하고 나서 다시 부드러운 어조로 줄리에게 말했다.

"줄리야, 착한 네가 그런 녀석에게 빠졌다는 게 너무나 안타까워."

줄리는 오빠의 말을 듣자 다시 울음을 터뜨렸다.

"멋진 크리스마스가 되기는 다 틀렸군요."

제이슨은 자리에서 일어나 계단으로 걸어갔다.

성탄절의 만찬 분위기는 무척 우울했다. 아버지는 자기의 딸이 잘 살기를 바라는 부모의 기대에 따르지 못한 것에 대한 충격을 극복하려고 노력하고 있었다.

"기초 훈련이 그렇게 재미있었니?"

아버지가 놀란 표정으로 말했다.

"네, 하지만 제가 너무 지나치게 잘했던 것 같아요. 담당 장교는 제가 그곳에 남아 교육 훈련을 담당하기를 바라고 있어요."

"그런데 뭐가 문제란 말이냐?"

"콴티코에서 1년 반을 더 있어야 한다는 건 생각만 해도 너무나 끔찍한 일이에요. 하지만 테니스 대회에 출전할 수 있는 기회가 아직 있어요. 어쨌든 구축함에서 갑판이나 닦고 있는 앤드류보다는 제가 좀 나은 편이죠."

"앤드류는 왜 장교로 지원하지 않았지? 도무지 이해할 수가 없구나."

아버지가 고개를 갸웃거리면서 말했다.

"전 이해할 수 있어요. 엘리어트 가문은 해군에서 항상 거물들이었어요. 제독이나 참모들이었죠. 앤드류는 자기까지 굳이 그렇게 될 필요는 없다고 생각한 것 같아요."

"그렇구나."

제이슨의 아버지가 무거운 표정을 지으면서 말했다.

잠시 후에 제이슨의 아버지는 대화를 이끌기 위해 좀더 유쾌한 주제를 꺼냈다.

"최근에 그 네덜란드 여자 친구에게는 소식이 있었니?"

"최근에는 듣지 못했어요. 저녁식사를 마친 후에 그 친구에게 전화를 걸었으면 합니다."

"그래."

아버지가 미소를 지으면서 대답했다.

제이슨은 해병대 복무를 마치고 나서 다시 하버드로 돌아가 법대 대학원에 입학했다.

제이슨은 해병대에서의 첫 복무기간을 신병학교 교관으로 보냈다. 그리고 곧 사병을 선정하는 장교로 임명되었다. 그것은 제이슨이 군복을 입은 모습이 너무나 잘 어울리기 때문이었다.

제이슨의 임무는 각 대학을 돌아다니면서 대학생들을 보병 사관학교나 해병대에 입대시키는 일이었다. 제이슨은 신병 충원을 위해 떠나는 여행이 마음에 들었다. 제이슨은 멋진 성과를 올리고 돌아가겠다고 결심했다. 그리고 상관으로부터 일을 무난하게 해내었다는 말을 들었을 때에 무척 기뻤다.

제이슨은 군대를 제대하고 법관에 도전해 보고 싶은 열망을 지니고 있었다. 그리고 패니가 무척이나 보고 싶었다. 서로 만날 수는 없었지만 그들의 관계는 거의 24개월 동안 변함없이 계속되고 있었다.

해병대는 제이슨이 결혼하고 싶어하는 여인을 방문할 수 있는 특별 휴가를 주지 않을 것이 분명했다. 주고받는 편지와 전화의 횟수는 잦았지만 인내심은 점점 사라지고 있었다.

하버드 법대 대학원에는 옛날부터 내려오는 속담이 한 가지 있다. 첫해에는 죽이겠다고 위협하고, 다음해에는 죽을 정도로 공부하게 만든다. 그리고 그 다음해에는 죽고 싶을 만큼 지루하게 만든다는 것이다.

제이슨이 동창생들과 떨어져 2년간 복무했던 군대 생활은 끔찍한 법대 교수들과 직면하게 되었을 때에 그에게 커다란 도움이 되었다. 교수들 중에는 훈련 상사들만큼 겁나는 사람은 없었다.

계약법 시간에 그럴듯한 대답을 하지 못했을 경우에 듣는 교수의 코방귀 소리도 백 번의 팔굽혀 펴기보다는 훨씬 더 부드러운 것이었다. 또한 군복무 연기 혜택을 받은 제이슨의 동창생들 가운데 몇 사람이 지금 대학원의 상급생이 되어 있었기 때문에 제이슨은 그들로부터 많은 도움을 받을 수 있었다.

"너는 형법을 전공해야 해. 너 정도의 얼굴이면 입을 열지 않고도 여자 배심원들을 녹여 버릴 수가 있어. 그리고 여자 배심원들은 남자 배심원들을 설득할 거야. 그러면 너가 한 재판은 지지 않을 거야."

게리 맥비그가 장난스럽게 충고했다. 세이머 허셔는 그 의견에 반대했다.

"아니야. 제이슨은 이혼법을 전공해야 해. 그러면 제이슨을 자기편으로 만들려고 여자들이 벌떼같이 달려들 거야."

그러나 제이슨은 이미 자신의 계획을 세워 놓고 있었다. 제이슨은 여러 해 동안 아버지와 그 문제에 대해 상의해 왔던 것이다. 우선 제이슨은 하버드 법대 대학원에 모인 수재들을 따라갈 수만 있다면 법원의 서기직이라도 얻기 위해서 노력할 작정이었다.

그런 다음에 몇 년 동안 뉴욕이나 워싱턴에서 실제 경험을 쌓는다면 제이슨의 궁극적인 목표인 정치계로 진출하는 데에 좋은 발판이 될 것이라고 생각했던 것이다.

제이슨의 아버지는 언젠가 이렇게 말했다.

"제이슨, 넌 틀림없이 성공할 거야. 나는 지금 당장 워싱턴에 집을 살 작정이다."

그러나 이러한 경력에 대한 유치한 환상조차 더욱 새롭고 보다 나은 꿈에 의해 뒷전으로 밀려날 운명이었다. 그 꿈은 1월의 실기시험과 다가오는 기말고사로 인해 생기는 긴장 속에서도 제이슨을 꿋꿋하게 지탱시켜 줄 수 있었다.

제이슨은 시험에 붙든 떨어지든 간에 책상 위에 있는 사진 속에서 웃음을 짓고 있는 사랑스러운 네덜란드 아가씨와 다시 만난다는 생각을 하고 있었다.

물론 패니를 볼 수 없었던 2년 6개월 동안 제이슨이 완전히 수도자처럼 지낸 것은 아니었다. 하지만 데이트했던 여자들은 단지 패니와의 관계를 되새기도록 만들었을 뿐이었다. 그리고 비록 편지에서 아무런 기약도 하지 않았지만, 제이슨은 패니가 다시 함께 있게 될 시간까지 그를 기다릴 것이라는 사실을 감지하고 있었다.

　이러한 이유 때문에 제이슨은 시험이 빨리 다가오기를 몹시 기다리고 있었다. 대부분의 동기생들이 시험 때문에 시름시름 앓거나 광적인 반응을 보이고 있었지만, 제이슨은 시험 답안지를 메우는 것을 법대 대학원의 문을 지나 사랑하는 여인의 품으로 날아갈 수 있는 여권을 준비하는 것으로 여겼던 것이다.

　제이슨은 암스테르담까지 오랜 시간을 비행하면서 오로지 패니를 다시 만나게 된다는 생각에 두근거리는 가슴으로 지루한 줄을 몰랐다. 너무나 오랜 세월이 흘렀다.

　제이슨은 지겨운 군대 생활 속에서도 그들의 관계에 대해 회의를 가져 본 적이 한 번도 없었다. 공항이 다가오자 제이슨은 은근히 걱정되기 시작했다. 스키폴 공항에서의 재회가 별 볼일 없는 것이 되지는 않을까?

　비행기를 빠져 나온 제이슨이 세관 출구 저편에 서 있는 패니를 보았을 때, 그는 자기가 했던 걱정이 쓸데없는 것이었음을 알 수 있었다. 제이슨은 패니와 키스를 나누면서 매우 감격했다.

　제이슨과 패니는 처음 며칠 동안 패니 아버지의 농장에서 시간을 보냈다. 패니의 가족들은 제이슨을 따뜻하고 다정하게 대해 주었다. 헤이그에서 공부하고 있는 패니의 동생과 결혼한 언니도 패니의 미국인 친구를 만나기 위해 농장으로 달려왔다.

　그들이 떠나기 전날 밤에 가족들은 거실에 모여 담소를 나누고 있었다. 제이슨은 벽난로 위에 걸려 있는 사진들을 쳐다보았다.

　"정말로 신기한 일이군요. 일주일도 채 못 되는 기간 동안에 이 모든 사람들을 다 만나게 되다니……."

제이슨이 탄성을 질렀다. 그런 다음에 검은 머리를 한 소녀의 사진 앞에서 시선을 멈추었다.

"이 여자만 빼고 말입니다."

"그 애가 바로 에바예요. 패니가 그 애에 대해 말한 적이 있는 걸로 알고 있는데요."

패니의 어머니가 다정하게 말했다.

"네, 그렇습니다."

제이슨이 고개를 끄덕였다.

"아주 멋진 아이였어. 항상 슬픈 얼굴을 하고 있었지만, 그건 이해할 수 있는 일이지."

패니의 아버지가 에바를 회상하면서 말했다.

패니는 제이슨을 프린센그라하트 263번지에 있는 안네 프랑크의 집으로 데리고 갔다. 제이슨의 동족이 2차 대전 동안에 어떤 일들을 겪었는지에 대해 이해할 수 있는 사진들을 보여 주기 위해서였다. 안네 프랑크의 집은 베스터커크의 그림자에 가려져 있었다.

제이슨은 조용히 그 자리에 서서 안네와 그녀의 가족이 죽음을 당하기 전에 독일군을 피해 거의 1년 동안 숨어 있던 다락방을 바라보았다.

"이 모든 것을 겪으면서도 안네는 자신의 인간성을 잃지 않았어요. 당신도 안네의 일기를 읽어 봐야 해요. 온갖 고통에도 불구하고 안네는 사람이란 원래는 선하다는 생각을 간직하고 있었어요. 그런데 그들은 아무런 죄도 없는 소녀를 단지 유대인이라는 이유만으로 가스실에

넣어 버린 거예요."

패니가 차분한 목소리로 말했다.

사실 그 이야기는 제이슨에게 있어서 전적으로 새로운 것은 아니었다. 『안네의 일기』는 연극으로 만들어져 브로드웨이에서 상연된 적이 있었다. 제이슨의 부모들도 그것을 보았다.

돌이켜보면, 제이슨은 아버지와 어머니가 무엇 때문에 자신과 줄리에게 그 연극에 대해서 아무런 말도 하지 않았는지 이해할 수가 없었다. 제이슨의 부모는 이 사건들이 자기들과는 전혀 관계가 없다고 생각했던 것일까?

안네 프랑크의 집에서 나온 두 사람은 그들의 사랑을 다시 시작하기 위해서 3년 전에 헤어졌던 베니스로 갔다.

그들의 기쁨과 열정은 시간이 지났지만 전혀 퇴색되지 않았다. 패니에게는 제이슨으로 하여금 이 세상의 즐거움을 맛보게 하는 특이한 재능이 있었다. 하지만 지금 그들 사이에는 그 이상의 것이 있었다.

제이슨은 많은 여자를 알고 있었다. 때로는 여자들을 매혹하기도 하고 심지어 정신을 차리지 못할 만큼 사랑에 빠진 적도 있었다.

그러나 패니에게 느끼는 감정은 전혀 달랐다. 전에는 결코 자신의 그렇게 많이 내준 적이 없었다. 감각적인 면에서뿐만 아니라 따사로운 마음에 있어서도 마찬가지였다.

제이슨은 패니를 지켜 주고 보살펴 주고 싶었다. 그리고 매우 자존심이 강한 닥터 패니도 다시 어린아이로 돌아가 제이슨의 따뜻한 보호 속에서 투정을 부릴 수가 있었다. 하지만 제이슨은 자신이 두 사람의 관계 속에서 한낱 약자에 불과하다는 사실을 깨달았다. 그리고 처음으로 제이슨은 여인의 사랑을 경험했다.

그들은 서로에게 부모이고 자식이었으며 연인인 동시에 친구였다. 헤어지기에는 너무나 안타까운 완벽한 한쌍이었던 것이다.

그들만의 휴가는 너무나 짧았다. 다시 헤어져야 할 시간이 된 것이다.

"6월에 마지막 시험이 끝나고 나면 곧장 날아올게. 많이 보고 싶을 거야."

제이슨이 패니를 포옹하면서 약속했다.

"그때까지 난 뭘 해야 하죠?"

패니가 쓸쓸하게 물었다.

"결코 긴 시간이 아니야, 패니. 지난번에는 3년이나 떨어져 있었잖아."

"하긴 그래요. 하지만 그때는 내가 당신을 얼마나 사랑하는지 몰랐어요."

패니가 생각에 잠기며 대답했다. 제이슨은 가만히 패니를 바라보았다.

"패니, 고백할 게 있어."

"뭐죠?"

패니가 깜짝 놀란 눈으로 물었다.

"어제 오후에 내가 혼자 외출했었지? 거기에는 이유가 있었어, 패니."

제이슨 주머니에서 조그마한 케이스를 꺼냈다.

"이게 당신 손가락 가운데 어느 한 군데라도 맞는다면, 우린 결혼해야 한다고 생각해."

"제이슨, 발가락에 맞더라도 난 당신과 결혼할 거예요."

패니가 부드러운 미소를 지으면서 대답했다.

<2권에서 계속>

옮긴이 │ 이옥용

서울에서 태어났으며 이화여자대학교 영어영문학과와 미국 The University of Iowa 대학원을 졸업했다. 논문으로는 〈로버트 프로스트Robert Frost의 시세계〉 등이 있으며, 현재 번역문학가로 활동하고 있다.

하버드 천재들 1

지은이 에릭 시걸
옮긴이 이옥용
펴낸이 안혜숙
펴낸곳 문학과의식

제1판 제1쇄 펴낸날 2001년 11월 20일
제1판 제2쇄 펴낸날 2001년 12월 15일
제1판 제3쇄 펴낸날 2003년 3월 25일

서울시 서초구 서초동 1588-7 석탑오피스텔 308호
전화 3474-9404   팩스 3487-1221
출판등록 1995년 9월 6일 제22-910호

값 9,000원

ISBN 89-88505-42-5 04840
      89-88505-41-7 (set)

✦ 잘못된 책은 바꾸어 드립니다.